古典詩歌研究彙刊

第二輯

龔鵬程 主編

第 13 冊

張耒及其詩文研究

林 美 君 著

國家圖書館出版品預行編目資料

張耒及其詩文研究／林美君 著 — 初版 — 台北縣永和市：花
木蘭文化出版社，2007〔民 96〕

目 2+224 面；17×24 公分（古典詩歌研究彙刊 第二輯；第 13 冊）

ISBN-13：978-986-6831-24-9（全套：精裝）
ISBN-13：978-986-6831-37-9（精裝）
1.（宋）張耒 2. 宋代文學 3. 文學評論

845.16   96016214

ISBN - 978-986-6831-37-9

9 789866 831379

古典詩歌研究彙刊
第二輯 第十三冊   ISBN：978-986-6831-37-9

張耒及其詩文研究

作　　者 林美君
主　　編 龔鵬程
出　　版 花木蘭文化出版社
發 行 所 花木蘭文化出版社
發 行 人 高小娟
聯絡地址 台北縣永和市中正路五九五號七樓之三
　　　　　電話：02-2923-1455／傳眞：02-2923-1452
電子信箱 sut81518@ms59.hinet.net
初　　版 2007 年 9 月
定　　價 第二輯 20 冊（精裝）新台幣 28,000 元

張耒及其詩文研究

林美君 著

作者簡介

林美君，女，1962 年出生於彰化市。東吳大學中文研究所碩士班畢業。曾任職國立編譯館、國立台北商專；現任醒吾技術學院講師、世新大學兼任講師。研究專長在古典詩文及魏晉小說領域。著有《張耒及其詩文研究》（東吳大學中文研究所碩士論文），其他論文散見各學術期刊。

提　　要

　　本文旨在探究張耒之生平、作品傳本及詩文造詣。資料來源以張耒所著之詩文集為主，並參酌其交遊文人著述、及北宋以來之詩話、筆記、史傳、方志、藏書目錄等百餘種。研究方法，由生平、交遊、著作等而及於文學之內涵，期能予張耒以其應有之文學地位。茲將全文各章要旨，略述如左：

　　第一章張耒的家世與生平，旨在探討其家庭、仕宦、性格思想對作品的影響。

　　第二章張耒的交遊，旨在明瞭其所處的環境，和左右其文學的外在因素。

　　第三章張耒詩文集傳本考，旨在討論其詩文流傳，並對現存作品做一番整理。

　　第四章張耒的詩，旨在敘述張耒詩的特色與成就。

　　第五章張耒的文，旨在敘述張耒文的特色與成就。

　　餘論，旨在探討張耒在當時的地位，及文學史上的價值。

目

錄

引　言

　　北宋自太祖建隆元年（960）國勢底定，到欽宗靖康元年（1226）汴京陷落，其間一百六十七年，在政治上、軍事上雖然積弱不振，但學術文化則發展鼎盛。尤其是文學成就，在文學史上占有極為重要的地位。就文而言，北宋文人，復興了自晚唐、五代以來一度式微的古文，並成就空前的成績。在詩方面，不但走出唐人堂廡，獨樹理趣一格，而論詩風氣的盛行，也遠非前代可比，詩評、詩話的大量問世，更為詩學開闢新途徑，使得宋詩能夠與唐詩分庭抗禮。在詞方面，這一新興的文體，歷經晚唐、五代的長期醞釀，終於在宋朝開花結果，成為這一時代的文學主流。

　　在這百六十餘年間，文人騷客，名家輩出，最為其中翹楚的則推蘇軾。蘇軾和他的幾個門人，是繼歐陽修之後，在北宋中、晚期文壇，具有舉足輕重的人物。釋惠洪在《石門文字禪》中說：「秦少游、張文潛、晁無咎，元祐間，俱在館中，與黃魯直，居四學士，而東坡方為翰林，一時文物之盛，自漢唐以來未有也。」正可以代表時人對他們的推崇。

　　而四學士中，黃山谷以詩著名，在當時和東坡並稱「蘇、黃」，以他為開山祖的江西詩派，對宋朝及後世有著深遠的影響；秦少游也以婉麗的詞，為人所傳誦。惟獨張文潛在當代以最後名家、文學重鎮，

受到矚目，卻幾乎名隨身沒，較少有人提及，僅在詩話、筆記、文學史，詩選、詩鈔中，偶有片段的記載，近人學術論文中，討論張文潛者，前有民國 62 年師範大學國文研究所研究生李居取所撰之《蘇門四學士詞研究》，及民國 74 年臺灣大學中文研究所研究生崔仁愛撰作之《張耒文學理論的研究》。這二篇文章之中，前者因爲張文潛傳世之詞甚少，故不著力於此，僅列以備一格，對作者的生平事蹟，也限於對《宋史》本傳稍作說明而已，沒有太大的闡發。後者在生平考證上雖然下過一番工夫，但因崔氏是一外籍學生，行文之中多有疏漏錯誤之處。且範圍所限，對張文潛的文學，只做簡單的介紹。因此我選擇這個題目，希望能夠對文潛本人及他所擅長並具影響力的詩文成就，提出較爲系統而深入的報告。

個人才疏學淺，自訂定題目，始終以兢戰的態度，在將近一年的時間裡，由張文潛本身作品之版本入手，從詩文內容加以條分縷析，並旁及其交遊文人著述，歸納有關詩話、筆記、史傳所記，參考方志、藏書目錄等文獻，極力搜集，而後淘汰重複、分辨眞僞，手抄筆錄，輯成此文。共一冊，約八萬字，凡五章十九節，並附餘論二節。

第一章張文潛的家世與生平，旨在探討其家庭、仕宦、性格思想對文潛日後行事及創作的影響。第二章張文潛的交遊，則籍他的交遊情形，說明他的志趣與爲人，一以呼應前述之性格，也可以看出他所處的環境，和左右其文學的外在因素。第三章討論張文潛文集版本，籍作品流傳，說明他身後的評價，同時將現存作品做一番整理。第四、五章，分述其詩文特色及建樹。餘論探討張文潛詩文在當時的地位，及文學史上的價值。

文中所引詩文，除特別標注者，皆以《右史集》爲底本。傳記資料取自昌師彼得、王德毅、程元敏、侯俊德編《宋人傳記資料索引》，其中有待商榷者，則依文學史及其他專著做修正。

撰作期間承黃師啓方悉心指導，並惠賜資料，及手批裁正，終於成篇，謹致深深謝意。論文若有一二發明，自當歸功於老師，至於未

臻理想的地方，則是個人才識、努力不夠。

　　並且，也要謝謝曾永義老師，不僅往常予我鼓勵和啓發，在黃師赴韓國講學時，曾老師對我的照顧和教導，是我難以忘懷的。至若全文的校對印刷工作，則偏勞學妹劉明香；好友林佩倫犧牲休暇爲我抄謄，於此一併致謝。最後，要感謝我的父親，是他的全力支持，讓我唸中文系，並完成研究所教育。今年正值他五十大壽，願以此書做爲獻禮，慰藉他多年的期盼於萬一。

第一章　張耒的家世與生平

張耒的生平事蹟，《宋史》本傳〔註1〕說：

張耒字文潛，楚州淮陰人。幼穎異，十二三歲能文，十七歲
作函關賦，已傳人口。游學於陳，學官蘇轍愛之，因得從軾
游，軾亦深知之，稱其文汪洋沖澹，有一倡三嘆之聲。弱冠
第進士，歷臨淮主簿、壽安尉，咸平縣丞。入為太學錄，范
純仁以館閣薦試，遷秘書省正字、著作佐郎、秘書丞、著作
郎、史館檢討。居館八年，顧義自守，泊如也。握起居舍人。
紹聖初，請郡，以直龍圖閣知潤州。坐黨籍徙宣州，謫黃州
酒稅，徙復州。徽宗立，起為通判黃州，知克州，召為太常
少卿，甫數月，復知潁、汝二州。崇寧初，復坐黨籍落職，
主管明道宮。初耒在潁，聞蘇軾訃，為舉哀行服，言者以為
言，遂貶房州別駕，安置於黃。五年，得自便，居陳州。耒
儀觀甚偉，有雄才，筆力絕健，於騷詞尤長。時二蘇及黃庭
堅、晁補之輩相繼沒，耒獨存，士人就學者眾，分日載酒殽
飲食之。誨人作文以理為主，嘗著論云：「自六經以下，至
於諸子百氏騷人辯士論述，大抵皆以為寓理之具也。故學文
之端，急於明理，如知文而不務理，求文之工，世未嘗有也。
夫決水於江、河、淮、海也，順道而行，滔滔汨汨，日夜不
止，衝砥柱，絕呂梁，放於江湖而納之海，其舒為淪漣，鼓

<hr>

〔註1〕見卷四百四十四，頁 13112，鼎文書局。

爲波濤，激之爲風飆，怒之爲雷霆，蛟龍魚鼈，噴薄出沒，是水之奇變也。水之初，豈若是哉！順道而決之，因其所遇而變生焉。溝瀆東決而西竭，下滿而上虛，日夜激之，欲見其奇，彼其所至者，蛙蛭之玩耳。江、河、淮、海之水，理達之文也，不求奇而奇至矣。激溝瀆而求水之奇，此無見於理，而欲以言語句讀爲奇，反覆咀嚼，卒亦無有，文之陋也。」學者以爲至言。作詩晚歲益務平淡，效白居易體，而樂府效張籍。久於投閒，家益貧，郡守翟汝文欲爲買公田，謝不取。晚監南嶽廟，主管崇福宮。卒，年六十一。建炎初，贈集英殿修撰。

憑此寥寥數百字，想瞭解張文潛的生平，自有不足，然而其他文獻所載，雖詳略不一，亦大抵不出《宋史》範圍。本文以他的詩文集，和他的交遊所記錄之資料，重新加以考訂整理，以求對他有較深入詳盡的敘述。

第一節　家　庭

張文潛的先世已不可考，在所見的有限資料中，只知道他家居淮南，仕者數世〔註2〕。他的祖父曾經任官於閩〔註3〕，父親娶李氏而生文潛。

文潛的外祖父李公，曾在晏殊守亳的時候，以著作佐郎任譙令〔註4〕。文潛自謂是譙人〔註5〕，他父母的結合，恐怕就在外祖任職譙令期間。而後他外祖父調任陳州，遂寓居於陳，在地方上聲譽頗佳〔註6〕，文潛日後遊學於陳，可能也是因爲方便居住外氏李家。

〔註2〕見《張右史文集》（以下簡稱《右史集》），卷五十八，頁 459〈上蔡侍郎書〉，商務印書館，《四部叢刊》。
〔註3〕見《明道雜志》，頁 30，新興書局，《筆記小說大觀》三編三。
〔註4〕同註2，卷四十七，頁 342〈記外祖李公詩卷後〉。
〔註5〕同註2，卷十七，頁 147〈耒病臂比已平獨挽弓無力客言君爲史官何事挽弓戲作此詩〉。
〔註6〕同註3，頁 2。

　　文潛的外祖父，既然曾任著作郎，自然能吟詩作文，文潛對這位尊長，十分推崇，《右史集》卷四十七〈記外祖李公詩卷後〉說：

　　　　元獻雖以故相守藩，位貌尊貴，而與外祖友，賦詩飲酒，朝夕不舍，忘其位之有尊卑也。方是時太平積年，內外無事，公卿大臣皆一時文章豪傑之士，優游燕息，往往喜與詩人文士談笑、述作，觀其指物摭事，皆慨然自託于不朽之意。而至于今世之君子，皆喜道之，可謂盛矣。方是時，外祖以文章有名，而詩尤傳于人。一時名臣多致恭願交，而嘗賦詩，稱少日知己，惟晏、范，故元獻及文正，往來詩居多焉。

《右史集》卷十三〈贈李德載二首其二〉又對表弟李公輔說：

　　　　我家外翁天下士，欲以文章付孫子。

這當是文潛親身的體驗，亦可想見文潛在弱冠第進士之前，受自外祖父在文學上的啟發。

　　文潛之父為人剛介峭峙〔註7〕，嘗從趙周翰受易〔註8〕，任山陽學官〔註9〕，三司檢法官，後以親老，求知吳江縣〔註10〕，善治獄，卹囚有恩，《右史集》卷十七〈離楚夜泊高麗館寄楊克一甥四首其四〉，講到他父親的仁德說：

　　　　爾家外大父，聽訟代其憂。備渴朝煮飲，驅蚊夜張幬，獄成上府時，稽顙呼張侯。

文潛關心民瘼的態度，受父親平日作為影響不淺。

　　至於文潛的排行和兄弟姊妹多寡，詩文集中均未提起。有資料可考的，只有他的三姊、七兄和一弟、一妹，雖未必是同胞手足，僅是同宗或同族，也列在此篇，做為探討文潛家庭生活的參考。

　　文潛的三姊，嫁奉議楊補之，並有子克一。《右史集》卷二十二

〔註7〕同註2，卷四十五，頁329〈祭李深之文〉。
〔註8〕同註3，頁7。
〔註9〕同註2，卷五十一，頁372〈送李端叔赴定州序〉：「某為兒童，從先人于山陽學官。」
〔註10〕同註3，頁6。

有〈送三姊之鄂州〉詩。他的姊夫爲人廉靜樂道，不食葷血，不交世俗，好篆刻，精秦漢歎識〔註11〕，官至奉議。和文潛往來密切，文潛心中嚮往陪伴姊姊、姊夫終老田園已久，《右史集》卷二十二〈送楊補之赴鄂州支使〉說：

何日粗酬身世了，卜隣耕釣老追隨。

卷二十六〈效白體贈楊補之〉也說：

我亦久懷伊洛興，煩君先爲卜禪關。

可惜楊補之年未六十而卒，文潛這個宿願只能抱憾了。外甥則是文潛所賞識。他名道孚，字念三，又字克一。人物英秀，有外家風。工詩，善畫墨竹，爲黃庭堅、晁无咎所稱賞。官歷陽州法椽〔註12〕。文潛素來重視此子才思，詩文之中，期勉尤多。

文潛又有楊姓外甥，名介，字吉老，《宋人傳記索引》以爲就是克一〔註13〕，續山陽縣志則區而二之〔註14〕，由文潛集中記載看，克一工詩善畫，吉老雖亦能詩，但以精通歧黃見稱，當是兩人。

文潛的七兄君復，是一個斷愛屏欲，專意禪說，乃至割絕世緣的人，故生平無可考，文潛作品中寄贈甚多。《右史集》卷十六〈次韻君復七兄見贈〉、卷二十一〈同七兄及崧上人自墳庄還寺〉，卷二十六〈喜七兄疾愈二首〉，《宛丘集》卷九〈初離淮陰聞泝水已下呈七兄〉、〈次韻七兄龜山道中〉等皆屬之。

《右史集》卷五十八〈上孫端明書〉：

某之家弟來，幸得望履幕下，未嘗欣然自負以爲辱公之知。

則文潛有弟，但僅此一見，亦無以知其人生平。

周必大謂文潛有妹匹配錢勰次子東美〔註15〕，錢東美曾任朝請

〔註11〕見《續山陽縣志》，卷十，頁 19。山陽縣志籌印委員會印行。
〔註12〕見《東萊紫薇詩話》，卷一，頁 6，新興書局，《筆記小說大觀》十三編二。
〔註13〕見頁 3163、3167，鼎文書局。
〔註14〕同註 11。
〔註15〕見《文忠集》，卷十七，頁 2〈跋錢穆父與張文潛帖〉，商務印書館，《四庫珍本》

郎主管東京排岸司〔註16〕，但文潛詩文都未提及。倒是錢勰和他十分交好，經常在集中出現。

文潛幼年在楚州淮陰成長。淮陰是淮水上的交通重鎮，土地肥沃，物產豐富。書香仕宦的家庭，人文薈萃的環境，培育文潛的才思，本傳說他「幼穎異」，他本人在《右史集》卷四十六〈答李推官書〉說：

> 耒不才，少時喜為文詞，與人遊，又喜論文字。

同卷〈投知己書〉也說：

> 耒自總角而讀書，十有三歲而好為文。

都說明他對文學特有的天分。

正當他漸露鋒芒的時候，卻因親病，不得不肩負生活的重擔。他的父祖雖都曾出仕，但是家境並不寬裕，他之所以急於求仕，主要是為了養親。《右史集》卷一〈杞菊賦〉就透露他的心聲：

> 余不達世事，自初得官，即不欲仕，而親老矣，家苦貧，冀斗升之粟，以紓其朝夕之急，然到官歲餘，困于往來奔走之費，而家之窘迫益甚。

〈投知己書〉中又說：

> 十有七歲而親病，又二年而親喪。

卷四十六〈上蔡侍郎書〉也說。

> 弱冠得官，欲養其親，而受養者未飽，而泣血繼之。

他這份養親的心願，並未達成。風木之哀，使他久久不能釋懷。所幸他有位賢惠的妻子，與他攜手困境，更由於她的持家有方，免去文潛後顧之憂。

文潛在他的詩文中，曾經多次提到他的這位賢內助，卻未說出她的姓氏，崔仁愛在她的碩士論文－《張耒文學理論的研究》中，說她姓李〔註17〕，卻未註明據何而來，在此不採其說。

〔註16〕見《梁谿全集》，卷一百六十七，頁 13〈錢公墓誌銘〉。漢華文化公司。

〔註17〕見頁 15，臺大碩士論文，民國 74 年。

　　成家後的張文潛，依然過著貧苦的生活，其窘困的情形，由詩中可見一斑。《右史集》卷十四〈寄劉聲〉說：

> 析圖補冬衣，乞米煮朝飯。

卷十八〈十月二十二日晚作三首其一〉也提到：

> 龐攏飽婦子，苜蓿無餘盤。

最深刻詳盡的描述，見卷十三〈歲暮即事寄子由先生〉：

> 女寒愁粉黛，男窘補衣裾。已病藥三暴，辭貧飯一盂。長瓶臥墻角，短褐倒天吳。宵寐衾鋪鐵，晨炊米數珠。大擥隨杜腥，蒭製煖寒軀。

面對這樣的苦日子，他的妻子非但沒有怨尤，辛勤持家，甘之如飴。對於嗜酒的丈夫，更時時爲具樽觴，來寬慰文潛胸中的鬱結。《右史集》卷十〈有感三首其二〉說：

> 病齒不飲酒，持盃勸妻兒。

卷十四〈宿合溜驛〉說：

> 妻兒具盤盂，強飯一爲飽。

卷二十六〈至日感言二首其二〉：

> 佳節妻兒具尊酒，茅齋斟酌慰愁翁。

卷三十四〈西窗雜咏三首其三〉說：

> 到舍妻兒勞動苦，白醪缸畔醉如泥。

都是描寫他妻子的體貼可人。無怪文潛誇她〔註18〕：

> 大勝劉伶婦，區區爲酒錢。

　　由於妻子的辛勤操作，讓文潛在時運不濟時，猶能享受天倫之樂，這是他衷心感激的，《右史集》卷二十三〈內生日〉說：

> 從我奔馳走四方，清貧殊不屬糟糠。黔妻環堵貧常醉，壽母高堂老亦康。夷險百爲吾有命，窮通一意子眞剛。今年生日心無事，好爲兒孫舉壽觴。

可見他對妻子的勞苦貢獻，是如何感佩。豈料妻子先他而死，留給他中途失翼的哀傷。卷三十六〈悼逝〉說：

〔註18〕同註2，卷十八，頁152〈冬日放言二十一首其十一〉。

> 結髮爲夫妻，少年共飢寒。我迂趨世拙，十年困微官。男
> 兒不終窮，會展凌風翰。相期脫崎嶇，一笑紓艱難。秋風
> 摧芳蕙，既去不可還，滴我眼中血，悲哉摧肺肝。兒稚立
> 我前，求母夜不眠。我雖欲告之，哽咽不能言。積金雖至
> 斗，紆朱走革軒。失我同心人，撫事皆悲酸。積日而成時，
> 積時更成年。山海會崩竭，音容永茫然。

他對妻子的深情和死別悲痛，都教人爲之墮淚。同卷又有〈悼亡九
首〉，亦都是眞情流露，感人至深之作。

　　張耒的兒女，傳記所載有秬、秸和三人，謂皆成進士〔註19〕。
而他自己在詩文中提到的，還有秠、阿几、和嫁給陳景初的女兒。

　　陳景初生平無可考，《右史集》卷二十四〈送壻陳景初還錢塘〉
說：

> 乃翁風節老彌堅，嗣子清修學有傳。爲愛詩書賢事業，肯
> 羞葛練拙包纏。經年上國勞歸夢，一棹寒流放去船。飽讀
> 陳編勤筆硯，書來寄我好文編。

據此得知他的這位賢壻也是出自書香門第，文潛對他期望頗高。

　　至於秠，僅出現在《右史集》卷八〈挂虎圖于寢壁示秬秸秠〉《宛
丘先生集》卷十二同詩，秠作秺，據詩意推之，當是文潛子，但史傳
未嘗說到此人，是否爲筆誤，也無明證，只能存疑。

　　阿几則是文潛鍾愛的小兒子，《右史集》卷十〈阿几〉：

> 小兒名阿几，眉目頗疏明。日來書案傍，學我讀書聲。男
> 兒事業多，何必學讀書。自古奇男子，往往羞爲儒。阿几
> 笑謂爺，薄雲無密雨。看爺飢寒姿，兒豈合富貴。翁家破
> 篋中，惟有書與史。教兒不讀書，更欲作何事！

可見阿几不但面目清秀可愛，且聰明伶俐。不幸他七歲就夭折，只留
給文潛無限哀傷。卷四十五〈哭下殤文〉說：

> 下殤者何？吾兒也。兒生慧淑，父母有所戒，輒絕不爲。
> 性仁不傷物，處其曹恂恂也。年七歲得驚疾，醫不能其方

〔註19〕見《山陽縣志》，卷十一，頁33，山陽縣志籌印委員會印行。

而死，作此以哭之。曰：醫之不得其方耶？抑其命有短長耶？獨爾能使吾悲若此耶？抑爲父者皆愛其子耶？蒼顏夷顙，秀眉清目，今其存亡？其猶有鬼也，使無物則吾復何思：其尚有知也，則夫荒屋野寺，風霜雨露，食息誰汝視也？

喪明之痛，溢於文辭。

　　秬、秸、和三人雖功名皆有成就，却不能奉養文潛終老。陸游《老學庵筆記》〔註20〕說：

張文潛三子秬、秸、和皆中進士第。秬、秸在陳死於兵，和爲陝西教官，歸葬二兄，復遇盜見殺，文潛遂亡後，可哀也。

馬純《陶朱新錄》〔註21〕則說：

張彧字景安，文潛之子也。俊邁有家聲，一日卦調得蔡州榷山市易務，方欲出京，當宣和間景隆門燈火極盛，彧以道自潁昌來，潛觀遇之途。景安欲拜而止之。曰：「非小字僧哥者乎？」曰：「是也。」乃邀登酒樓，飲酣贈以詩曰：「璧水衣冠明玉雪，市樓風月話江湖。莫學羣兒敗家法，入門無不曳長裾。」景安建炎中爲陝府教授。

按宋人所謂張文潛，僅耒一人而已，若正如馬氏所說，則文潛有子仕於南渡後，豈得說他絕嗣。但是文潛子輩都以「禾」字旁爲名，並沒有張彧者。而晁以道宣和時尚在人間，《景迂生集》中也沒有所謂贈詩。且《老學庵筆記》、《陶朱新錄》都是撟拾耳聞所做的筆記，但馬純所記，往往涉及怪異，可信性不高，當以陸游所說爲是。

　　早年喪親，又以遷謫，漂泊南北，既不能與妻子白頭偕老，又沒有兒女奉養終老，文潛遭遇淒涼令人同情。無怪乎他要縱情詩酒，在黃庭、老氏書中尋求慰籍了。

〔註20〕見卷四，頁1720，新興書局，《筆記小說大觀》三編三。
〔註21〕見頁2，新興書局，《筆記小說大觀》十八編一。

第二節　仕　宦

張文潛的仕途起於登進士第。關於他登第的時間，現有資料中都找不到明確記載，本傳也只籠統說：

> 弱冠第進士。

《明道雜志》[註22] 記載：

> 某應舉時，已獲薦赴南省，僦居省前汴上散屋中。初入屋，懸寢帳，忽見余帳後有一黃草新繩子垂下，草甚勁緊，自相糾結，成一「及」字。余曰：「此乃佳兆！」蓋聞人謂登科爲及也。省試罷歸，省牓將出，復至京師，寓相國一鄉僧院中，晨起嗽口，噴水門上，覺水濕處隱然有字，因洗視之，乃四字云「勞登在即」也。是歲余叨忝。

亦不載明年月。崔仁愛謂其年乃熙寧七年。[註23] 按《右史集》卷二〈涉淮後賦序〉云：

> 余甲寅之秋，自正陽涉淮，作涉淮賦，既而至泗之臨淮邑之東南。

甲寅歲，即熙寧七年，時文潛已赴任臨淮主簿，以此推之，文潛登第，當在此年秋前。

首次出任地方官員，來到東南舟車之會的臨淮，對年方二十一歲的文潛是一大考驗，他在《右史集》卷四十九〈臨淮縣主簿廳題名記〉談到當地的民風政情：

> 淮南之衝，以重法禁盜賊者三郡，而泗之臨淮，宿之虹，地大而多藪澤，與豐沛接，其民驍悍，而慓輕，于三郡之盜居多焉。其豐年無事，則盜爲之稍息，而其悖戾之氣，發於囂訟爭鬥欺妄，詭詐而不畏法，故臨淮爲泗之劇。而吏于泗者，于臨淮爲最勞。自之來，未几，而得安坐以治事，與夫寮屬之往來，而聞以休于家者才十一。凡飲食之安，朋友之歡，疾病之養，率無有。

〔註22〕同註3，頁31。
〔註23〕同註17，頁7。

其辛勞可知。文潛任官臨淮，到調職壽安尉，約五年。

元豐二年，他改任河南壽安縣尉。《右史集》卷四十七〈書曾子固書後〉說：

> 元豐二年夏，曾公自四明守託道楚，余時自楚將赴河南壽安尉……六年，余罷壽安尉，居洛。

在職四年，他有了和臨淮完全不同的感受。

壽昌故城在今河南洛陽南方，宜陽縣東南，文潛居住的福昌是個山城，《右史集》卷十五〈寄余五十五〉描寫這個地方說：

> 福昌古邦廢已久，莽莽榛棘藏譬鼪。空宮蕭條唐舊路，古堞斷續韓遺墟。高頑餘民俗未泯，習尚兇獷羞爲儒。

面對與家鄉迴別的景物，文潛留下許多登臨思鄉的作品。卷十五〈福昌雜詠五首〉就是這種心情的寫照，茲錄其一、二首：

> 張翰飄然欲鱠鱸，周南久客意何如？風悲故國荆榛地，日落空城雉兔墟。明月搗衣聞洛杵，故人憑雁寄南書。旅歌辛苦空彈鋏，誰念朝盤未食魚？
>
> 東望州原拱別都，漢唐冠蓋已丘墟。地橫高少雄中夏，天險輾輾困萬夫。宮殿荒涼興廢恨，山河慘淡戰爭餘。登臨不見淮南道，只有風塵地客裾。

除了鄉愁難卻之外，由於公務清閒，而讓文潛得暇寫作，文集中明顯看出是這時期作品的有：〈愬魃〉、〈敍雨〉、〈友山〉、〈逐蚍〉、〈福昌秋日效張文昌二首〉、〈福昌〉、〈福昌南望〉、〈歲暮福昌懷古四首〉、〈福昌官舍後絕句十首〉，都表現出他往來古都，憑弔陳蹟的自得，和關心民情的寬愛胸懷。

此後文潛在洛陽暫居。卷五十八〈與魯直書〉裡說：

> 得官西遊洛陽者三年，歷時益多，行四方遠。

詳細情形不得而知。元豐八年，他出任咸平縣丞，不過因為時間不長，沒有詳細的記載，只在〈書曾子固集後〉和卷四十五〈記異〉兩文中，約略提起這件事。

元祐元年夏天，文潛來到京師，供職太學，同年冬天，又試太學

錄，爲秘書省正字。他在《右史集》卷四十九〈冰玉堂記〉，記錄這些事；此後，他的仕宦歷程有了轉變。總計居館閣達八年之久，期間他先後做過著作佐郎、秘書丞、史館檢討等官。這是他一生中最平穩的日子，從他和館閣其他文人唱和的詩篇看，他在館中人緣極佳，而能與同好朝夕共處，相互琢磨，愜意可知。

　　元祐八年冬，文潛自著作佐郎除起居舍人－即右史，終於得以親侍皇帝，他的內心洋溢著感慨和興奮，卷三十一〈紹聖甲戌侍立集英殿臨軒試舉人作此兩絕其二〉：

> 弱歲干名翰墨場，春寒搖筆試西廂。茫然二十年間事，還著春衣侍玉皇。

不久，他以直龍圖閣的身份，出知潤州〔註24〕。

　　紹聖元年七月大責朋黨，文潛坐黨籍，在同年八月改知宣州〔註25〕。這時他已經四十一歲了，對於坦途中當頭而來的打擊，他並不因此而絕望，仍在山水之中寄情。《右史集》卷三十〈題宣州後堂壁四首〉：

> 過雨山亭暑氣微，老人猶未試生衣。滿園閒綠無人到，春日南風燕子飛。
>
> 我欲留春情不淺，青春別我苦無情。敬亭山下紅千樹，日日南風綠滿城。
>
> 翠樹陰陰晚雨回，江山清潤絕纖埃。軍廚煮酒香初熟，更釣溪魚斫膾來。
>
> 流落天涯一病身，簿書叢裡費精神。殷勤照水窺華髮，黃鳥聲中丈一春。

懷憂而不喪志，是他內心的寫照。

　　紹聖三年秋，他罷守宣城，寓居宛丘〔註26〕，過著清閑的生活，《右史集》卷一〈問雙棠賦〉說：

> 余以丙子秋寓居宛丘南門靈通禪刹之西堂，是歲季冬手植

〔註24〕見《后山詩註》，卷四，頁 55〈寄張文潛舍人〉任淵註，商務印書館，《四部叢刊》。

〔註25〕同註24，頁 58〈寄張宣州〉。

〔註26〕同註3，頁 2。

海棠于堂下，至丁丑之春，時澤屢至，棠茂悅也，仲春且
花矣。余約常所與飲者，且致美酒，將一醉于樹間。

這段時間，他還作了〈讀陶淵明飲酒詩竊愛其詞文而慕其放達因次
其韻得詩一十九首〉、〈白樂天有渭上雨中獨樂十餘首倣淵明余寓宛
丘居多暇日時屢秋雨倣白之作得三章〉……等詩篇。

可惜這種舉觴對花的日子，並不久長，紹聖四年春天，謫書再降，
他只好收拾行囊，到貶謫地黃州齊安去。

黃州在當時是落後地區，早在文潛之前，東坡就曾貶到此地。《明
道雜志》〔註27〕描述這裡的環境說：

黃州蓋楚東北之鄙，與蘄鄂江河光壽一大藪澤也，其地多
陂澤丘阜，而無高山，江流其中，故其民有魚稻之利，而
深山溪澗，往往可灌漑，故農惰而田事不修，其商賈之所
聚，而田稍平坦，輒為叢落，數州皆大聚落也，而黃之陋
特甚。名為州而無城郭，西以江為居，其三隅略有垣壁，
間為藩籬，因堆阜攬草蔓而已。城中居民纔十二三餘，皆
積水荒田，民耕漁其中。方盛夏時，草蔓蒙密，綿亙衢路，
其俗偏迫險陋而機巧。

而齊安生活之苦，更是出乎文潛所能想像，他初來時居佛堂僧舍
中，《柯山拾遺》卷二有〈余謫居齊安寓郡東佛舍而制不能逾歲今冬
遂移居秬秸料理新居作詩示之〉，而移居之後的情況，依然教他失望，
《右史集》卷一〈蘆藩賦〉中說：

張子被謫居齊安，陋屋數椽，織蘆為藩，疏弱陋拙，不能
苟完。晝風雨之不禦，夜穿窬之易干，上雞栖之蕭瑟，下
狗竇之空寬。

幸好郡守楊瓌寶和他十分投契，又有潘邠老兄弟和他往來唱和，
他才逐漸從抑鬱中掙脫出來，在他寫給徐積的信函中〔註28〕，回憶這

〔註27〕同註3，頁18。
〔註28〕見《節孝集》，卷三十二，頁26〈張宛丘帖〉，商務印書館，《文淵閣
四庫全書》。

段往事說：

> 耒拜上：季春極暄，恭惟仲車教授先生尊體起居萬福。耒
> 何罷宣州到京，蒙除勾管明道宮，尋便居陳，僅半年餘，
> 即頗優游。今年閏月初，忽捧誥命，謫監黃州酒稅，仍落
> 職；遂出。陸自陳入蔡，自蔡入光，遂至貶所。黃在大江
> 上，風土食物却相得。太守乃楊瓌寶，與之親舊，通守山
> 陽人也，眞長者，謫官之幸。耒卑體亦頑健，新婦以次，
> 各無恙，職事亦不絕冗。公私既無事，事中亦泰然。其他
> 外物，應自有命，非人能與也。先生以爲如何？有以見教，
> 乃卑誠所願也。……

然而他對黃州的排斥，却始終無法抹去。《右史集》卷六〈齊安行〉
說：

> 最愁三熱如甑，北客十人八九病。百年生死向中州，千金
> 莫作齊安行。

他內心的恐懼是可以想見的。

　　在齊安住了四年，直到元符二年秋天，才獲調職復州（一名竟陵
郡，湖北省沔陽縣西）。雖然隔年春天他就離開，但他在復州營建了
鴻軒，並且遍植薔薇，過了短暫的適意生活。在他的〈懷竟陵蓮花〉、
〈冬日懷竟陵管氏梅橋四首〉、〈竟陵僦舍仍有小園風物頗佳〉、〈鴻軒
記〉等作品中，回憶復州生活，都流露著滿足。《右史集》卷十一〈將
至都下〉：

> 竟陵南望稻新熟，夢澤悠悠傷遠目。春風嶺上望齊安，太
> 昊城邊攬秋菊。那知歲暮東州客，大山蒼寒曉霜白。雲收
> 霧捲日月明，却上天衢瞻玉色。弊裘疲馬古道長，九月刺
> 史歸空囊。歸去故人應笑我，滿衫清淚說潯陽。

對復州生活，猶有依依之情。

　　徽宗即位，文潛起爲通判黃州，知兗州，不久召入任太常少卿，
貶謫生涯剛有了轉機，沒想到才數月，又出知潁州。建中靖國元年七
月，東坡逝世於常州，死訊傳來，在潁州的文潛立刻爲舉哀行服，盡

弟子之禮。不久他改調汝州，爲東坡致哀的事被朝廷知悉，崇寧元年九月，他再度遭貶，授房州別駕，安置於黃。四十九歲的他，在他素來厭惡的黃州又待了五年，才得到皇帝的恩淮，得以居陳州。政和間他監南嶽廟，主管崇福宮，直到政和四年去世，都未再離開。

第三節　張耒的性行思想

　　張文潛外表特徵，除了陸游所說〔註29〕的：

　　　　生而有文在其手曰耒，故以爲名，而字文潛。

之外，最引人注目的，就是他那壯碩的身材。

　　張文潛在仕途上雖然屢遭貶斥，生活也談不上富足，却生得白胖如瓠，本傳說他：

　　　　儀觀甚偉。

詩話也說他：〔註30〕

　　　　在一時中人物最爲魁偉。

　　因此，他的朋友經常繞著這個話題和他開玩笑。秦少游在〈次韻答張文潛病中見寄〉中〔註31〕說：

　　　　平時帶十圍，頗復減臂環。

黃庭堅〈戲和文潛謝穆父松扇〉〔註32〕也提到：

　　　　張侯哦詩松韻寒，六月火雲蒸肉山。

陳師道〈贈張文潛〉〔註33〕。

　　　　張侯便然腹如鼓，饑雷收聲酒如雨。

〈嘲無咎文潛二首其一〉〔註34〕又說。

　　　　詩人要瘦君則肥，便然偉觀詩不宜。詩亦於人不相累，黃

〔註29〕同註20，頁1722。
〔註30〕見《詩話總龜》，卷三十九，頁7，新興書局，《筆記小說大觀》三十八編五。
〔註31〕見《淮海集》，卷六，頁25，商務印書館，《四部叢刊》。
〔註32〕見《豫章黃先生文集》，卷二，頁18，商務印書館，《四部叢刊》。
〔註33〕見《後山集》，卷三，頁17，商務印書館，《文淵閣四庫全書》。
〔註34〕同註33，卷八，頁2。

　　金九鑲腰十圍。

都是嘲戲他的肥胖，而文潛本人並不在意，甚至在《右史集》卷十八
〈冬日放言二十一首其十三〉自我解嘲地說：

　　　　吾腹如鴟夷，但滿貯醇酒。外圓故不滯，中靜一無有。紛
　　　　紛千百輩，納若一塵垢，下而至真源，保之故難朽。

非但不以此為忤，反而引以為榮。也可以看出他的幽默詼諧，不拘小
節。

　　《雞肋篇》裡〔註35〕又更進一步描繪他的形容說：

　　　　昔四明有僧，身矮而腹皤，嘗負一布袋，人目為布袋和尚，
　　　　臨終作偈曰：「彌勒真彌勒，分身百千憶，時人識世人，時
　　　　人總不識。」今世遂塑其像為彌勒菩薩。張文潛學士貌與
　　　　僧肖。

後人更以「肥仙」來稱呼他，楊萬里〈讀張文潛詩〉說〔註36〕：

　　　　晚愛肥仙詩自然。

「肥仙」之號在南宋時已通行。

　　　儘管張文潛的身材是如此壯碩魁偉，他的情感卻是細膩的，黃庭
堅〈奉和文潛贈無咎其六〉〔註37〕說：

　　　　雖肥如瓠壺，胸中殊不麤。何用知如此，文采似於菟。

〈病起荊江亭即事十首其九〉〔註38〕又說：

　　　　形容彌勒一布袋，文字江河萬古流。

都能為他的外表和內涵的恰成對比，做一註腳。這一點，也可以由他
的詩文得到應證。

　　　而文潛的風趣、詼諧、不拘小節，最似東坡，他的幽默不僅表現
在與人談笑之中，更有雅量接受嘲弄，甚至自我調侃。這樣的性情，
帶給他極佳的人緣，卻也因此讓他在人生過程遭到挫敗。

〔註35〕見卷中，頁13，新興書局，《筆記小說大觀》三十編十。
〔註36〕見《誠齋集》，卷四十，頁383，《四部叢刊》，商務印書館。
〔註37〕同註32，卷二，頁19。
〔註38〕同註32，卷七，頁59。

在他那些和朋友唱和的作品中，不難看出他風趣的口吻，《右史集》卷五〈圍棊歌戲江瞻道兼呈蔡秘校〉說：

> 蔡子圍棊非我敵，我謹事之如大國。主盟召會不敢辭，近忽憑陵有驕色。鄒人戰魯固非宜，于越入吳誰可測。願君勿以大自驕，知小深謀戰須克。區區江子似邾婁，我如強魯端能役。凌兢螳臂屢見拒，我但憐子心難得。近來措置尤小獰，何異穿窬時有獲。可憐癡將不知兵，請視吾旂豈眞北。飢魚貪餌不知鉤，口雖暫美身遭食。雖然吾亦守疆場，防患猶須謹蠹賊。上攀蔡子雖巳邈，晉楚周旋終有日。下觀江子行逾遠，我進駸駸未知極。嗟余自謂敢忘謹，事有其誠難掩抑。爲君聊發一笑端，欲問吾棊視斯檄。

對一局棊，卻能誇張地說出一篇大道理，而不傷害朋友，眞可說是謔而不虐。

對於生活的無奈，他往往也是以自我寬慰的方式，付之一笑。卷十三〈二十三日晨欲飲求酒無所得戲作〉說：

> 張君所欲一壺酒，百計經營卒無有。夜來客至瓶巳空，晨起欲飲還戒口。努力忍窮甘寂淡，人間萬事如反手。百壺一醉有底難，造物謔戲君須受。

又卷十八〈冬日放言二十一首其十二〉說：

> 我初謫官時，帝問司酒神，曰此好飲徒，聊給酒養眞。去國一千里，齊安酒最醇。失火而遇雨，仰戴天公仁。

對於家貧、遷謫的痛苦，他看得十分平淡、通達。

在和朋友往來，文潛往往也是詼諧不少避諱。《明道雜志》[註39]記載一則軼事說：

> 呂與叔，長安人。話長安有安氏者，家藏唐明皇髑髏，作紫金色，具家事之甚謹，因爾家富達，有數子得官，遂爲盛族。後其家析居，爭髑髏，遂斧爲數片，人分一片而去。余因謂之曰：「明皇生死爲姓安人極惱。」合坐大笑。時秦

學士觀方爲賈御史彈，不當授館職。余戲秦曰：「千餘年前
賈生過秦，今復爾也。」聞者以爲佳謔，而秦不歡。

少游與文潛是至交，尚且不能不生氣，焉能不以言語得罪他人？

《能改齋漫錄》〈劾張文潛謝表不欽〉〔註40〕說。

張文潛崇寧元年，復直龍圖館，知潁州。謝表云：「我來自
東，每兢兢而就列。炊未及熟，又挈挈以告行。」臣僚上
言云：「我來自東，是爲不欽。豈有君父之前，輒自稱我？
雖至親不嫌於無欽。有時而爾汝，然非謝表所可稱之辭。
雖數更赦宥，不可追究，亦不可不禁，如今後有犯者，仰
御史臺，即時彈劾。」

他的仕途坎坷，和豪邁的性格不無關係。這是他的缺點，也是他爲人
可愛的地方。

文潛同時也是一個多才多藝的人，《續山陽縣志》〔註41〕談到他
的才華說：

右史於藝無所不窺：山谷次韻文潛休日不出詩：「墙東作瘦
馬。」注：「文潛善畫馬。」是善畫也。董史《皇宋書錄》
盤洲跋：「曾躬所藏草書云，張右史文名滿天下，而人不知
其善書，觀此墨妙，眞可藏之什襲。」是善書也。《直齋書
錄解題》：「張文潛醫書一卷，三十二方，號治風。」集中
食蟹詩、藥戒文、龐安常傳，皆根靈素。東坡志林引右史
論目疾不可治數語。是善醫也。焦氏筆乘有右史老子注：
答徐仲車詩：「我意與子殊，欲去依禪子。」是通二氏也。
澹山雜識記友史喜飲酒，能及斗，呼酒器爲蠅子水心亭。
是善飲也。以上見淮壖小記。按此亦未備，《柯山集》〈有
病臂已平獨挽弓無力戲作此詩〉，是善射也。

其中又以善射和縣志所未提及的騎術，尤其值得稱道。

文潛善騎見《右史集》卷十五〈再和馬圖〉，原詩說：

我年十五遊關西，當時唯揀惡馬騎。華州城西鐵驄馬，勇士

〔註40〕見卷十四，頁6，新興書局，《筆記小說大觀》二十九編四。
〔註41〕同註11，卷十五，頁4。

十人不可羈。牽來當庭立不定，兩足人立迎風嘶。我心壯此
寧復畏？撫鞍躪蹬乘以馳。長衢大呼人四走，腰穩如植身如
飛。橋邊爭道挽不止，側身逼墜壕中泥。懸空十丈纜一擲，
我手失彎猶攢蹄。回頭一躍已在岸，但見滿道人嗟咨。……

其膽識固然可佩，騎術之高可謂神乎其技。

文潛以一介文士而有如此矯健的身手，的確是當時文士中所罕
見。以他出身身書香門第，而能如此，恐怕也是受之外家。《明道雜
志》〔註42〕記載他有一位豪氣干雲、爲民除害的舅舅李君武：

某舅氏李君武者，少才勇，以武舉中第，常押兵之夔州，
行峽路，暮投一山驛，驛吏曰：從前此驛不宿客，相傳常
中夜有怪物。君武少年氣豪健，不顧，遂宿堂中。至半夜，
忽有物自天窗中下，類大飛鳥，左右擊搏，君武抈常所弄
鐵鞭揮擊，俄中之，遂墮地，乃取盆覆之，至天明發盆視
之，乃一大水鳥如雛鶴，細視之，乃有四目，因斃之，自
後驛無怪。

文潛其有得於李君武者耶？

儘管文潛是這樣一個文武兼備的人，但他並不恃才傲物，他原有
豪俠英武的氣慨，因此在與人相處之中，他表現出的是對朋友的忠誠
信實。《右史集》卷二〈懷知賦〉中，他已明白說出他的態度說：

故烈士之報知己，或殺身而不辭。豈以生而易名，誠內激
而志思。

他的所作所爲無一不是本此原則。

文潛因爲東坡設薦遭謗，他本身並不後悔，他最大的遺憾是無法
親臨喪禮，卷十三〈寓陳雜詩十首其六〉說：

興哀東坡公，將搶郊山墓。不能往一慟，名義真有負。

他這種義無罔顧的行爲雖不爲朝廷諒解，却受時人讚許。《清波雜志》
〔註43〕說：

〔註42〕同註3，頁23。
〔註43〕見卷七，頁6，新興書局，《筆記小說大觀》二十一編五。

　　（坡）門人張耒，時知穎州，聞坡卒，出己俸於薦福禪寺，

　　脩供以致師尊之哀，乃遭論列，授房州別駕，黃州安置。

　　雖名竄責，馨香多矣。

　　另一方面，文潛雖然有著忠實重義的性格，卻非一味的衛道者。在思想上，他受東坡的影響，對佛道採取的是兼容並蓄的態度。《右史集》卷二十四〈贈僧介然〉一詩中，表明他的立場，他認為：

　　儒佛故應是同道，詩書本自不妨禪。

而中年以後，宦場沈浮，家庭變故，更教他潛心於道禪之間。他的作品中談老莊、佛理的地方很多。《右史集》卷十三〈臨文〉說：

　　頗師老氏術，抱璞和其光。

又〈寄李端叔二首其一〉說：

　　吾人師佛祖，妙旨得忘筌。

卷十五〈再寄〉說：

　　自知無命作公卿，頗亦有心窮老佛。

這樣的思想轉變，加上他原本樂觀、不受拘束的個性，於是將人生的一切不如意：貧病、得失、橫逆和生離死別的痛苦，拋諸腦後，而寄情於詩酒之中。

　　文潛的酒量極佳，前引《山陽縣志》已提及，他本人也自豪地說：

〔註44〕

　　平生飲徒，大抵止能飲五升已上，未有至斗者；惟劉仲平

　　學士、楊器之朝奉，能不盃滿釂，然不過六、七升醉矣。

　　晁無咎與余酒量正敵，每相遇，兩人對飲，輒盡一斗，纔

　　微醺耳。

　　他本人又好讀書，以酒解憂，吟詩自娛的作品，更是不勝枚舉。

卷二十二〈探春有感二首其二〉：

　　獨坐每將詩作伴，遣愁安得酒如泉。

〈發泗州〉：

　　消磨歲月書千卷，零落江湖酒一杯。

〔註44〕同註3，頁16。

卷二十三〈春日遣興〉：

　　　　一病春來妨飲酒，遣愁唯有強裁詩。

卷二十四〈贈無咎〉：

　　　　人在捲簾尊俎裡，詩從揮塵談笑生。

卷二十五〈同袁思正諸公登楚州東園樓〉：

　　　　尚有風光供醉眼，我生詩酒是生涯。

　　由於這樣的思想和表現，文潛常以楊子雲、陶淵明自比。

卷十七〈戊午冬懷五首其四〉：

　　　　楊雄老不遇，寂寞玩文史。

卷二十二〈暮春〉：

　　　　便當種秫長成酒，遠學陶潛過此生。

卷二十五〈雪晴野望〉：

　　　　客坐無氈君莫笑，陶潛亦有酒盈尊。

卷二十六〈休日不出〉：

　　　　讀書陶令非求解，禁酒楊雄不得箴。

觀看他詩中寄人求酒的詩篇，那種「不吝情去留」的瀟灑，彷彿那率
真適性的陶淵明，又在眼前重現，這是他豁達、開朗之處。

第二章　張耒的交遊

　　獨學而無友，則孤陋而寡聞。因此在人生過程當中，朋友是進德修業的良伴，也是持節立志的支柱。惟有他們和悅的笑容，能夠肯定眼前的幸福；也惟有他們鼓舞的眼神，能夠慰藉受創的心靈。朋友有時又像一面鏡子，反映出一個人的性格和缺點。所以觀察一個人的交遊，可以看出他的生活，進而瞭解其人。風趣隨和而又多才多藝的張文潛，交遊遍及各階層，不僅在學術上有了切磋、鼓舞的對象，更在舛逆的環境中得到慰藉與支持。文集中的友朋，雖然無法在現存史料一一查證，但在可以考求的數位之中，也能窺知他對朋友誠摯、坦率、忠實的態度，和友誼給他的滋潤。茲分述如下：

第一節　館閣僚友

　　張文潛居館閣凡八年，其間相與唱和者，丁丙《善本書室藏書志》

〔註1〕曾考證說：

> 同文諸人：鄧忠臣字慎思，長沙人。熙寧三年進士，仕至
> 考功郎。耿南仲，開封人。登第，仕至尚書左丞門下侍郎。
> 曹輔字德載，劍川人。中詞學兼茂科，仕至御史中丞，拜
> 延康殿學士，簽書樞密院事。集中稱子方者，疑即輔。而

〔註1〕見卷二十八，頁2，廣文書局。

> 播芳文粹：任正一字子方，俟考。晁補之字无咎，鉅野人。進士，歷禮部郎中。蔡肇字天啓，丹陽人。進士第，歷中書舍人。李公麟字伯時，舒川人。進士第，歷禮部侍郎，出知洪、宣二洲。余幹字樗年，見播芳文粹。商倚、柳子文及名向、名益者，俱未有考。

然而所記失之過簡，又遺漏孔武仲（一作仲武），故重新加以考訂，得十人，錄之如後：

晁補之（1053～1110），字无咎，號濟北，鉅野人。少聰明強記，善屬文。十七歲從父官杭州，萃錢塘山川風物之麗，著〈七述〉，以謁通判蘇軾。軾先欲有所賦，竟爲之擱筆。无咎由是知名。舉元豐二年進士，試開封及禮部別院，皆第一。以禮部郎中出知河中府，徙湖、密、果三州，主管鴻慶宮。還家茸歸來園，自號歸來子。大觀中起知達、泗二州，四年卒，年五十八。補之才氣飄逸，嗜學不倦。工書畫，文章溫潤奇卓，出於天成。有《雞肋集》七十卷及《晁无咎詞》。《宋史》卷四四四有傳。文潛、无咎並稱「晁張」，四學士之中，以无咎與文潛交最密、情最篤。《右史集》卷六十〈祭晁无咎文〉中說：

> 惟我與公交遊，外雖朋遊，情實兄弟。

又說：

> 念初相遇，盱貽逆旅，一見如舊，綢繆笑語，契潤積年。
> 俱職太學，並試玉堂，同升館閣。讀書飲酒，兩各壯年，
> 意氣豪盛，自以無前……

將兩人如同手足一般的情誼，吐露無遺。然而他們絕非只是相聚飲酒論詩的僚友，在坎坷的人生境遇中，他們之間的情誼，始終未因時空隔絕而改變。《右史集》卷九〈贈无咎以既見君子云胡不喜爲韻八首其一〉，就是潤離後心情的表白。詩云：

> 平生懷想人，握手良未易。接君合舍歡，此事非此世。十
> 年淮海愛，一笑相逢地。投分白首期，願言何有既。

卷三十八〈依韻奉酬慎思兄夜聽誦詩見詠之作〉道出他對无咎的友情和欽佩：

　　昔遇晁公淮水東，士衡已聽語如鐘。五車講學知無敵，十
　　載論文喜再逢。匣古劍光疑鬼泣，夜天虎嘯有風從。許侯
　　破的由來事，杜老裁詩曉墨濃。

而无咎也同樣珍惜這份友誼，他在《右史集》卷之十八〈與文潛誦詩
達旦愼思有作次韻呈二公〉詩裡也提到：

　　神交千古聖賢中，尚想銅山應洛鐘。傾蓋十年唯子舊，知
　　音一世更誰逢。

視文潛爲知音。兩人情感契合若是。

　　鄧忠臣字愼思，一字謹思，長沙人。熙寧三年進士，除大理丞。
以獻詩賦握正字，遷考功郎，坐元祐黨籍，出守彭門，改以汝、海，
以宮祠罷歸。居玉池峯，別號玉池先生。有同文館倡和詩，玉池集。
文潛與愼思同居館職，時有詩歌往來，於鄧之好學，尤其贊佩。《右
史集》卷三十七〈詩呈同院諸公〉：

　　鄧侯讀書室，編簡自相依。胝手焚膏寫，瘠肩滿橐歸。

又一首推崇鄧之好詩：

　　鄧子詩成癖，全分李杜光。楚風還屈宋，宮體變齊梁。

愼思逝世，文潛爲作哀挽：

　　青衫獻賦逢知己，白首耽書還誤身。名著道山傳故事，政
　　行兩郡泣遺民。文成典午群疑伸，詩和少陵佳句新。嘆息
　　苦身成底事，湖墳宿草已愁人。(《右史集》卷三十六〈鄧愼思
　　學士挽詞二首〉其一)

痛惜之情，溢於言表。

　　蔡肇字天啓，潤州丹陽人。元豐二年進士，除太學正，通判常州。
徽宗時爲吏部員外郎，編修國史。後拜中書舍人，爲顯謨閣待制，知
明州。宣和元年卒。肇能爲文，最長詩歌，工畫山水人物。有丹陽集
三十卷。天啓與文潛同任職館閣，時相唱和。无咎在《右史集》卷三
十七〈詩呈同院諸公〉讚美蔡天啓是：

　　蔡侯南國秀，經緯耿昭回。文史莓生劍，風雲蟄起隈。

卷四十〈和天啓贈文潛〉又說：

　　蔡侯飽學困千釜，濯足清江起南土。放談頗似燕客雄，快奪范睢如墜雨。

可知他是館中的佼佼者。《右史集》卷十二有〈次韻答天啓〉，卷三十二有〈和天啓惠橘詩〉，《宛丘集》卷三十三有〈和天啓畫古木山石詩〉。

　　曹輔，據錢大昕《十駕齋養新錄》〈宋人同姓名〉條 (註2) 所云，實有二人：一爲南劍川人，字德載；一爲海陵人，字子方，即與蘇軾唱和者。文潛集中所說的曹輔，當是子方，而不是丁丙說的德載。子方號靜常，嘉祐八年進士乙科。元豐間鄜延路經略司勾當公事，後提點廣西刑獄。蘇軾在惠州數年，屢有往來書帖。元祐黨禍諸賢多被牽連，輔周恤備至，士論與之。《右史集》卷二十六有〈送曹子方赴福建運判〉。

　　李公麟（1049～1106）字伯時，舒川人。南唐李昇四世孫，熙寧三年進士。好古博學，長於詩，多識奇字，自夏商以來鐘鼎尊彝，皆能考訂世次，辨別款識。尤善畫山水佛像，山水似李忠訓，佛像近吳道子。元符未致仕，歸老居龍眠山莊。自爲圖，號龍眠山人。崇寧五年卒，年五十八。有《考古圖》五卷。《宋史》卷四四四有傳。

　　耿南仲字晞道，開封人。元豐五年進士。政和中以禮部員外郎爲太子右庶子，改定王嘉王侍讀，遷寶文閣直學士，在東宮十年。欽宗即位，握尙書左丞，金人來侵，南仲力主割地。初南仲自謂侍帝東宮，首當柄用，而吳敏、李綱越次居己上，不能平。因每事異議，故戰守之備皆廢，二帝北行，南仲與諸臣首先勸進。高帝薄其爲人，降別駕，安置南雄，道卒。有《周易新講義》。《宋史》卷三五二有傳。

　　商倚，淄川人。元祐八年官太學博士，與張文潛、晁无咎，鄧忠臣相唱和。紹聖四年爲秘書省校書郎，通判保州。建中靖國元年爲殿中侍御史，九月上書論時政，言甚切直。崇寧三年入黨籍。

〔註 2〕見卷十二，頁 11，中華書局《四部備要》。

　　余幹字檉年，毘陵人，元豐五年進士。生平事蹟無可考，《右史集》卷四十二錄有晁補之〈次韻檉年見貽〉云：

> 平生車軌周四方，結交童齔老相忘。異哉余子久彌芳，吳人猶記稱周郎。……橫戈筆陣倒千槍，升鷥獨步禹幽羌，世儒膠擾何足臧！說食不救飢求糧，瞥思振衣千仞岡，空林無人一繩牀，五車純束不在旁。……子嚴主簿志不償，厭見朱墨紛倉囊，西風雲日思帝鄉。……

約略可見其人性行。《右史集》中錄幹詩甚多，包括卷三十七〈詩呈同院諸公〉、〈秋日同文館詩〉，卷三十八〈初八試院〉、〈重九考罷試卷書呈同院諸公〉、〈同舍問及故山景物用鐘字韻賦詩以答〉，卷四十〈呈鄧張晁蔡〉、〈次韻天啓戲爲禪句之作〉；卷四十二〈次韻贈無咎學士〉。

　　孔武仲字常父，臨江新喻人。嘉祐八年進士。元祐間歷官國子司業，嘗論科舉之弊，詆王氏學，請復詩賦。又欲罷大義而益以羣經策。累遷禮部侍郎，以寶文閣侍制知洪州。坐元祐黨，奪職，居池州卒，年五十七。著詩書論語、金華講義、內外制、雜文，共百餘卷。《宋史》卷三四四有傳。《右史集》卷三十八〈初八試院〉、〈試院即事呈諸公〉題下有武仲詩。

　　柳子文字仲遠〔註3〕，嘗與文潛同居館閣，《右史集》卷四十錄有子文〈次韻呈文潛學士同年〉中云：

> 晚將哀颯奉英游，漫記雪窗邀夜語。平生意氣杯酒間，我醉狂歌君起舞。

二人交誼必非疏淡。《右史集》卷二十七另有〈余向集賢殿試罷寓居京師嘗遊西岡錢昌武郎中之第時同會者河東柳子文與錢氏三子夏中余出京今纔半年而昔日所遊者或東或西有不知所之者古人所謂俯仰之間已爲陳跡者歟夫求昔日之我于今日終身而不得何況偶然相值聚而旋散者歟追記春睡詩一首乃寓錢第所爲者〉一詩。

〔註3〕見《宋詩紀事》，卷二十八，頁12，鼎文書局。

第二節　蘇門師友

　　蘇軾乃北宋文壇盟主，個性眞率，喜與人交，當時從遊者不在少數，就中和文潛友好者亦多。《右史集》卷十三〈贈李德載二首其二〉中，文潛曾提及蘇門中的傑出人物：

　　　　長翁波濤萬頃陂，少翁巉秀千尋麓，黄郎蕭蕭日下鶴，陳
　　　　子峭峭霜中竹，秦文倩悷舒桃李，晁論崢嶸走金玉。

本節以討論他和五位師友（晁无咎已見上節）間的情誼爲主，並略述文潛作品中曾經提起的蘇門其他友人。

　　蘇軾（1036～1101）字子瞻，號東坡居士，眉山人。博通經史，隨父洵來京師，受知於歐陽修，嘉祐二年試禮部第二，遂中進士，再中六年制科優等，除大理評事，簽書鳳翔府判官。召試直史館，丁父憂，服除，攝開封府推官。熙寧中以上書論新法不便，忤安石，遂請外調，通判杭州，再徙知湖州，言者摭其詩語以爲讪謗，逮赴臺獄，欲寘之死，後以黄州團練副使安置，移汝州。哲宗即位，起知登州，召爲起居舍人，遷中書舍人，拜翰林學士兼侍讀，尋以龍圖閣學士知杭州。召爲翰林承旨，歷端明殿翰林侍讀學士，出知惠州。紹聖中累貶瓊州別駕，赦還，提舉玉局觀，復朝奉郎。建中靖國元年七月卒，年六十六，諡文忠。有《易傳》、《書傳》、《論語說》、《仇池筆記》、《東坡志林》、《東坡七集》、《東坡詞》等凡數百卷。又善書，兼工繪事。《宋史》卷三三八有傳。文潛對這位蘇門領袖人物，集中只有幾篇唱和詩，和討論學問的書信，交情似嫌平淡，但由文潛因黨籍而遭貶，爲設薦而受禍，卻始終沒有任何怨尤，可以看出他對東坡的服膺是超乎形式的。東坡兒子蘇過等人，他也以平輩相待，時有稱譽。

　　蘇轍（1039～1112）字子由，一字同叔，東坡弟。二人同登嘉祐二年進士，又同策制舉，轍以直言置下等，授商州軍事推官。神宗時王安石以執政領三司條例，命轍爲之屬，安石行青苗法，轍力陳其不可，出爲河南推官。哲宗召爲右司諫，蔡確、韓縝、章惇皆在位，窺伺得失，轍皆論去之。又論竄呂惠卿。累遷御史中丞，拜尚書右丞，

進門下侍郎。紹聖初廷試進士，中書舍人李清臣撰策題，爲紹述之說，轍疏諫，哲宗不悅，落職知汝州。累謫雷州安置，移循州。徽宗立，徒永州、岳州，已而復大中大夫致仕。築室於許，號潁濱遺老。政和二年卒，年七十四，諡文定。轍性沉靜，爲文汪洋澹泊，似其爲人。有《詩傳》、《春秋傳》、《論語拾遺》、《孟子解》、《古史》、《老子解》、《龍川志略》、《欒城前後集》。《宋史》卷三三九有傳。陳無己〈答李端叔書〉云〔註4〕：

> 兩公之門，有客四人：黃魯直、秦少游、晁无咎，則長公
> 之客也；張文潛則次公之客也。

《宋史》張耒本傳也說：

> 游學於陳，學官蘇轍愛之，因得從軾游。

因此文潛對子由一直懷著知遇的心情，雖然蘇氏兄弟的境遇左右他的仕途，他卻甘心相從，絕不變節求利。《右史集》卷十五〈寄子由先生〉詩中吐露他的心聲：

> 平生不解謁貴人，況乃令嚴門者拒。此生自料應常爾，但
> 願流年醉中度。天恩人世樂乃已，此外紛紛何足數！

〈再寄〉又說：

> 青衫弟子昔受經，賦分羈窮少倫匹。自知無命做公卿，頗
> 亦有心窮老佛。但思飽暖願即已，妄意功名心實不。終期
> 策杖從公遊，更乞靈丸救衰疾。

在文潛生活中，子由是他的良師益友，子由的兒婿輩：蘇适、文務光、王適都是他的至交。在文學方面，文潛也承繼子由詩文的特色。「閒淡簡遠，得味外之味」〔註5〕、「清逸閑適，淡致如許」〔註6〕是前人對子由的評語，即說文潛，也是十分得當。

黃庭堅（1045～1105）字魯直，晚號涪翁，江西分寧人。幼警悟，舉治平四年進士，知太和縣，以平易爲治。哲宗立，召爲校書郎，充

〔註4〕見《後山集》，卷九，頁5，商務印書館，《文淵閣四庫全書》。
〔註5〕見《容齋隨筆》集一，卷十五，頁143，商務印書館。
〔註6〕見《龍性堂詩話續編》，頁1018，藝文印書館，《清詩話續編》。

神宗實錄檢討官，遷著作郎。實錄成，擢起居舍人。紹聖中，知鄂州，章惇、蔡汴惡之，貶涪州別駕，黔州安置，徙戎州。徽宗初，知太平州，復謫宜州。崇寧四年卒，年六十一。庭堅工爲詩，與蘇軾齊名，世號蘇黃。又善行草書，楷法自成一家。初游濳皖山谷寺石牛澗，樂其林泉之盛，因自號山谷道人。有山谷內外集、別集。《宋史》卷四四四有傳。庭堅長文濳七歲，及文濳從二蘇游，庭堅已小有文名。文濳未得面見，心嚮往之，乃致書自述仰慕之意。《右史集》卷五十八有〈與黃魯直書〉。而庭堅對文濳亦賞識有加，並於詩文中予以推崇。〈以圃茶洮州綠石研贈无咎文濳〉說〔註7〕：

> 晁子智囊可以括四海，張子筆端可以回萬牛，自我得二士，意氣傾九州……張文潛贈君洮州綠石含風漪，能淬筆鋒利如錐，請書元祐開皇極，第入思齊訪落詩。

便表露無盡期望的心意。雖然庭堅講求形式技巧，注重創作，忌入庸俗的詩學主張和文濳並不一致。文濳對庭堅詩依然十分讚賞，《右史集》卷十〈贈无咎以既見君子云胡不喜爲韻八首其五〉說：

> 詩壇李杜後，黃子擅奇勳。平生執羈靮，開府與參君。舉詩兼筆徒，吟哦謾云云。安知握奇律，一字有風雲。

而庭堅雖然說過文濳是「形容彌勒一布袋」的玩話，也承認他「文字江河萬古流」〔註8〕。如此不以觀點互異而相輕的態度，宜傳爲文壇佳話。

由於黃庭堅久故，文濳結識了庭堅的母舅李常，潘大臨、大觀兄弟及呂本中、馬純，集中唱和作品極多。尤其是潘氏兄弟，是文濳貶謫黃州時的鄰居，彼此過往吟唱宴飲，歡言融洽，爲文濳愁苦的仕途生涯，帶來不少鼓舞和樂趣。

秦觀（1049～1100）字少游，一字太虛，高郵人。少豪雋慷慨，溢於文詞。見蘇軾於徐，爲賦黃樓，軾以爲有屈宋才。登元豐八年進

〔註7〕見《山谷詩集》，卷三，頁12，商務印書館，《文淵閣四庫全書》。
〔註8〕同註7，卷七，頁59。

士第,爲定海主簿。元祐初,軾以賢良方正薦於朝,除太學博士,累遷國史院編修官。尋坐黨籍削帙,編管橫州,徙雷州。徽宗立,復宣德郎,元符三年放還,至藤州萃,年五十二。有《淮海集》,世稱秦淮海。《宋史》卷四四四有傳。少游、文潛俱學於東坡,東坡以爲秦得其工,張得其易〔註9〕。二人爲文旨趣雖異,然不害其友誼。酬答之間,時見殷勤問慰之意。《右史集》有〈次韻秦觀〉云:

> 十年少游兄,閉口受客難。二毛才一第,俗子猶憤惋。

又〈寓陳雜詩十首其十〉云:

> 秦子死南海,旅骨還故墟。辛勤一生事,空得數編書。琅琅巧言語,玉佩聯瓊琚。知者能幾人,懵者頗有餘。書生事業薄,生世苦勤劬。持以待後世,何足潤槁枯。興懷及昔者,使我涕漣如。道路阻且長,悲哉違撫孤。(卷十三)

少游卒,有〈祭秦少游文〉:

> 官不過正字,年不登下壽。間關憂患,橫得罵詬。竄身瘴海,卒仆荒陋。君孤奉喪,歸葬廣陵。拜我于黃,尚有典刑。會葬撫孤,我窮不能。具此菲薄,聊致我誠。

在這位故友身上,文潛彷彿預見自己的未來,同是漂泊宦途之人,在身不由己的環境中,只有把心意化成言辭,其哀之深,痛之切,尤教人爲一掬淚。

少游弟覯,字少章,文潛亦高其才,時予勉勵,《右史集》卷五十一有〈送秦少章赴臨安簿序〉。

陳師道(1052~1101)字履常,一字無己,自號后山居士,學者稱後山先生,彭城人。少刻苦向學,熙寧中王氏經學盛行,師道心非其說,遂絕意進取。元祐初,蘇軾、傅堯俞輩薦其文行,起爲徐州教授。又用梁燾薦爲太學博士,改教授潁州,罷歸。久之,召爲秘書省正字。師道高介有節,安貧樂道,堯俞嘗懷金贈之,觀其詞色,不敢出。爲文師曾鞏,論詩推服黃庭堅,情深雅奧,自成一家。與趙挺之

〔註9〕見《困學紀聞》,卷十七下,頁1,中華叢書編審委員會印行。

為友壻，素惡其人，適建中靖國元年預郊祀，寒甚，衣無綿，挺之與一裘，拒之，遽以寒疾致死，年五十。有《後山集》、《後山談叢》、《後山詩話》等合三十卷。《宋史》卷四四四有傳。《苕溪漁隱叢話》引《復齋漫志》〔註10〕云：

> 子瞻、子由門下客最知名者：黃魯直、張文潛、晁無咎、秦少游，世謂之四學士。至若陳無己，文行雖高，以晚出東坡門，故不及四人之著。

無己雖未能躋身四學士之列，然不害其與蘇門諸人之間的友誼。況其為人雖貧而節不稍屈，文潛亦高之，二人頗復惺惺相惜。《右史集》卷二十二〈書臥懷陳三時陳三臥疾〉云：

> 睡如飲蜜入蜂房，懶似游絲百尺長。陋巷誰過居士疾，春風正作國人狂。吟詩得瘦由無性，辟穀輕身合力方。欲餉子桑歸問婦，一瓢過午尚懸墻。

他對陳師道是極了解而關懷。《右史集》卷二十〈贈陳履常〉，《宛丘集》卷二十七〈寄陳履常二首〉、卷六十七〈與陳三書〉，無不推崇陳氏之人格與文才。

此外，蘇門中才名較小，與文潛往來，有詩文、事蹟見於集中的，尚有李薦（一作廌）、王遹、王直方、李之儀、吳瑛、何頡（一名頡之）、胡戢、張嘉甫、畢仲游、趙令時等，亦都情誼篤厚，雖彼此沉浮宦海，未嘗須臾稍忘。

第三節　前輩尊長

二蘇兄弟之外，張文潛與當代文壇前輩司馬光、曾鞏等，過往亦頻；生活中，也受到不少尊長的照顧。這些人是文潛所敬重，由於他們的栽培引薦，文潛的聲名成就，更見於當世；也因為這些人的關懷鼓勵，文潛得到別人的生活經驗，進而面對坎坷、挫敗的創痛，本節以文潛作品所述及，並詩話所記錄為範圍，其中有事蹟流傳的，皆條

〔註10〕見《後集》卷三十，頁7，中華書局《四部備要》。

錄如後，次第則依其人姓氏筆劃。

司馬光（1019～1086）字君實，號迂夫，晚號迂叟，世稱涑水先生，陝州夏縣人。登寶元進士甲科，籤判武成軍，改知韋城縣事，明年改大理評事，為國子直講，再遷國子寺丞，館閣校勘，同知太常理院，遷殿中丞。嘉祐六年遷起居舍人，同知諫院。神宗初，以議新法，與王安石不合，遂以端明殿學士出知永興軍，判西京御史臺，閑居洛陽，專修《資治通鑑》，絕口不論時事。哲宗立，起為門下侍郎，拜尚書右僕射，悉去新法，居相八月卒，年六十八。贈太師溫國公，諡文正。《宋史》卷三三六有傳。文潛嘗游其門，《右史集》卷三十六〈故僕射司馬文正公挽詞四首〉，卷五十〈司馬溫公祠堂記〉，都寫出這位長者的偉大風範。《明道雜志》又載溫公軼事一則〔註11〕：

> 司馬溫公當世大儒，博學無所不通。雖已貴顯，而刻苦記覽，甚於韋布。嘗為某言，學者讀書少能自第一卷讀至卷末，往往或從中，或從末，隨意讀起，又多不能終篇。光性最專，猶嘗患如此。從來惟見何涉學士案上惟致一書讀之，自首至尾，正錯校字以至讀終，未終卷誓不他讀。此學所難也。

雖小事，亦見溫公教誨之意。

李處道字深之，福唐人，一云連江人。治平四年進士，授南頓尉，更調同谷、縉雲、德化令，建州蒲城丞及南雄州始興令，終興國軍錄參，卒年七十五，有文集十卷。深之與其兄庫之皆文潛先人至交，文潛又嘗從於姑蘇之學宮，並獲交其子弟，故於深之，實有子姪之情。《右史集》卷四十五〈祭李深之文〉，卷六十〈李參軍墓誌銘〉載其事尤詳。

范純仁（1027～1101）字堯夫，吳縣人，仲淹次子。皇祐元年進士，嘗從胡瑗、孫復學，父歿始出仕，知襄城縣。遷侍御史，知諫院，言王安石變法妨民，前後上言無所避諱，安石怒，出知河中府。歷轉

〔註11〕見頁14，新興書局，《筆記小說大觀》三編三。

和州、慶州，有惠政。哲宗時累官尚書僕射、中書侍郎，以博大開上
意，忠篤革士風，忤章惇，貶置永州。徽宗立，連除觀文殿大學士，
促入覲，以目疾乞歸。建中靖國元年正月卒，年七十五，諡忠宣，高
宗初追封許國公。有文集二十卷及《尚書解》。《宋史》卷三一四有傳。
純仁以正直名世，士多仰慕，文潛入爲太學錄，純仁曾以館閣薦試。
《右史集》卷三十六〈范忠宣挽歌二首〉說：

> 白首門生恩未報，悲詞空想薤歌音。

道出他對這位長者無限的感念和哀思。

　　孫永（1020～1087）字曼叔，世爲趙人，徙家長社。慶歷六年進
士，元豐間累官端明殿學，以疾辭，起知陳州。哲宗時召拜工部尚書，
改吏部。元祐二年卒，年六十八，諡康簡，贈銀青光祿大夫。永論議
持平，外和內勁，與人交，終身無怨仇。范純仁、蘇頌皆稱之爲國器。
有文集三十卷。《宋史》卷三四二有傳。文潛弟嘗爲孫氏幕下，故得
以結識其人。《右史集》卷十一有〈寄曼叔求酒〉，卷五十八有〈上孫
端明書〉。

　　徐積（1028～1103）字仲車，楚州山陽人。三歲父沒，以父名石，
終身不用石器。行遇石，則避而勿踐。事母至孝，母亡，廬墓三年。
初從胡瑗學，登治平四年進士第，元祐初官楚州教授，崇寧二年卒，
年七十六，賜諡節孝楚士，官其一子。有《節孝語錄》、《節孝集》。
仲車、文潛皆居楚州，同鄉之誼，自不同於尋常，《宛丘集》卷十五
〈感春又十二首其七〉云：

> 徐子節最苦，五十慕其親。頗有豪俠風，時時見於文。相
> 逢也痛飲，大釂若鯨吞。家無一金資，有口不言貧。

仲車人品，和文潛對他的敬重，由此可見。

　　張方平（1007～1091）字安樂，自號樂全居士，應天宋城人。
少穎悟絕倫，書過眼不再讀，景祐元年進士，爲著作郎，歷知諫院、
尚書左丞，知南京，改知陳州。神宗時官參知政事，元祐六年卒，
年八十五，諡文定。方平慷慨有氣節，平居未曾以言徇物，以色假

人。王安石用事，嶷然不少屈，以是望高一時。有《樂全集》四十卷，《玉堂集》二十卷，注《仁宗樂書》一卷。《宋史》卷三一八有傳。文定齒長於文潛，《右史集》卷四十三有〈代張文定辭免明常陪位表〉。文定子恕又與文潛友善，嘗以文定平素養生之法相告，《明道雜志》〔註12〕載之甚詳。《道山清話》〔註13〕也記錄二人一段對談：

> 張文潛言，嘗問張安道云：「司馬君實直言王介甫不曉事，是如何？」安道云：「賢只消去看《字說》。」文潛云：「《字說》也只是二三分不合人意思處。」安道云：「若然，則足下亦有七八分不解事矣。」

雖屬戲謔之語，也能見知二人絕非泛泛之交。

曾鞏（1019～1083）字子固，南豐人。少擎敏，揮筆成文，歐陽修一見奇之。登嘉祐二年進士，爲太平州司法參軍。知齊襄洪福明諸州。召入判三班院，遷史館修撰，管句編修院兼判太常寺，元豐元年擢試中書舍人。六年卒，年六十五。追諡文定，學者稱南豐先生。著有《元豐類藁》五十卷，《續藁》四十卷，《外集》十卷，《宋史》三一九有傳。文潛之見南豐在元豐二年夏天，當時文潛正在由楚卦任壽安尉，而南豐亦自四明守亳而經楚，於是上書求見，南豐邀以共行，後來文潛因病不能從行，至南豐卒，未再謀面，而心折之。《右史集》卷四十七〈書曾子固集後〉，便詳述和南豐相識經過，對其人的感佩並未因其身歿而減少。

楊國寶字應之，管城人。爲人挺勁不屈，官至學士。文潛嘗與同館供職〔註14〕，頗稱其文行。國寶弟瓌寶，字器之，元祐中差知咸平縣，遷兩浙轉運判官，累官至郡守。崇寧三年坐元符二年上書謗訕入黨籍，五年敘復朝請郎。文潛在黃州，值器之爲守，二人彼此投契，時相邀飲吟唱。《右史集》卷十六有〈止酒贈郡守楊瓌寶〉、卷二十六

〔註12〕同註11，頁27。
〔註13〕見頁27，新興書局，《筆記小說大觀》八編五。
〔註14〕同註11，頁22。

〈以病在告寄楊器之〉、卷四十五〈上黃州郡守楊瓌寶啓〉。

劉恕（1032～1078）字道原，一作道源，筠州高安人。少穎悟，未冠舉進士，歷官秘書丞。篤好史學，司馬光編《資治通鑑》，遇紛錯難治者，輒以委恕。王安石欲引寘三司條例，恕以不習金穀爲辭，因言宜恢張堯舜之道以佐明主，不應以財利爲先。安石變色，恕不少屈。尋以親老告歸。元豐元年九月卒，年四十七，有《十國紀年》四十二卷，《通鑑外紀》十卷，《疑年譜》一卷，《年略譜》一卷。《宋史》卷四四四有傳。熙寧中文潛爲臨淮主簿，拜恕於汴上，心折其廉介剛直，不以一毫挫於人，又愛其弟格之學博論正，恕子壯輿敏於學而健於文，亦與文潛素善。其事見《右史集》卷四十九〈冰玉堂記〉。

錢勰（1034～1097）字穆父，錢塘人。五歲日誦千言，以蔭知尉氏縣。熙寧三年舉賢良對稱旨，將任以清要官。王安石使弟來見，許用爲御史，公謝以家貧母老，安石知其不附己，命權鹽鐵判官。奉使高麗，凡餽饋皆弗納。元祐初知開封府，歷翰林學士，罷知池州。紹聖四年卒，年六十四，諡文肅。勰藏書甚富，工行草書，文章得西漢體。《宋史》卷三一七有傳。文潛妹歸穆父次子東美，姻親之故，情誼欸密〔註15〕。

第四節　同儕及晚輩

除了同僚、同門，張文潛和當代文人，也有很好的情誼。無論同輩或晚進，他都一本信實忠懇的態度相對待，所以姓名見於集中的甚多，本節談論以有實事可考爲主，其中交往先後多數沒有明確年代可查，故而仍用姓氏筆劃爲序。

王晢字微之，累知汝州，元豐中爲尙書兵部郎中，集賢殿校理，提點醴泉觀。有《孫子注》三卷。文潛嘗爲詩貽之，云：

青衫得祿苦不足，白髮生頭頗有餘。賦就相如猶倏器，詩

〔註15〕見《文忠集》，卷十七，頁 27，商務印書館，《四庫珍本》。

成賈島獨騎驢。先生五斗不挂眼，漫郎一官聊讀書。自古
好賢慚好色，何人朝夕駕于株。(《右史集》卷二十六〈贈柘城
簿王徵之〉)

王漢之(1054～1123)字彥昭，常山人，居丹徒。熙寧六年進士，
知直州，時詔諸道經畫財用，彥昭請先置籍，使能周知，而校其登耗
以侍用，從之。後連徙五州，入爲工部侍郎，累進延康殿學士，宣和
五年卒，年七十。《宋史》卷三四七有傳。彥昭父介與文潛父相友，
文潛《明道雜志》載有介送其父之吳江縣詩〔註16〕，《右史集》卷二
十八有〈次韻王彥昭感秋二首〉，張王二家，世交之誼，由此可知。

李格非字文叔，濟南人。時方以詩賦取士，格非獨留意經學，著
禮記數十萬言。登進士，紹聖時編元祐奏章，有〈洛陽名園記〉。《宋
史》卷四四四有傳。文潛嘗與潘仲達往過之，同上靈岩寺，飲酒賦詩
其中。《右史集》卷四十六有〈答李文叔簡〉。《文獻通考》謂文叔死，
文潛爲作墓誌〔註17〕，然不見於文集之中。

汪革字信民，臨川人，學者稱青溪先生。紹聖四年進士，呂希哲
門人，分教長沙。蔡京當國，召爲正宗博士，不就。性篤實剛勁，時
謂不免墮禪學，然其言曰：咬得菜根斷，則百事可做。固名言也。卒，
年僅四十。有《青谿類稿》、《論語直解》。《右史集》卷五十八有〈答
汪信民書〉，與論文墨之事。

吳怡字熙老，好學樂善，敏於爲吏，嘗主蘄之羅田簿，改黃岡尉。
從文潛遊，不以其坐事屛居、負罪有司而見棄。《右史集》卷十三有
〈題吳熙老風雲圖〉、卷三十五〈讀吳怡詩卷二首〉，卷五十一〈送吳
怡序〉，《宛丘集》卷二十一有〈題吳熙老古銅楷〉。

吳《復古字子》野，號遠遊，揭陽人。趣味清逸，父爲侍講，當
蔭官，乃遜於弟，去其妻子，築庵麻田山中，絕粒不食，閒遊四方。
蘇軾兄弟暨一時名士，咸傾心下之。《右史集》卷十二有〈送子野大

〔註16〕同註11，頁6。
〔註17〕見卷二百三十七，頁1886，新興書局。

夫罷兗倅歸汶上〉，卷二十六有〈送麻田吳子野還山〉。

　　周秩字重實，泰州人。熙寧九年進士，紹聖元年爲監察御史，累官西京轉運使。文及甫語忤時相，秩推治之，竟雪其冤。官終龍圖閣直學士。文潛與之善，《右史集》卷二十二〈離天長寄周重實〉說：

> 相逢握手便忘形，射策天門盡弟兄。浮世有誰尊道義，青衫自笑爲功名。高談未盡胸中意，作別猶如夢後驚。半夜扣門投野寺，天寒孤月更分明。

離情依依益見平昔之誼必不淺。

　　周鍔字廉彥，鄞縣人。元豐二年進士，當官桐城，辭不赴。益究治六籍諸子之說，悉著論其本旨。乃游潁昌，訪其舅范純仁；過洛見文彥博、司馬光，咸見器重，後知南雄，以言事入黨籍，退休於家，人稱鄞江先生。著文二十卷，《明天集》一卷，《六甲奇書》一卷，《承宣集》一卷。《右史集》卷二十三有〈和周廉彥〉。

　　常安民，字希古，臨邛人。熙寧六年進士，選成都教授，秩滿寓京師。妻孫氏，與蔡確之妻姐妹也，確時爲相，安民絕不相聞。累遷御使，紹聖初召對，論章惇、蔡京之罪，尋竄黨籍，流落二十年，政和末卒，年七十。嘗與文潛爲鄰，飲酒論詩，歡情甚洽。《右史集》卷十二有〈到陳午憩小舍有任王二君子惠牡丹二槃皆絕品也是日風雨大寒明日作詩呈希古〉，卷二十四〈大暑戲贈希古〉、〈七月十五布古生日以詩爲壽〉、〈中秋無月歲呈希古年兄〉，卷三十一〈戲呈希古〉。

　　黃寔字師是，一字公是，陳州人。舉進士，哲宗時累遷寶文閣待制，知定州卒。寔孝友敦睦，世稱其內行。《宋史》卷三五四有傳。寔生而多鬚，文潛戲呼爲「黃鬚」。《右史集》卷十二有〈謝黃師是惠碧瓷枕〉，《宛丘集》卷七有〈送黃師是梓州提刑〉。

　　榮輯字子雍，一作子邕，元祐八年薦爲學官，歷禮部郎官。嘗與文潛爲鄰，文潛有詩寄之謂：

> 此地笑談惟我共，百年交游得君難。已甘心向詩書老，會與身圖雲水間。年少功名須力致，看君朝笏日珊珊。

頗以爲知交。

翟汝文（1076～1141）字公巽，丹陽人。元符三年進士，徽宗時拜起居舍人，外制典，一時稱之。紹興初，除參加政事，秦檜劾其專擅，罷去，十一年八月卒，年六十六。門人私諡忠惠。汝文風度翹楚，好書博古、工畫，尤精篆隸，所著《忠惠集》三十卷，極爲作者所推。又有《東漢通史》五十卷、《圃學》五卷、《人物志》五卷、《廣聞》三卷。《宋史》卷三七二有傳。文潛守丹陽，與之結識，愛其文章、論議，常坐至日暮夜分乃已。《右史集》卷十三有〈贈翟公巽〉、〈送翟公巽赴中書舍人〉。

蔡彥規，楚州人。與徐積爲鄰，幼時與兒曹群行，積在簾箔間望之，見其與群兒異，意甚念之。一日取其所爲文讀之，與時輩不類，遂訂交。積外氏在關中，即爲買地謀葬，凡所需物無不具〔註18〕。文潛頗高其文，嘗曰：

　　南士多文章，最愛蔡與秦。（《宛丘集》卷十五〈感春又十二首其
　　七〉）

即指彥規、少游而言。卷二十六〈送蔡彥規任醴泉簿〉：

　　四十曳青袍，功名晚未遭。賢人固難進，小邑且徒勞。

更悲其人之不遇。《右史集》卷十四有〈贈蔡彥規〉，卷三十六〈哭蔡彥規二首〉云：

　　平生圍棊笑，臨柯更汔然。至交嗟我少，雙淚爲君多。

痛惜之中更見深情。

劉季孫字景文，開封祥符人。篤志力學，工詩文，監饒州酒務，時王安石爲江東提刑，按酒務至州，見屏間小詩，即不問務事，升車而去，差攝學事，季孫由此知名。以左藏庫副使，爲兩浙兵馬都監，兼東南第三將，仕至文思副使。後知隰州卒。家無餘財，但有書三萬軸，畫百幅而已。景文待文潛頗善，《右史集》卷十六有〈送劉季孫赴浙東〉，卷二十有〈劉景文許惠氈褰未至督之〉。

〔註18〕見《同治山陽縣志》，卷十一，頁34，山陽縣志籌印委員會印行。

第五節　其　他

錢申，吳人。善醫，著有醫錄，載其治疾之效，言其察脈觀色之方，而著其藥物之濟。文潛居宛丘與錢相識，錢授以醫錄。《右史集》卷五十一有〈錢申醫錄序〉。

龐安時字安常，蘄州蘄水人。兒時讀書過目輒記，家世醫，靈樞太素甲乙諸秘書，及經傳百家之涉其道者，靡不通貫。著《難經辨》數萬言，又作《草本補遺》、《傷寒總病論》，爲人治病，率十愈八九。踵門求診者，爲辟邸舍居之，親視飦粥藥物，必愈而後遣。不可爲者必實告之。年五十八卒。《宋史》卷四六二有傳。紹聖中，文潛謫官齊安，遇之於蘄水山中，與論醫方，極爲傾心，《宛丘集》卷二十九有〈贈龐安常〉，詩云：

> 德公本自隱襄陽，治病翻成客滿堂。懶把窮通求日者，試將多病問醫王。一九五色竆無藥，兩部千金合有方。他日傾河如石鼓，著書猶願記柴桑。

《右史集》卷四十七有〈跋龐安常傷寒論〉，卷五十九有〈龐安常墓誌〉。

任青，壽春人。少無賴，爲盜，以智數雄其黨，嘗智盜里僧所善之驢，後稍聚黨，捕之，不得。聞於朝廷，詔招之使出，青自詣壽春，詔以補卒，太守使補盜，境以無盜。官至右侍禁。元豐五年，任青以追盜故至福昌，文潛因得見之，奇其事，乃爲作傳，見《右史集》卷五十。

釋岳號圓明，住淮陰之太寧寺。逮與文潛諸父游，嘗邀往過，《右史集》卷十三有〈淮陰太寧山主崇岳逮與余諸父遊今年七十餘耳目聰明筋力強壯奉戒精苦禪誦不輟聞余自黃歸欣然空所居相延日與之語或寂然相對終日使人意消因賦此詩〉，卷三十五〈贈圓明老〉，卷五十〈太寧寺僧堂記〉，《宛丘集》卷九有〈春陰泊龜山寄圓明〉。

釋疊，號通菴。文潛曾過，《右史集》卷十九有〈訪疊上人有感〉。

釋介然，四明鄞縣人。受業於福泉山之延壽；明智居南湖，從其

學，悟教觀之旨。元豐初專志淨業，然後三指建十六觀，堂中設西方三聖，功成復然三指。建炎四年爲金兵所逼北行，未詳所終。《右史集》卷二十三有〈贈僧介然〉。

釋宗禪，徧遊諸方，號稱得安樂法。初位延慶院，元符三年遷住萍鄉縣寶積禪寺。文潛爲作語錄序，見《右史集》卷五十一。

釋智軯，泉南人。問道於義懷之徒載，而得其法。嘗往楚州壽昌、漣水淳化，晚以閑居京師天清，紹聖三年十月示寂，李延世者携其骨葬漣水淳化。文潛嘗從遊，《宛丘集》卷十三〈喜寶積智軯道人惠書偈〉云：

> 我初獲親近，解此癡腦結。十年歸故里，父老半存滅。逢師自如舊，才若旦夕別。

可以窺知其交情。此外《右史集》卷三十一有〈題軯師房二首〉，卷四十九有〈智軯禪師記〉。

釋道潛號參寥子，於潛何氏子。受業於治平寺，後住杭州智果寺。於內外典無不窺，能文章，尤喜爲詩，與蘇軾、秦觀深相契，軾稱其詩無一點蔬筍氣。贈號妙總大師。所著詩曰《參寥子集》。文潛與之相友，於其詩尤爲讚賞，《宛丘集》卷十五〈感春又十二首其七〉云：

> 吳僧參寥者，瀟灑出塵埃。詩多山水情，野鶴唳秋旻。

《右史集》卷十四〈寄答參寥五首其四〉云：

> 我生爲文章，與眾常不偶，出其所爲詩，不笑即嘲詬。少年勇自辨，盛氣爭可否；年來知所避，不敢出諸口。時時未免作，包以千襲厚。低心讓兒曹，默默眾人後。見君不能已，亦頗陳所有。君豈少取之，時以佳句授。幽絃喜有聽，清唱慰孤奏。如何瞥然去，使我不得友？

更有傾心相交，引爲知己之意。其餘酬答之作尚有《右史集》卷十四〈寄參寥〉，卷二十六〈次韻秦七寄道潛〉。

巫、醫、樂師，百工之人，素來士大夫羞與並論，而文潛乃論交於錢申、龐安常，在他心目中，學問並無貴賤之分，孔孟之道能救世，歧黃之術能救人，雖有大小之分，其仁心則是一致。《右史集》卷五

十九〈龐安常墓誌〉說：

> 生民之病，堯舜是醫；惟周與孔，世之良師。遘癘于身，
> 和扁善治，惟民與身，同一矩規。

因此他本身也嘗潛心研究，並有意推廣。他在《右史集》卷五十一〈錢申醫錄序〉又說：

> 余愛太史公述倉公傳爲記，自齊侍御史成至齊文王病，凡
> 數十人，其察脉觀色，所用藥劑湯熨之法，皆載之……余
> 頃年謫官齊安，鄰郡蘄春有龐安時者，高醫也。其于黃帝
> 内外甲乙諸書深矣。余嘗從之游，喜聞其說，而不能盡究
> 也。無幾何安時死，余爲誌其墓，因求其平生所嘗治疾，
> 或奇證變侯，有人不能曉者，使具其說，與所用藥，欲載
> 之墓誌之後，以爲後法。

《續山陽縣志》說文潛善醫，其中得到龐、錢二人的啓示，當是不在話下。

而佛教思想，自唐代發展出以心傳心、不立文字的禪宗一派，在宋以後幾乎一枝獨秀成爲中國佛學主流，北宋不少士大夫，如王安石、蘇軾，都或多或少受禪學影響。文潛的學問、思想，雖根於儒家，亦參之釋、道。與方外交游，是他了解佛禪的重要來由。尤其是參寥，不但是高僧，學問也好，東坡、少游都和他有文墨往來，文潛與之唱和，在本身學禪歷程，也有助益。

至於任青，少年無賴，嘗爲盜寇，後來接受政府的招安，成爲剿除盜賊的官吏。而文潛卻因爲他能折節改過，爲之作傳。除了有褒揚的意味，也可以印證文潛本身英勇豪放、任俠不羈的個性。

「三人行，必有我師。」「友直、友諒、友多聞，益矣。」這是孔聖對人交友的訓誨，文潛可稱得上是善與人交。

透過他和館閣同僚唱和的詩篇，可以看出他那種「泊如也」的心情，他和同事互相推崇對方的造詣，偶而他會不改詼諧的開個小玩笑，但絕無刻意奉承的舉動，這是他待人眞誠之處。

在蘇門之中，他所表現的，完全在「忠」、「誠」二字，尤其是對

蘇軾、蘇轍的子壻輩，他始終以平輩待之，其他同門亦未嘗因見解不同而齟齬。

至於其他人，或是他的長官、前輩，或是部屬、後進，甚至山夫澤民，巫醫僧道，他也能吸取他們的經驗，豐富自己的生活。

在文潛的文字當中，看不到對朋友的謗毀，只有無限的感激；欣喜他們分享他的平坦順利，感謝他們在他窮苦困躓伸出友誼之手，更慶幸他們之間的友情未因遷謫離別而沖淡。他就是這樣一個至情至性的人。

第三章　張耒詩文集傳本考

第一節　張耒作品及其流傳

（一）宋人所見版本述要

　　張文潛於四學士中年最少，且兼長詩文，在當時鮮有能與比肩者，故兩蘇、諸學士下世後，文潛巋然獨存，詩文得以傳世者尤多。當時行本風貌如何，今不得見，然自宋人文集、筆記所載，猶得知其大略。

　　晁公武《郡齋讀書志》〔註1〕謂：

　　　　張文潛《柯山集》一百卷。

周紫芝所見有四本，〈書譙郡先生文集後〉〔註2〕云：

　　　　余頃得《柯山集》十卷於大梁羅仲共家，已而又得《張龍
　　　　閣集》三十卷於內相汪彥章家，已而又得《張右史集》三
　　　　十卷於浙西漕臺，先生之製作，於是備矣。今又得《譙郡
　　　　先生集》一百卷於四川轉運副使南陽井公之子晦之，然後
　　　　知先生之詩文，為最多。

汪藻〈柯山張文潛集書後〉〔註3〕亦云：

〔註1〕見卷十九，頁34，廣文書局。
〔註2〕見《太倉稊米集》，卷六十七，頁12，商務印書館，《四庫珍本》。
〔註3〕見《浮溪集》，卷十七，頁135，商務印書館，《四部叢刊》。

右文潛詩千一百六十有四，序記論誌文贊等又百八十有四，第爲三十卷。余嘗患世傳文潛詩文人人殊，屏居毗陵，因得從士大夫借其所藏，聚而校之，去其複重，定爲此書，皆可繕寫。

陳振孫《直齋書錄解題》〔註4〕亦錄二本：

《宛邱集》七十卷，年譜一卷。

蜀本七十五卷。

《文獻通考》著錄〔註5〕則稱：

張文潛《柯山集》一百卷。

由是可知宋元時代所見張文潛詩文集，已非一本。其名稱則有《柯山集》、《張龍閣集》、《張右史集》、《譙郡先生集》、《宛邱集》之異，卷數亦有十卷、三十卷、七十卷、七十五卷、百卷之別。

（二）明清書志所載之版本

上述張文潛作品，及至明清，以時代變遷，又及兵燹，無論抄本、刻本，已非宋元舊書面目，茲依現存書錄記載，一其同者，條分爲六系統，排列如次：

一、《宛邱集》系統

《張文潛宛邱集》六十卷	十本　內府鈔本　《述古堂書目》
《宛邱集》七十卷	《國史經籍志》
《宛邱先生文集》	六冊　《絳雲樓書目》
《宛丘集》	十二冊　《內閣藏書目錄》
《宛邱先生文集》七十卷〈附〉同文唱和六卷	紅藥山房鈔本　《善本書室藏書志》、《善本書室藏書簡目》、《江南圖書館善本書目》
《宛丘先生文集》七十六卷	《儀顧堂題跋》、《鐵琴銅劍樓藏書目錄》

〔註4〕見卷十七，頁25，廣文書局。
〔註5〕見卷二百三十七，頁1885，新興書局。

《宛邱集》七十六卷	《䀙宋樓藏書志》
《宛邱集》七十六卷	抄附補集本　《八千卷樓書目》
《宛邱文集》七十六卷	補遺五卷　十四本　抄本　《江南圖書館善本書目》
《宛邱先生文集》七十六卷	補遺六卷　清吟閣抄本　《善本書室藏書志》、《善本書室藏書簡目》

二、《右史集》系統

《張文潛右史集》六十五卷	八本　內府抄本　《述古堂藏書目》
《張右史文集》六十二卷	八本　抄本　《季滄葦藏書目》
《張右史集》六十卷附補遺不分卷	十二本　清謝浦泰手鈔本　《文祿堂訪書記》
《張右史文集》六十卷	十本　舊鈔本　《江南圖書館善本書目》
《張右史文集》六十卷	六冊　舊鈔本　《拾經樓紬書》
《張耒右史文集》六十卷	鈔本　《文瑞樓藏書目錄》
《張右史大全集》六十卷	舊鈔本　《䀙宋樓藏書志》
《張右史文集》六十卷	舊抄本　《善本書志藏書志》、《善本書室藏書簡目》
《張右史文集》六十卷	抄本　《文選樓藏書記》、《八千卷樓書目》

三、《柯山集》系統

《柯山集》一百卷	《世善堂藏書目錄》
《張右史柯山集》一百卷	八冊　《絳雲樓書目》
《張柯山集》	八冊　《稽瑞樓書目》
《柯山集》四十二卷	舊抄本　《雙鑑樓善本書目》
《柯山集》五十卷	《孫氏祠堂書目內外編》
《柯山集》五十卷	聚珍版本、閩刊本　《八千卷樓書目》
以上具是詩文合刊。	

四、文集單行本

《張文潛文集》十三卷	《重編紅雨樓題跋》
《張文潛文集》十三卷	明郝梁刊本　《文祿堂訪書記》、《鐵琴銅劍樓藏書目錄》、《善本書室藏書志》、《善本書室藏書志簡目》
《張文潛文集》十三卷	二冊　明嘉靖刊本　《天祿琳瑯續目》、《寒瘦山房鬻存善本書目》、《江南圖書館善本書目》
《宛邱集》十三卷	明刊本　《八千卷樓書目》

五、題　跋

《宛丘題跋》一卷	《中國歷代經籍志》

六、補遺單行本

《宛邱集補遺》五卷	抄本　《八千卷樓書目》

（三）今世通行本簡介

　　清乾隆年間，以活版印刷，印行五十卷之武英殿聚珍本《柯山集》，後商務印書館印行之四庫珍本、文淵閣四庫全書，咸收此版本。是張文潛詩文作品流傳較廣者。書前提要云：

> 然則耒之文集在南宋已非一本，其多寡亦復相懸，此本卷數與紫芝所記四本皆不合，又不知何時何人摭拾殘剩所編，宜其闕佚者頗夥。

由是可知，該書雖為官刻，並非善本、完本。幸得陸心源由散見詩集及手抄本中，輯其缺漏，成《柯山集》拾遺十二卷續拾遺一卷，以益其不足。二書並觀，雖未能窺文潛作品之全，亦見其大概矣。

　　而上海商務印書館《四部叢刊》，又有《張右史文集》六十卷，謂縮印舊抄本而來，但未言明何時何人所抄。該書與《柯山集》排列次第相去頗遠，而內容大體重複，亦尋常可見之版本。

　　此外故宮圖書館又有原北平圖書館藏明晉安謝氏小草齋烏絲闌

鈔本《宛丘先生集》一部。原書共計七十六卷，就中卷三十八至卷五十業已散失，僅存六十三卷，凡十冊。第一冊爲目錄，前有宛丘先生傳。正文部份，每半葉十行，行二十字，上下單欄，花口，單魚尾，版心刻有卷數、葉次，下有「小草齋刊本」字樣。所存十冊書中，除卷五十一一五十五一冊之外，其餘九冊首葉左下角怭鈐有「晉安謝氏家藏圖書」朱文長印。是目前所見書中，卷帙最多者。

此三種書，是當世通行有關文潛詩文作品之合集，文潛其他著作如詩說、《明道雜志》，詩餘、題跋等皆略而不談，詩文之散見於各選本者，亦不在討論之列。

第二節　《宛丘先生集》目錄之可靠性

《宛丘先生集》（以下簡稱《宛丘集》）存佚情形，已見前述，今欲以書前所存之目錄，做爲與《柯山集》、《張右史文集》（以下簡稱《右史集》）比對的依據，則不得不先論其目錄之可靠程度如何。因以該目錄與現存六十三卷比對，及亡佚之十三卷在《柯山集》、《右史集》二書中出現的情形，做進一步的探討如下：

（一）《宛丘集》目錄與正文之比較

《宛丘集》所存六十三卷正文中，標題與目錄不符者，一如附錄一。

據附表比較，不難看出，目錄與正文標題之間的差別，大致可分成二種：一是繁簡不同，字句出入者；一是載錄情形不一，或增或缺者。前者不害其書之可靠性，故略而不談，後者則須加以分類說明。

《宛丘集》中有見於目錄而不載於內容者，凡六處，依次爲：

卷六　〈送麻田吳子野還山〉

卷二十二　〈七言〉、〈書壁〉

卷二十三　〈即事〉

卷二十八　〈任仲微閱世亭〉

卷五十一　〈粥記贈邠老〉

其中除〈即事〉一篇，不詳所指之外，其餘五篇，《柯山集》及《右史集》均有同題之作品。惟〈送麻田吳子野還山〉，在《右史集》卷二十六、《柯山集》卷十九，為七言律詩，而《宛丘集》卷六則係古詩；又〈任仲微閱世亭〉，在《右史集》卷十八、《柯山集》卷八，為古詩，《宛丘集》列在卷二十八，則是律詩。如此差別，其為同一題目而不同內容，豈編者所見有別，故分類有所歧異？因其詩不錄，遂成懸案。而〈七言〉見之《右史集》卷二十二、《柯山集》卷二十六，〈書壁〉見於《右史集》卷二十六、《柯山集》卷十九，皆律詩，而《宛丘集》卷二十二亦為律詩，當為同一篇。〈粥記贈邠老〉，《右史集》卷四十六、《柯山集》四十二亦有。此三篇乃《宛丘集》編者鈔寫所遺，應無可疑。

《宛丘集》中又有文章載於篇中而不見於目錄者，如：

　　卷五十六〈曹昧字昭父序〉

　　卷六十一〈唐不得〉

及詩作前面不標題目者，如：

　　卷十八〈戊午冬懷五首〉

　　卷三十七〈登山望海四首〉

　　卷七十三〈小詩戲無咎〉

皆鈔錄時缺漏之失。

然此類錯誤總計十一條，和六十三卷存目相比，誤差比例甚小，大抵說來《宛丘集》的目錄與內容，還是相當吻合。

（二）《宛丘集》所佚十三卷在《右史》、《柯山》二集之分佈情形

按《宛丘集》所亡十三卷，內容包括絕句（卷三十八—四十二）、樂府（卷四十三—四十五）、離騷（卷四十六）、哀挽（卷四十七）、表狀（狀四十八）、啓（卷四十九）文（卷五十）七大類，其中所錄大多可見於《柯山》、《右史》二集，而非憑空托造。茲條列其題目相同及疑為同一首者一如後：

卷三十八，絕句四十六首，其中題目相同或稍異，然經比對確切同一詩者有：

題壽陽樓二絕	《右史集》二十七；《柯山集》二○　作〈壽陽樓二首〉
題扇二首	《右史集》二十七；《柯山集》二○
題五柳亭	《右史集》二十九；《柯山集》三十五
題水閣二首	《右史集》三○；《柯山集》二十二　作〈水閣二首〉
題洛尾亭二首	《右史集》三十一；《柯山集》二十三
題周文翰郭熙山水二首	《右史集》三十一；《柯山集》二十三
題海州懷仁令藏春亭	《右史集》三十二；《柯山集》二十四
題綠野亭	《右史集》三十二；《柯山集》二十四
題榮子邕陋居二首	《右史集》三十二；《柯山集》二十四
題畫二首	《右史集》三十二；《柯山集》二十四
題庭木	《右史集》三十二；《柯山集》二十四
題趙粢所收趙令穰大年煙林二絕	《右史集》三十五；《柯山集》二十三
題宅後井	《右史集》二十八；《柯山集》二十一
題唐宋輔城上小樓二首	《右史集》二十八；《柯山集》二十一
書穎州皇甫秘校書室	《右史集》二十七；《柯山集》二○　校作教。按當作校。秘閣校理也。
賞心亭	《右史集》三十一；《柯山集》三十三
謝仲閔惠友于泉	《右史集》二十八；《柯山集》二十一
和子瞻西太一宮詞二首	《右史集》三十五；《柯山集》二○　詞作祠。按作祠是。
和房日嚴換武詩	《右史集》二十八；《柯山集》二十一
和李二秀才	《右史集》三十五；《柯山集》二十六
次韻智叔三首	《右史集》三十一；《柯山集》二十三
次韻子由舍人追讀邇英絕句	《右史集》二十九；《柯山集》二十五　作

四首	「次韻子由舍人先生追讀邇英絕句四首」
調金玉病	《右史集》二十八；《柯山集》二十一　金作全
效吳融詠情	《右史集》三〇、《柯山集》二十二
效李商隱	《右史集》二十七；《柯山集》二〇
用劉夢得三題	《右史集》三十五；《柯山集》三
宮人斜	《右史集》三十二；《柯山集》三十四

顯係同一首者有：

和蘇先生遊廬山詩　當即〈昔蘇先生游廬山詩云平日懷眞賞神游杳靄間如今不是夢眞個有廬山輒繼一首〉	《右史集》三十五；《柯山集》二〇
追和蘇先生芒鞵青竹杖詩　當即〈蘇先生詩云芒鞵青竹杖自挂百錢遊何事春山裏人人識故侯輒繼其後〉	《右史集》三十五；《柯山集》二〇
效李商隱楚王　當即〈楚王〉	《右史集》二十八；《柯山集》二十一

不見於二集的有：

次韻館中舊題	

卷三十九，絕句六十七首，其中題目相同或稍異，然經比對係同一詩者有：

西湖二絕	《右史集》二十七；《柯山集》二〇　作〈西湖三首〉
西窗雜詠三首	《右史集》三十四；《柯山集》二十六
西軒	《右史集》三〇；《柯山集》二十二
西園	《右史集》三十一；《柯山集》二十三
徐園閑步二首	《右史集》二十八；《柯山集》三十一　閑作閒

雨後遊朱園	《右史集》二十八；《柯山集》二十一
荒園二首	《右史集》二十八；《柯山集》二十九
竟陵僦舍仍有小園景物頗佳	《右史集》二十九；《柯山集》二十二
旱池	《右史集》二十七；《柯山集》二〇
天窗	《右史集》三十二；《柯山集》二四
別齊安稅務竹窗二首	《右史集》三十四；《柯山集》二十六　竹窗二字互易
江上二首	《右史集》三十五；《柯山集》二〇
潮水二首	《右史集》二十七；《柯山集》二十一
宿銅陵寺題壁	《右史集》二十七；《柯山集》二十七
題寒溪長老方丈	《右史集》三十四；《柯山集》二十六
題軫師房二首	《右史集》三十一；《柯山集》二十三
書寺中所見四首	《右史集》三十五；《柯山集》二〇　作〈書寺中所見三首〉
贈廣靖上人	《右史集》三十一；《柯山集》二十三
贈圓明老	《右史集》三十五；《柯山集》二十六
宿南山普濟院	《右史集》二十七；《柯山集》二〇
方丈小山	《右史集》三十五；《柯山集》二十六
厄臺寺三絕	《右史集》二十九；《柯山集》二十二　作〈厄臺寺三首〉
崇化寺三絕	《右史集》二十九；《柯山集》二十二　作〈崇化寺三首〉
宿慈寺院	《右史集》三十二；《柯山集》二十三
觀音泉	《右史集》三十二；《柯山集》二十三
夢靈壽寺	《右史集》三十二；《柯山集》二十六
寓寺八首	《右史集》三十三；《柯山集》二十四
謁僧不值	《右史集》二十七；《柯山集》二〇
奉先寺	《右史集》三十二；《柯山集》二十四
田家二絕	《右史集》二十七；《柯山集》二〇　作〈田家二首〉

顯係同一首者有：

夢至一園池　當即〈夢至一園池藕花盛開水鳥飛鳴爲二小詩記之〉	《右史集》三十二；《柯山集》二十四
七月十六日題南禪院壁二首　當即〈題南禪院壁二首〉	《右史集》二十八；《柯山集》二十一
遊靈巖寺　當即〈慈湖中流遇大風舟危甚食時風止游靈巖寺〉	《右史集》三十一；《柯山集》二十三
入寶積山訪軫長老　當即〈淮上阻風步入寶積山訪軫長老〉	《右史集》三十二；《柯山集》二十三

不見於二集的有：

宿文殊院呈孫子和二首	

　　卷四十，絕句六十二首，其中題目相同或稍異，然經對比確係同一首者有：

題史院直舍魚鷺屏	《右史集》三十二；《柯山集》二十四
寓楚題楊補之官舍	《右史集》二十八；《柯山集》二十一
贈鐵牌道者	《右史集》三十二；《柯山集》二十二
牆東	《右史集》二十九；《柯山集》二十五作〈墻東二首〉
臥病晝眠秋風作惡	《右史集》三十四；《柯山集》二十六
平生	《右史集》三十五；《柯山集》二十六
秋日作寓直散騎舍	《右史集》三十二；《柯山集》二十四
題宣州後堂壁四首	《右史集》三〇；《柯山集》二十二
滄浪	《右史集》三十四；《柯山集》二十六滄作蒼
晚歸	《右史集》二十八；《柯山集》二十一

貧病投劾乞補外官親友問者以詩答之	《右史集》二十八；《柯山集》二十一
凝祥三絕	《右史集》二十九；《柯山集》二十五作〈凝祥三首〉
下直	《右史集》三十二；《柯山集》二十四
局中晚坐	《右史集》三十二；《柯山集》二十四
柯山雜詩四絕	《右史集》三十四；《柯山集》二十六作〈柯山雜詩四首〉
樊山	《右史集》三十四；《柯山集》二十六
新堂望樊山	《右史集》三十四；《柯山集》二十六
雨霽望樊山	《右史集》三十四；《柯山集》二十六
衡門	《右史集》三十五；《柯山集》二十五
福昌官舍後十絕	《右史集》三十一；《柯山集》二十三作〈福昌官舍後絕句十首〉
十月十日夕同文安君對月一詩	《右史集》三十三；《柯山集》二十五

顯係同一首者有：

奉安神御容小臣獲觀有感二首　當即〈奉安神考御容入景靈宮小臣獲睹有感二首〉	《右史集》二十九；《柯山集》二十五
題屏　當即〈余天祐六年六月罷著作郎除秘書丞是歲仲冬復除著作郎兼史院檢討復至舊局題屏〉	《右史集》三十五；《柯山集》二〇
集英殿試舉人作兩絕　當即〈紹聖甲戌侍立集英殿臨軒試舉人作此兩絕〉	《右史集》三十一；《柯山集》二十三
作竹屏　當即〈東堂初寒創意作竹屏障門屏腳偶得巧梅枝截用之完固質野可喜二首〉	《右史集》三十四；《柯山集》二十六
一絕呈宜君　當即〈呈宜君〉	《右史集》三十三；《柯山集》二十六

不見於二集的有：

東道四首	
二絕句	
又九絕	
坐局	
地爐	

　　卷四十一，絕句五十八首，其中題目相同或稍異，然經比對確係同一首者有：

項羽	《右史集》二十八；《柯山集》二十一
蕭何	《右史集》二十八；《柯山集》二十一
韓信	《右史集》二十八；《柯山集》二十一
賈誼	《右史集》二十八；《柯山集》二十一
李廣	《右史集》二十八；《柯山集》二十一
朱雲	《右史集》二十八；《柯山集》二十一
孔光	《右史集》二十八；《柯山集》二十一
范增	《右史集》二十八；《柯山集》二十一
荊軻	《右史集》二十七；《柯山集》二〇
宋玉	《右史集》二十八；《柯山集》二十一
梁冀	《右史集》二十八；《柯山集》二十一
殷浩	《右史集》二十八；《柯山集》二十一
甯子	《右史集》三十三；《柯山集》二十六
趙飛燕	《右史集》二十八；《柯山集》二十一
成帝	《右史集》二十八；《柯山集》二十一
女几山	《右史集》二十八；《柯山集》二十一
章華	《右史集》二十九；《柯山集》二十二
屈原	《右史集》三十二；《柯山集》二十三
巫臣二首	《右史集》三十二；《柯山集》二十三
雙廟	《右史集》三十二；《柯山集》二十三

趙弟	《右史集》三十二；《柯山集》二十四
贊皇公	《右史集》三十二；《柯山集》二十四
桓武公	《右史集》三十二；《柯山集》二十四
挂劍臺	《右史集》三〇；《柯山集》二十二
道彭澤	《右史集》三〇；《柯山集》二十二
株林	《右史集》三十二；《柯山集》二十三
過蘄澤	《右史集》二十九；《柯山集》二十二
觀亭呈陳公度二首	《右史集》三十一；《柯山集》二十三
渡江	《右史集》三十四；《柯山集》二十六
吳王郊臺	《右史集》三十四；《柯山集》二十六
懷陸羽井	《右史集》二十九；《柯山集》二十二
失性	《右史集》三十二；《柯山集》二十四
有所歎	《右史集》三十二；《柯山集》二十四
讀史二首	《右史集》三〇；《柯山集》二十二
讀秦紀二首	《右史集》三十三；《柯山集》二十四
讀周本紀	《右史集》三十四；《柯山集》二十六
題韓信祠	《右史集》三〇；《柯山集》二十二　作〈韓信祠〉
題淮陰侯廟	《右史集》三〇；《柯山集》二十二　作〈題淮陰廟〉
觀蘇仲南詩卷	《右史集》二十九；《柯山集》二十五
讀仲南和詩	《右史集》二十九；《柯山集》二十五
讀吳怡詩卷二首	《右史集》三十五；《柯山集》二十三
讀潘郎文卷	《右史集》三十五；《柯山集》二〇
讀王荊公詩	《右史集》三十二；《柯山集》二十四
試筆	《右史集》三十一；《柯山集》二十三
試墨	《右史集》三十三；《柯山集》二十四
僧允懷惠紫竹杖	《右史集》三十四；《柯山集》二十六
生日贈潘郎	《右史集》三十四；《柯山集》二十六

顯係同一首者有：

東方曼脩　當即〈東方曼倩〉	《右史集》二十八；《柯山集》二十一
偃王城二首　當即〈偃王城〉	一在《右史集》二十七；《柯山集》二〇一在《右史集》三〇；《柯山集》二十二
題光武祠	當即〈題南頓光武祠〉　《右史集》三十五；《柯山集》二十六

不見於二集的有：

偶成	
題錢穆父壁間草書	

　　卷四十二，絕句九十五首，其中題目相同或稍異，然經比對確係同一詩者有：

牡丹	《右史集》三十四；《柯山集》二十六
秬移牡丹植圭竇齋前作二絕示秬秸和	《右史集》三十五；《柯山集》二十六
梅	《右史集》二十九；《柯山集》二十五
梅花十首	《右史集》三〇；《柯山集》二十二
梅花	《右史集》三十三；《柯山集》二十四
梅柳二絕句	《右史集》三十二；《柯山集》二十六《右史集》同《柯山集》作〈梅花二首〉
臘初小雪後圃梅開二首	《右史集》三十四；《柯山集》二十六
堂前種二桃示秬秸	《右史集》三十三；《柯山集》二十五
題西園荼蘼	《右史集》三〇；《柯山集》二十二
懷竟陵蓮花	《右史集》二十九；《柯山集》二十二
月季	《右史集》三十四；《柯山集》二十六
黃葵	《右史集》三十三；《柯山集》二十四
摘芙蓉	《右史集》三十三；《柯山集》二十六

木芙蓉菊花盛開	《右史集》三十一；《柯山集》二十三 卷二十別有律詩一首
九月十日菊花爛開	《右史集》三〇；《柯山集》二十二
對菊花二絕	《右史集》三十二；《柯山集》二十五 作〈對菊花二首〉
自二月苦雨寒食節前一日始晴 視園中花殊不敗	《右史集》三十四；《柯山集》二十六
木景平命賦隔窗花影	《右史集》三〇；《柯山集》二十二　木 作宋　按作宋是
西園風雨雜花謝	《右史集》三十一；《柯山集》二十三
看花	《右史集》二十八；《柯山集》二十一
綵花	《右史集》三十三；《柯山集》二十四
橘	《右史集》二十九；《柯山集》二十五
和天啓惠橘詩	《右史集》三十二；《柯山集》二十四
感庭莎	《右史集》三十三作〈感遲莎〉；《柯 山集》二十五
東齋雜韻七首	《右史集》二十九；《柯山集》二十五 作〈東齋雜詠七首〉
雙槐	《右史集》三十二；《柯山集》二十四
槐庭	《右史集》三十五；《柯山集》二〇　在 〈暇日六詠〉
柳	《右史集》三〇；《柯山集》二十二
柳絮	《右史集》三十五；《柯山集》三〇　在 〈暇日六詠〉
春蔬	《右史集》三十三；《柯山集》二十四
二月二日挑菜節大雨不能出	《右史集》三十四；《柯山集》二十六
食薺糝	《右史集》三十三；《柯山集》二十四
四月始聞鶯	《右史集》三十一；《柯山集》二十五 作〈崇寧壬午臨汝四月始聞鶯〉
聽鳴禽	《右史集》三十三；《柯山集》二十四

鴉青	《右史集》三十三；《柯山集》二十四作〈鴉鴴〉
鶉鶒	《右史集》三十四；《柯山集》二十四
聞蚤二絕	《右史集》三十三；《柯山集》二十四作〈聞蚤二首〉
秋蚊	《右史集》三十三；《柯山集》二十四
龜	《右史集》三十五；《柯山集》二〇　在〈暇日六詠〉
蛙	《右史集》三十五；《柯山集》二〇　在〈暇日六詠〉
雙白鴨	《右史集》三十五；《柯山集》二〇　在〈暇日六詠〉
百舌	《右史集》三十五；《柯山集》二〇　在〈暇日六詠〉

疑為同一首者有：

同仲達游蔡氏園得梅數枝因賦二首	當即〈同仲達雪後踰小山游蔡氏園得紅梅數枝奇絕因賦二首〉　《右史集》三十一；《柯山集》二十三
所居有梅一株在荒穢中已謝矣二絕	當即〈所居有梅一株在堂東荒穢中正月二十六日已謝矣二首〉　《右史集》三十三；《柯山集》二十五
冬日懷竟陵梅橋四首	當即〈冬日懷竟陵管氏梅橋四首〉《右史集》二十九；《柯山集》二十二
晁二家海棠	當即〈晁二家有海棠去歲花開晁二呼杜卿家小娃歌舞花下痛飲今春花開復欲招客而杜已出守戲以詩調之〉《右史集》三十二；《柯山集》二十四
謝人惠茶蘼二首	當即〈謝人惠金沙茶蘼二首〉　《右史集》二十九；《柯山集》二十五
水仙花	當即〈水仙花葉如金燈而加柔澤花淺黃其幹如萱草秋深開到來春方已雖霜雪不衰中洲未嘗見一名雅蒜〉　《右史集》三十一；《柯山集》二十五

秋末圭竇齋前菊盛開賦得絕句	當即〈秋末圭竇齋前菊盛開賦得絕句時秅出未歸〉《右史集》三十五;《柯山集》二十六
和晁十七落花二首	當即〈依韻和晁十七落花二首〉《右史集》三十二;《柯山集》二十三
竟陵酒官數步草爲火所焚	當即〈竟陵官舍北有數步草歲寒霜落猶鬱然也予爲障其風霜暮多尚自如一日大火焚舍無遺復往尋草不復有矣〉《右史集》三○;《柯山集》二十二
黃州酒務北窗新種二竹戲題于壁	當即〈黃州酒務稅宿房北窗新種竹戲題於壁〉《右史集》三十三;《柯山集》二十四
寒驢　當即〈蹇驢〉	《右史集》三十二;《柯山集》二十四
魚蝦　當即〈魚蝦相對〉	《右史集》二十七;《柯山集》二○

不見於二集的有:

憶梅	
買花	
漫成三絕	
晚鴛二首	
聞鵶二首	

　　卷四十三,樂府三十二首,其中題目相同或稍異,然經比對確係同一詩者有:

君家誠意知曲	《右史集》四;《柯山集》三
于湖	《右史集》四;《柯山集》三
襄陽曲	《右史集》四;《柯山集》三
寄衣曲	《右史集》四;《柯山集》三
江南曲	《右史集》四;《柯山集》三
怨曲二首	《右史集》四;《柯山集》三
壽陽歌	《右史集》四;《柯山集》三

勞歌	《右史集》四；《柯山集》三
春雨謠	《右史集》四；《柯山集》三
少年行三首	《右史集》四；《柯山集》三
代贈	《右史集》四；《柯山集》三
代嘲	《右史集》四；《柯山集》三
牧牛兒	《右史集》四；《柯山集》三
贈人三首	《右史集》四；《柯山集》三
採蓮子	《右史集》四；《柯山集》三
倚聲製曲三首	《右史集》五；《柯山集》三
獨處愁	《右史集》五；《柯山集》三
遠別離	《右史集》五；《柯山集》三
行路難	《右史集》五；《柯山集》三
白紵詞二首效鮑昭	《右史集》五；《柯山集》三
七夕歌	《右史集》五；《柯山集》三

顯係同一首者：

古意三首　當即〈古意〉	《右史集》四；《柯山集》八　僅一首

　　卷四十四，樂府十五首，其中題目相同或稍異，然經比對確係同一詩者有：

瑠璃瓶歌贈晁二	《右史集》五；《柯山集》三　瑠璃作琉璃
九江千歲龜歌贈無咎	《右史集》五；《柯山集》三
大雪歌	《右史集》五；《柯山集》三
孫彥古畫風雨山水歌	《右史集》五；《柯山集》三
歲暮歌	《右史集》五；《柯山集》三
光山謠	《右史集》五；《柯山集》三
年年歌	《右史集》五；《柯山集》三

鷦鷯詞	《右史集》五；《柯山集》四
圍棋歌戲江瞻道呈蔡秘校	《右史集》五；《柯山集》四
周氏行	《右史集》五；《柯山集》四
啄木詞	《右史集》五；《柯山集》四
瓦器易石鼓文歌	《右史集》五；《柯山集》四
片雪歌	《右史集》五；《柯山集》四
梁父吟	《右史集》五；《柯山集》四
度關山	《右史集》五；《柯山集》四

卷四十五，樂府二十五首，其中題目相同或稍異，然經比對確係同一詩者有：

天馬歌	《右史集》六；《柯山集》四
江南曲	《右史集》六；《柯山集》四
籬鷹詞	《右史集》六；《柯山集》四
拳毛駒歌	《右史集》六；《柯山集》四
寒食歌	《右史集》六；《柯山集》四
飛螢詞	《右史集》六；《柯山集》四
齊安行	《右史集》六；《柯山集》四
秋風謠	《右史集》六；《柯山集》四
東皋行	《右史集》六；《柯山集》四
正月詞	《右史集》六；《柯山集》四
二月詞	《右史集》六；《柯山集》四
飢烏詞	《右史集》六；《柯山集》四
苦寒行二首	《右史集》六；《柯山集》四
春詞	《右史集》六；《柯山集》四
宮詞效王建五首	《右史集》六；《柯山集》四
早謠	《右史集》六；《柯山集》四
貽潘邠老	《右史集》六；《柯山集》四
醉中雜言	《右史集》六；《柯山集》四

顯係同一首者有：

寒鴉詞　當即〈寒鴉詞〉	《右史集》六；《柯山集》四
一日五歌　當即〈一百五歌〉	《右史集》六；《柯山集》四

　　卷四十六，騷十一首，其中題目相同或稍異，然經比對確係同一詩者有：

龜山祭淮詞二首	《右史集》七；《柯山集》五
惠別	《右史集》七；《柯山集》五
愍魃	《右史集》七；《柯山集》五
敘雨	《右史集》七；《柯山集》五
友山	《右史集》七；《柯山集》五
種菊	《右史集》七；《柯山集》五
逐蚍	《右史集》七；《柯山集》五
登高	《右史集》七；《柯山集》五

顯係同一首者有：

和歸去來詞　當即〈子由先生示東坡公所和陶靖節歸去來辭及侍郎先生之作命之同賦耒輒自憫其仕之不偶又以弔東坡先生之亡終有以自廣也〉	《右史集》七；《柯山集》五

不見於二集的有：

寄嘉甫	

　　卷四十七，哀挽四十二首，其中題目相同或稍異，然經比對係同一篇者有：

哲宗皇帝挽詞四首	《右史集》三十六；《柯山集》十五
故僕射司馬文正公挽詞四首	《右史集》三十六；《柯山集》十五
欽慈皇后挽詞二首	《右史集》三十六；《柯山集》十五
范忠宣公挽詞二首	《右史集》三十六；《柯山集》十九

黃幾道哀挽二首	《右史集》三十六；《柯山集》十五、十九
范參軍挽詞	《右史集》三十六；《柯山集》十五
任左藏挽詞	《右史集》三十六；《柯山集》十五
張夫人挽詞	《右史集》三十六；《柯山集》十五
呂郡君挽詞	《右史集》三十六；《柯山集》十五
太皇太后挽詞二首	《右史集》三十六；《柯山集》十五、十九
李處道都曹丈挽詞	《右史集》三十六；《柯山集》十五
鄧慎思學士挽詞	《右史集》三十六作〈鄧慎思學士挽詞二首〉；《柯山集》十五、十九
潘處士挽詞	《右史集》三十六；《柯山集》十九
悼亡九首	《右史集》三十六；《柯山集》二十六
李少卿挽詞二首	《右史集》三十六；《柯山集》十五有〈李少卿挽詞〉、十九有〈挽李少卿〉
悼逝	《右史集》三十六；《柯山集》八

顯係同一篇者有：

神宗皇帝挽詞二首　當即〈神宗皇帝挽詞三首〉	《右史集》三十六；《柯山集》十九
哭彥彥規　當即〈哭蔡彥規二首〉	《右史集》三十六；《柯山集》十五
大府李卿挽詞　當即〈大府李莘卿挽詞〉	《右史集》三十六；《柯山集》十五
潘奉議挽詞　當即〈潘鯁奉議挽詞〉	《右史集》三十六；《柯山集》十五

　　卷四十八，表狀十五篇，其中題目相同或字句稍異，然經比對係同一詩者有：

進大禮慶成賦表	《右史集》四十三；《柯山集》三十一
代文潞公辭免明堂陪位表	《右史集》四十三；《柯山集》三十一
代文潞公辭免明堂加恩表	《右史集》四十三；《柯山集》三十一

第二表	《右史集》四十三；《柯山集》三十一
謝得請表	《右史集》四十三；《柯山集》三十一
代張文定辭免明堂陪位表	《右史集》四十三；《柯山集》三十一
謝太皇表	《右史集》四十三；《柯山集》三十一 作〈謝太皇太后表〉
代范相讓官表	《右史集》四十三；《柯山集》三十一
謝宣賜曆日表	《右史集》四十三；《柯山集》三十一
謝欽恤刑表	《右史集》四十三；《柯山集》三十一
謝明堂赦書表	《右史集》四十三；《柯山集》三十一
黃州謝到任表	《右史集》四十三；《柯山集》三十一
黃州謝安置表	《右史集》四十三；《柯山集》三十一
辭免起居舍人狀	《右史集》四十三；《柯山集》三十一
任起居舍人乞郡狀	《右史集》四十三；《柯山集》三十一

卷四十九，啓十三篇，其中題目相同或稍異，然經比對確係同一篇者有。

答林學士啓	《右史集》四十四；《柯山集》四十七
代人謝及第啓	《右史集》四十四；《柯山集》四十七
潤州謝及政啓	《右史集》四十四；《柯山集》四十七
賀錢內翰啓	《右史集》四十四；《柯山集》四十七
宣州謝兩府啓	《右史集》四十四；《柯山集》四十七
謝鮑承務啓	《右史集》四十四；《柯山集》四十七
賀錢都尉啓	《右史集》四十四；《柯山集》四十七
賀廣德智軍啓	《右史集》四十四；《柯山集》四十七
謝建平知縣啓	《右史集》四十四；《柯山集》四十七
賀太平知州啓	《右史集》四十四；《柯山集》四十七
上黃洲郡守楊瓌寶啓	《右史集》四十四；《柯山集》四十七 洲作州
賀潘奉議致仕啓	《右史集》四十四；《柯山集》四十七
謝楊州司法謝薦啓	《右史集》四十四；《柯山集》四十七

卷五十，文二十九篇，其中題目相同或稍異，然經比對確係同一篇者有：

皇太后諡冊文	《右史集》四十五；《柯山集》三十一
祭社文	《右史集》四十五；《柯山集》四十八
祭稷文	《右史集》四十五；《柯山集》四十八
祭文宣王文	《右史集》四十五；《柯山集》四十八
祭聖帝文	《右史集》四十五；《柯山集》四十八
祭城都李龍圖文	《右史集》四十五；《柯山集》四十八 城作成
代范樞密祭溫公文	《右史集》四十五；《柯山集》四十八
祭劉貢父文	《右史集》四十五；《柯山集》四十八
祭蘇端明郡君文	《右史集》四十五；《柯山集》四十八
祭夏侍禁文	《右史集》四十五；《柯山集》四十八
祭李深之文	《右史集》四十五；《柯山集》四十八
祭秦少游文	《右史集》四十五；《柯山集》四十八
哭下殤文	《右史集》四十五；《柯山集》三
敬亭廣惠王求雨文四首	《右史集》四十五；《柯山集》四十八
廣惠王祈晴文	《右史集》四十五；《柯山集》四十八
靈濟王求雨三首	《右史集》四十五；《柯山集》四十八
靈濟王祈晴文	《右史集》四十五；《柯山集》四十八
祭天齋仁聖帝并城隍祈雨文	《右史集》四十五；《柯山集》四十八
景德寺祈晴文	《右史集》四十五；《柯山集》四十八
靈濟王謝雨文二首	《右史集》四十五；《柯山集》四十八
祭魯恭王文	《右史集》四十五；《柯山集》四十八
祭晁無咎文	《右史集》四十五；《柯山集》四十八

顯係同一篇者有：

新居上梁文　當即〈上梁文〉	《右史集》四十五

　　據以上統計和推測，已佚十三卷中，無法由二集尋出者，凡詩三十一首、騷一篇，其中即爲二絕、九絕、偶成、漫成，《右史》、《柯山》二集亦有，只是未見內容，不便強斷爲一首，果眞有相同，則無法得見之篇章，更在三十二篇之下，而目錄所標三十八－五十中，共錄絕句、樂府四百五十二首，離騷、哀挽、表狀、啓、文一百一十篇，不可見者亦僅占十八分之一左右，其可倚信程度依然很大。

第三節　《宛丘集》、《柯山集》、《右史集》三書比較

　　前節已對《宛丘集》存目做一番探討，爰再比較三書分類與子目上的差異。

（一）三書的分類

　　《宛丘集》、《柯山集》、《右史集》在編排次第上亦有出入，主要不同在於三書編者分類的精粗，和對體製界限之區別。

　　三者之中以《柯山集》分類最細，共劃爲三十一類：

一	賦	二	古樂府歌詞
三	五言古詩	四	七言古詩
五	五言律詩	六	五言長律詩
七	七言律詩	八	七言長律詩
九	五言絕句	十	六言
十一	七言絕句	十二	同文唱和
十三	表狀	十四	冊文
十五	論	十六	議說
十七	序	十八	記
十九	傳	二十	贊
二十一	銘	二十二	偈
二十三	評	二十四	題跋

二十五	書	二十六	簡
二十七	啓	二十八	疏
二十九	祝文	三十	祭文
三十一	墓誌銘		

其次是《右史集》，共分二十七類：

一	賦	二	古樂府歌詞
三	古詩	四	五言律詩
五	七言律詩	六	七言絕句
七	五言絕句	八	六言
九	哀挽	十	同文唱和
十一	表狀	十二	啓
十三	贊	十四	銘
十五	文	十六	偈
十七	疏	十八	評
十九	題跋	二十	記
二十一	傳	二十二	簡
二十三	序	二十四	議說
二十五	論	二十六	書
二十七	墓誌		

《宛丘集》最簡單，止二十三類：

一	賦	二	古詩
三	律詩	四	絕句
五	樂府	六	離騷
七	哀挽	八	表狀
九	啓	十	文
十一	贊	十二	銘
十三	偈	十四	疏

十五	題跋	十六	記
十七	序	十八	議說
十九	論	二十	書
二十一	墓誌	二十二	傳
二十三	同文唱和		

其間不同情形，則如下表：

《宛丘集》	《柯山集》	《右史集》
賦	賦	賦
樂府 離騷	古樂府 歌詞	古樂府 歌詞
古詩	五古 七古	古詩
律詩	五律、五長律 七律、七長律	五律 七律
絕句	七絕 五絕 六言	七絕 五絕 六言
哀挽		哀挽
同文唱和	同文唱和	同文唱和
表狀	表狀	表狀
啓	啓	啓
文	冊文 祝文 祭文	文
贊	贊	贊
銘	銘	銘
偈	偈	偈
疏	疏 評	疏 評
題跋	題跋	題跋
記	記	記

序	序	序
議說	議說	議說
論	論	論
書	書 簡	書 簡
墓誌	墓誌	墓誌
傳	傳	傳

上述爲編者分類繁簡之別，至於同一作品的歸類，三書編者亦有不同意見。大者如《宛丘集》於古樂府，別出離騷一類；《柯山集》則不標哀挽類，各歸之於五律、七律之中。小者如《右史集》卷四〈古意〉一首，編在古樂府歌詞之列，《宛丘集》同，《柯山集》則視爲五言古詩；又如《右史集》卷四十五〈哭下殤文〉，編在文類，《宛丘先生集》同，《柯山集》則以爲古樂歌詞。

又《宛丘集》之分類，在文體上區別成幾大類，但在鈔錄時，往往又將內容性質相近者，歸於同一卷。如古詩中有關春者在卷十五，律詩在卷二十二，絕句在卷三十四。其他亦依季節、天象、花木、贈答……等不同之主題聚列。

而三書久中，一卷之篇幅，又往往不同，更使詩文排列次第不同，而難以辨明。

（二）三書的篇章

張文潛作品計有多少，前人未有確論。周紫芝得百卷之《譙郡先生集》而云〔註6〕：

> 當猶有網羅未盡者，余將盡取數集，削其重複，一其有無，
> 以歸於所謂一百卷者，以爲先生之全書焉。

然未見其書。汪藻所謂：

> 詩千一百六十四，序記論文贊等又百八十有四。

亦非全貌。而《右史集》、《柯山集》、《宛丘集》所錄篇章多寡懸殊則

〔註 6〕同註 2。

是不易之論。但近人所言及者，往往僅止於校書時隨手筆記，如陸心源以《宛邱先生文集》七十六卷與聚珍本《柯山集》互校謂〔註7〕：

> 多得詩百餘首，文賦則大略相同，惟多華陰楊君、晁無咎、田奉議、崔君、符夫人墓誌五首。又嘗見抄本張《右史集》六十卷，似更不及。

瞿鏞以《宛丘先生集》七十六卷與官刻集五十卷互校，所得結果是〔註8〕：

> 詩篇大略相同，惟文類中增多新居上梁文、哭下殤文二首，書簡中增多與陳三書，代范樞密答陳列書、與范十三元長書三首；墓誌類中增多華陰楊君墓誌，晁無咎墓誌、田奉議墓誌、崔君墓誌、符夫人墓誌五首。

非惟說法不一，又近乎籠統，今以上述三版本，並陸氏所作拾遺，條列子目對照表，如附錄二。

〔註7〕見《儀顧堂題跋》，卷十一，頁16，廣文書局。
〔註8〕見《鐵琴銅劍樓藏書目錄》，卷二十，頁27，廣文書局。

第四章　張耒的詩

第一節　北宋詩壇及張耒的詩學淵源

　　唐朝是中國詩歌史上的黃金時代，到了宋朝，新起的詞，成為文學主流，但詩歌的創作並未稍弱，而論詩風氣更較前代尤為盛行，詩話的大量問世，為詩歌創作者指出新的途徑，使得宋代的詩壇，呈現出一片生氣蓬勃的氣象。

　　宋初主盟詩壇的，是由楊億、劉筠、錢惟演所領導的西崑詩派。他們作詩祖述李商隱，講求對仗用典，崇尚纖巧妍麗，是偏向形式的作風。雖然楊、劉諸人才雄學博，尚能鎔鑄變化，自成一家，後學則因才力不逮，往往流於雕琢晦澀，因而不能免於訾病。

　　雖然在西崑詩體盛行之際，仍有王禹偁、王奇、魏野、寇準、林逋、潘閬等人，不受時代潮流影響，默默從事完全不同風格的詩歌創作，他們或學白香山，或學賈長江〔註1〕，但只像在山的清泉，對西崑體沒有多大的阻遏力量。直到歐陽修主盟文壇，宋代的詩風，才有了轉變。

　　歐陽修是宋代古文運動的領袖，他宗主韓愈，在散文與詩歌的創作，無不尊奉韓愈為楷模。加上他的好朋友蘇舜欽、梅堯臣、石延年

〔註1〕見劉大杰《中國文學發展史》，頁652，華正書局。

的支持，終於帶動宋代的詩歌革新運動。蘇詩豪雋超邁，梅詩深遠閒淡，歐陽修、石延年則偏於古硬奇峭，風格雖有不同，對於打擊西崑詩堆砌雕琢，洗淨西崑詩富貴脂粉氣息，用意則同。經過他們的努力，宋詩主氣格、賤華藻；重鍊意、輕修辭的特色，才逐漸形成。

歐公之後，繼起的王安石、蘇東坡，一方面承接他的精神，同時又能將自己的見解用於創作，把宋詩帶進了新的境界。

王安石不僅是文人，也是一位有抱負的政治家，他的詩文都和他本人一樣帶著不同於流俗的風格，他對詩除了推崇韓愈〔註2〕，歐陽修〔註3〕之外，更賞識杜甫〔註4〕，他集中的許多作品，都能盡得杜詩句法精到之處，而不同於歐、梅、蘇、石等人。

蘇東坡則以天才橫溢，學識豐富，成為一代大家。他的創作態度，不拘於專主某家，而能兼取前人優點，又能將經、傳、子、史、佛老之言，並融於筆下，因此他的詩不僅氣象大，範圍也廣。

宋詩發展到東坡，已是如日中天，光芒萬丈。後人只有從技巧的講求去突破，黃庭堅便是著眼於這一點，所以在東坡之後，他提出一套完整而有條理的詩學主張，讓人在作詩時，無論修辭造句或取材用典，都有方法可循。這種適於實際運用的理論，深得當時文人的支持，很快形成一種勢力，由他帶動的詩風，幾乎支配了歐、蘇以後的詩壇，即在南宋依然不稍衰減。

全祖望在〈宋詩紀事序〉〔註5〕說：

> 宋詩之始也，楊、劉諸公最著，所謂西崑體者也。慶曆以後，歐、蘇、梅、王數公出，而宋詩一變。涪翁以崛奇之調，力追草堂，所謂江西詩派者，而宋詩又一變。

〔註2〕見《臨川文集》，卷二十二，頁 3〈奉酬永叔見贈〉：「他日若能窺孟子，終身何敢望韓公。」商務印書館，《文淵閣四庫全書》。
〔註3〕同註2，卷八十六，頁 2〈祭歐陽文忠公文〉。
〔註4〕同註2，卷八十四，頁 6〈老杜詩後序〉：「予考古之詩，尤愛杜甫氏作者。」
〔註5〕見《鮚埼亭集》外編，卷二十六，頁 781，商務印書館，《四部叢刊》。

簡單幾句話，爲北宋詩歌的流變，畫出一個明顯的輪廓。張文潛生於仁宗至和元年，熙寧五年歐陽修去世時，他還是個十九歲的年輕士子，但他曾遊於蘇氏兄弟門下，並與黃庭堅交好，在那風起雲湧的時代，亦直接間接受到當代文學潮流的濡染。因此我們在探求文潛的詩學淵源時，不難發現在白居易、張文昌之外，他還經歷一番泛覽的工夫，從諸家作品中吸取精華。《柯山集》拾遺卷十二〈上文潞公獻所著詩書〉自述學問歷程說：

> 某不肖，自幼至今，頗考知歷世之爲詩者，上自風雅之興，而中觀騷人之作，下考蘇李以來，至于唐，掃除蓄穢，而擷其眞，刊落曼衍，而食其實，頗有得于前人，而時時心之所感發，亦竊見之于詩。

可以看出他的學識基礎。

在文潛集中，最教他心折的詩人是陶淵明，在他的詩中屢次自比於陶，以他少年時的壯志雄心，和坦率純眞的性格來看，文潛和陶潛竟有幾分相似，而他們又同樣嗜酒，這些都足以讓他們神交於文學領域之中。《右史集》卷十〈次韻淵明飲酒詩〉序說：

> 因讀淵明飲酒詩，竊愛其詞文，而慕其放達，因次其韻。
> 嗟余與淵明神交于千載之上，豈敢論詩哉！

對陶淵明的詩文，慕愛之心，溢於言表。因此他不但效法淵明行徑，願意「遠學陶潛過此生」〔註6〕，在作品也有傚傚。蘇籀欒城先生遺言〔註7〕也說：

> 張十二病後詩一卷，頗得陶元亮體。

現在我們讀文潛詩，其中描寫田家風物、田園樂趣的篇章，那種眞實質樸，清簡平淡的風味，都和陶淵明的作品給人的感覺近似。

對於被後人尊爲詩聖的唐朝大詩人杜甫，文潛對他的詩歌成就、性情襟抱和人溺己溺的人道精神十分佩服，《柯山集》拾遺卷二〈讀

〔註6〕見《右史集》，卷二十二，頁176〈暮春〉，商務印書館，《四部叢刊》。
〔註7〕見頁3，《筆記小說大觀》九編六新興書局。

杜集〉一詩讚美杜甫說：

> 風雅不復興，後來誰可數？陵遲數百歲，天地實生甫；假
> 之虹與霓，照耀蟠肺腑；奪其富貴樂，激使事言語。遂令
> 困飢寒，食櫨衣掛縷，幽憂勇憤怒，字字倒牛虎。嘲詞破
> 萬家，摧拉誰得御？又如滔天水，決洩得神禹。他人守一
> 巧，為豆不能簋，君獨備飛奔，捷蹄兼駿羽。飄萍竟終老，
> 到死尚為旅，高才遭委棄，誰不怨且怒。君子獨此忘，所
> 惜唐遺緒，悲嗟痛禍亂，欲取彝倫敘，天資自忠義，豈媚
> 後人覩！艱難得一職，言事竟齟齬。此心耿可見，誰肯浪
> 自苦。鄙哉淺大夫，夸己乩其主，文章不知道，安得擅古
> 今？光焰萬丈長，猶能伏韓愈。

老杜在他心中正是值得取法的典範。尤其是老杜筆下有血有淚的篇章，更是注重真情流露，不求工巧雕琢的文潛所崇尚的俊品。

在作詩理論上，文潛雖然不是亦步亦趨地學杜，也不曾對杜甫詩歌的形式和技巧做過進一步的批評，但是杜詩對他卻有實際的啟發和影響。洪邁《容齋隨筆》記載〈張文潛哦蘇杜詩〉〔註8〕說：

> 「溪迴松風長，蒼鼠竄古瓦。……」此老杜玉華宮詩也。
> 張文潛暮年在宛邱，何大圭方弱冠，往謁之，凡三日，見
> 其吟哦此詩不絕口，大圭請其故。曰：「此章乃風雅鼓吹，
> 未易為子言。」大圭曰：「先生所賦，何必減此？」曰：「平
> 生極力模寫，僅有一篇稍似之，然未可同日語。」遂誦其
> 離黃州詩，……此其音響節奏，固似之矣，讀之可默諭也。

就此一例，即見文潛對杜詩的用心和領悟。

《宋史》說文潛樂府取法於張籍，在他的詩當中，對這位貧苦詩人並沒有特別的評論，只在幾首詩篇下標注「效張文昌」。但是這位介於杜甫、白居易間的社會詩人，對文潛的詩歌理論和創作，都有實質而且深入的影響。張籍主張文學應該反映民生疾苦，創作者必須有嚴謹的態度，不作無病呻吟、言之無物的文字，這些見解，都是文潛

〔註8〕見集一，卷十五，頁141，商務印書館。

所奉行的。張籍所喜歡有關社會、民情的題材，也是文潛作品所常用。
周紫芝說〔註9〕：

> 頃在南都，見倉前村民輸麥行，余嘗親見其薰，其後題云：
> 「此篇效張文昌，而語差繁。」乃知其喜文昌如此。

更印證了史傳的說法不誣。

關於文潛詩的學習對象白居易，他本人也未做任何評議。白氏的
文學主張，是繼承杜甫之後的寫實主義精神而來，以發揮文學補察時
政宣洩人情的功能為前提，不求文字音律的奇美，而注重內容是否充
實，和能否發揮諷刺作用。這些看法，大部份為文潛所採用。但值得
注意的是他所欣賞白氏的作品，不在那些諷諭之作，而是白香山晚年
閑適一類知足保和、吟玩性情之作。

宋代詩人之中，錢、劉、楊三家時代離他甚遠，歐、蘇、石、梅
對他也沒有直接影響。方回在《瀛奎律髓》〔註10〕中以文潛足繼梅聖
俞，並沒有作品可以證明，他的詩文中也未曾涉及。只有東坡詩對文
潛真正有所啓發。《能改齋漫錄》〔註11〕記載其事說：

> 東坡泗州僧塔詩：「畊田欲雨刈欲晴，去得順風來者怨。若
> 使人人禱輒應，造物應須日千變。」張文潛用其意，別為
> 一詩云：「山邊半夜一犁雨，田父高歌待收獲。雨多瀟瀟蠶
> 簇寒，蠶婦低眉憂繭單。人生多求復多怨，天公供爾良獨
> 難。」

可以看出他師法東坡的痕跡。又一則說〔註12〕：

> 東坡長短句云：「無情汴水自東流，只載一船離恨向西州。」
> 張文潛用其意，以為詩云：「亭亭畫舸繫春潭，只待行人酒
> 半酣。不管煙波與風雨，載將離恨過江南。」

或以為此詩是鄭文寶所作〔註13〕，也有人深不以為然〔註14〕，吳曾這

〔註9〕見《竹坡老人詩話》，卷三，頁4，新興書局，《筆記小說大觀》八編
　　　二。
〔註10〕見卷二十二，頁8，商務印書館，《四庫珍本》。
〔註11〕見卷五，頁4，新興書局，《筆記小說大觀》二十九編四。
〔註12〕同註11，卷十六，頁6。

裡這麼認為，豈有鑑於文潛常得東坡哉？

此外張文潛不認同韓愈的詩，和崇自然之才氣，和以文為詩，這些觀念和作法，也都是東坡的主張和缺失〔註15〕。

第二節　張耒的詩學主張及寫作態度

北宋文論與詩詞理論，黃師啟方在《兩宋文史論叢》一書中〔註16〕別有專文探討。故此處概括其要點，並與張文潛所持的觀點做一比較。

北宋從初期的柳開、石介、尹洙、穆修在文學上鼓吹復古運動，到繼起的歐、蘇、王、曾，他們所熱烈討論的，無非是文與道的問題。但在詩論方面，論者並未特別強調詩必須合於道。

與歐陽修共同從事文學改革的健將梅堯臣，在〈答韓三子華韓五持國韓六玉汝見贈述詩〉〔註17〕中提出他對詩的本質的看法說：

> 聖人於詩言，曾不專其中，因事有所激，因物興以通。自
> 卑而磨上，是之謂國風。雅章及頌篇，刺美亦道同，不獨
> 識鳥獸，且為文字工。屈原作離騷，自衷其志窮，憤世疾
> 邪意，寄在草木蟲。爾來道頗喪，有作言皆空，煙雲寫形
> 象，範卉詠青紅，人事極詼諧，引古稱辯雄，經營為切偶，
> 榮利因被蒙，遂使世上人，只曰一藝充。

在他眼中，他若不能本「道」而作，充其量不過一藝罷了。但他並不否認詩因事物起興而作，和文辭所占的地位。

以人之情、志為詩之根本，源自〈詩大序〉：「詩者，志之所之也；在心為志，發言為詩，情動於中，而形於言」。此說影響後世極大，北宋時人也有站在這方面的，文潛論詩亦趨向〈詩序〉一派，《右史集》卷五十八〈投知己書〉說：

〔註13〕見《苕溪漁隱叢話》後集，卷三十五，頁6，中華書局《四部備要》。
〔註14〕見《清詩話續編》，頁2084，《養一齋詩話》，卷五，藝文印書館。
〔註15〕見《宋詩派別論》，頁73～77，商務印書館。
〔註16〕見頁1～80，學海出版社。
〔註17〕見《宛陵集》，卷二十六，頁27，商務印書館，《文淵閣四庫全書》。

　　古之能爲文章者，雖不著書，大率竊人之詞十居其九，蓋
　　其心之所激者，既已沮過壅塞而不得肆，獨發于言語文章，
　　無掩其口而窒之者，庶幾可以舒其情以自慰於寂寞之濱耳。

心有所激而訴之言語文字，說明了創作的原動力在內心的情志，舒情
以自慰於寂寞，則是文學抒情的功能。這種激盪胸中的情緒，是極其
微妙的，時而觸動作家的心，縱使要擱筆不作，也有所不能。

　　詩既立於志，出諸情性，因此必須眞情流露，才能算是上乘之作，
吟風弄月、無病呻吟的作品，只能視作「僞詩」。《右史集》卷五十一
〈賀方回樂府序〉說：

　　文章之于人，有滿心而發，肆口而成，不待思慮而工，不
　　待雕琢而麗者，皆天理之自然，而情性之道也。世之言雄
　　暴虓武者，莫如劉季、項籍者；此兩人者，豈有兒女之情
　　哉！至其過故鄉而感慨，別美人而涕泣，情發于言，流爲
　　歌詞，含思淒婉，聞者動心焉。此兩人者，豈其費心而得
　　之哉？直寄其意耳！

由此可見文潛的觀念中，字雕句琢實無關於作品的優劣。眞情交融的
文字，不待費心斟酌的字句聲律，只須放手寫去，就能感人深緻。

　　基於這點，對於沈約四聲病的說法，他是堅決反對的。他說 [註18]：

　　七言、五言、四言、三言雖論詩者謂各有所起，然三百篇
　　中皆有之矣。但除四言，王全章如此耳。韻雖起沈休文，
　　而自有三百篇則有之矣。但休文四聲，其律度尤精密耳。
　　余嘗讀沈休文集中有九言詩，休文雖作者至牽於鋪足數，
　　亦不能之，僅成語耳。

他以爲詩人只須注意自然的音律，以求和諧悅耳即可。若是一味遷
就於聲律，反而束縛才思，無法達到直抒胸臆的目的，那就本末倒
置了。

　　於是他又提出「誠」字，強調眞實無妄。《柯山集》拾遺卷十二
〈上文潞公獻所著詩書〉中說：

─────────────────
〔註18〕見《明道雜志》，頁 8，新興書局，《筆記小說大觀》三編三。

> 古之言詩者，以謂動天地、感鬼神，莫近于詩，夫詩之興，
> 出于人之情，喜怒哀樂之際，皆一人私意，而至大之天地，
> 極幽之鬼神，而詩乃能怠動之者，何也？蓋天地雖大，鬼
> 神雖幽，而惟至誠能動之。

這裡所強調的「誠」字，和〈詩序〉之旨其實是一致的。詩本於心，
志求其誠，而後能感人，所以他接著又說：

> 彼詩者，雖一人之私意，而要之必發于誠而後作，故人之
> 于詩，不感于物，不動于情而作者，蓋寡矣！今夫世之人，
> 有順于其心而後樂，有逆于其心而後怨，當極而反悲，當
> 怨而反愛者，世之所未嘗有，而樂與怨者，一有使，之莫
> 知其然而然者也，此非至誠之動也哉！彼詩者，宣所樂所
> 怨之文也，夫情動于中而為偽，詩其導情而不苟，則其能
> 動天地、感鬼神者，是至誠之悅也。夫文章蓄其變多矣，
> 惟詩獨遍於誠，故欲觀人者莫如詩。

除了吟詠性情之性，文潛也強調詩在反映民情、教化風俗兩方面
的功能。這個主張，除了實地表現於詩作之中，也散見在他的文章裡。
《右史集》卷四十一〈二宋二連君祠堂記〉說：

> 其民好文多學者，其俗善良不爭，純靜易治。

〈上文潞公獻所著詩書〉說：

> 古之君子，相與燕樂酬酢之際，必賦詩以觀賓主之意，雖
> 不作于其人，而必取古人之詩以見其志，故先王之時，大
> 至于朝廷之政事，廣至于四方之風俗，微至于匹夫賤士之
> 悲嗟，婦人女子之幽怨，一考于詩而知之。

同卷〈再上邵提舉書〉也說：

> 善辭以導其心，高言以動其言。

都是著眼於文學在彰善名教、移風易俗的積極意義，這點又和〈詩序〉
所說的「正得失，動天地，感鬼神，莫近於詩，先王以是經夫婦，成
孝敬，厚人倫，美教化，移風俗」相通。文潛特別推崇杜甫，除了感
佩他忠君愛國的志節襟抱，對他那些描寫戰禍害民，反映社會瘡痍苦
痛的作品，也給予極高的評價。

　　而如何運用文字，使大學發揮對政治、社會、道德、教化的功能，文潛認爲最好的表達方式是自然流暢。《右史集》卷五十八〈答汪信民書〉說：

> 古之文章雖制作之體不一端，大抵不過記事辨理而已，記事而可以垂世，辨理而可以開物，皆詞達者也。雖然，有道：詞生于理，理根于心，苟邪氣不入于心，僻學不接于耳目，中和正人之氣溢於中，發于文字言語，未有不明白條暢，蓋觀于語者乎？直者文簡事核而明，雖使婦女童子聽之而諭；曲者枝詞游說，文繁而事晦，讀之三反而不見其情，此無待而然也。

說的雖是作文的方法，也代表他作詩求平淡、求自然的主張。

　　由於注重辭達易解的原故，文潛作詩以天然渾成爲上，不刻意標榜奇怪奔險。對於古文詩體所宗主的韓愈，他並不十分欣賞。《明道雜志》〔註19〕說：

> 子瞻讀吏部古詩，凡七言者則覺上六字爲韻設，五言則上四字爲韻設，如「君不強起時難，更持一念萬漏」之類是也。不若老杜語韻渾然天成，無牽強之迹。則退之於詩，誠夫臻其極也。韓退之窮文之變，每不循軌轍，古今人作七言詩，其句脉多上四字而下以三字成之，如「老人清晨梳白頭」，「先帝天馬玉花驄」之類；而退之乃變句脉以上三下四。如「落以斧斤引纏徽」、「雖欲悔舌不可捫」之類是也。退之作詩其精工乃不及柳子厚；子厚詩律尤精，如「愁深苑猿夜，夢短越雞晨」、「亂松知野寺，餘雪記山田」之類，當時人不能到。退之以高文大筆，從來便忽略小巧，故律詩多不工，如陳商小詩，敘情賦景直是至到，而已脫詩人常格矣。柳子厚乃兼之者，良田柳少習時文，自遷謫後始專古學，有當世詩人之習耳。

顯然他並不同意韓愈用奇字，造怪句的創作方式，倒是柳子厚那些不著刻痕，富於詩情畫意的作品，能夠得到他的青睞。

〔註19〕同註9。

　　和韓愈風格相近的孟郊、賈島，文潛對於他們偏重技巧，費煞苦心，想吐奇驚俗的態度，也不贊同。《右史集》卷四十六〈評郊島詩〉只說：

　　　　然及其至也，精絕高遠，殆非常人可到……至於奇警之句，
　　　　往往有之，亦未可以爲小道無取也。

但二者之間，他似乎較欣賞賈島，《柯山集》拾遺卷五〈夜讀賈長江詩效其體〉說：

　　　　五字一篇詩，人傳賈島詞，清秋千古在，幽淡幾人知。

以「幽淡」評賈島，是極爲恰當的。而幽淡的詩風，正是這位苦吟詩人得他好賞的關鍵。

　　由於這樣的詩學觀念和寫作態度，文潛的詩風與陶潛、白居易相近，都是平易自然而意味閒遠淡雅。

第三節　張耒詩的體製與內容

　　張文潛的詩，以內容最豐富的〈《宛丘集》目錄〉作統計，共有古詩七百十八首，律詩六百五十一首，絕句六百八十四首，樂府七十二首，加上《右史集》、《柯山集》、《柯山拾遺》所增，其數更在此上，數量不爲不多，各種體製亦完備。

　　文潛詩中最受矚目的，是他的樂府。周紫芝說〔註19〕：

　　　　本朝樂府當以張文潛爲第一。

《中國歷代經籍典》也引陸放翁的話〔註20〕說：

　　　　自文潛下世，樂府皆絕。

他的樂府取法張籍。張籍一生得韓愈功力最多，不過籍雖學文於韓愈，詩歌卻走白香山一派平易近人的路線，以樂府描繪社會現實生活。張籍的樂府在唐代就十分受到重視。張洎〈張司業集序〉〔註21〕

〔註19〕同註9。
〔註20〕見卷四百七十五，頁2396，中華書局。
〔註21〕見《張司業詩集》，商務印書館，《四部叢刊》。

說：

> 公爲古風最善，自李杜之後，風雅道喪，繼其美者，唯公
> 一人。故白太傅讀白集曰：「張公何爲者，業文三十春。尤
> 工樂府詞，舉代少其倫。」又姚秘監嘗讀公詩云：「妙絕江
> 南曲，淒涼怨女詞。古風無手敵，新語是人知。」其爲當
> 時文士推服也如此。

宋人對張籍頗爲賞識，王安石〈題張司業詩〉〔註22〕說：

> 蘇州司業詩名老，樂府皆言妙入神。看似尋常最奇崛，成
> 如容易却艱辛。

文潛樂府不僅承繼張籍反映社會的精神，也有他「看似尋常却奇崛」
的特質。《右史集》卷四〈牧牛兒〉：

> 牧牛兒，遠陂牧，遠陂牧牛芳草綠，兒怒掉鞭牛不觸。澗
> 邊古柳南風清，麥深蔽日野田平。烏犍礪角逐春草，老牸
> 臥噍飢不鳴。犢兒跳梁沒草去，隔林應母時一聲。老翁念
> 兒自攜餉，出門先上崗頭望。日斜風雨濕簑衣，拍手唱歌
> 尋伴歸。遠村放牧風日薄，近村牧牛泥水惡。珠璣燕趙兒
> 不知，兒生但知牛背樂。

卷五〈梁父吟〉：

> 豪俊昔未遇，白日無光輝。隆中臥龍客，長嘯視群兒。九
> 州英雄爭著鞭，黃星午夜照中原。君看慷慨有心者，乃是
> 山東高帝孫。老瞞抱璧抱馬走，紫髯江左空回首。世上男
> 兒能幾人，眼看袁呂眞何有？永安受詔堪垂涕，手挈庸兒
> 是天意。渭上空張復漢旗，蜀民已哭歸師至。堂堂八陣竟
> 何爲！長安不見漢官儀。鄧艾老翁誇至計，譙周鼠子辨興
> 衰？梁父吟，君聽取。擊節高歌爲君舞。躬耕貧賤志功名，
> 功名入手亡中路。逢時兒女各稱雄，運去英雄非曆數。梁
> 父吟，悲復悲。古今人事半如此，所以達士視如遺。龐公
> 可是無心者，何事鹿門招不歸。

前者以極淺近的語言，道出牧牛之樂，也寫出好景天成的農家景物，

〔註22〕同註2，卷三十一，頁4。

和天地間最溫暖的親情。後者則較富於變化，不但字句有長短之別，內容安排也不再是平舖直敍，卻無一難字，所謂平常中有奇崛正是如此。

文潛的古詩也好，朱熹稱讚他是「大詩好」〔註23〕，周紫芝也說他的〈讀中興頌碑〉詩，絕妙古今〔註24〕。其他受好評的篇章，不勝枚舉。茲錄其〈離黃州〉、〈廣化遇雨〉：

> 扁舟發孤城，揮手謝送者。山回地勢捲，天豁江面瀉。中流望赤壁，石腳插水下。昏昏烟霧嶺，歷歷漁樵舍。居夷實三載，隣里通假借。別之豈無情？老淚爲一洒。篙工起鳴鼓，輕櫓健于馬。聊爲過江宿，寂寂樊山夜。（《右史集》卷八）

> 浮雲蔽高峰，臺殿延晚色。風聲轉苔豪，雨腳射山白。東樓瞰虛明，龍甲排松檜。蕭森異人境，坐視動神魄。撞鐘寺門掩，晚霽尚殘滴。相携下山去，塵靜馬無跡。歸來解鞍歇，新月如破壁。但恐桃花源，回舟已青壁。（《右史集》卷九）

其中〈離黃州〉，文潛自謂稍似老杜，已見於前。〈廣化遇雨〉也能以自然筆觸寫出親身經歷，絲毫不留騁才誇學的痕跡。

文潛的律詩，雖不像黃庭堅那樣講求句法，卻也佳句時出，具有自己獨特的風格。近人錢氏批評他〔註25〕說：

> 讀他的七言律詩常會起一種感覺，彷彿沒有嘗到陸游七律的味道，却已經老早聞著它的香氣，有一部份模仿杜甫語氣雄潤的七律，又好像替明代前後「七子」先透了個消息。

茲錄其〈都梁亭下〉、〈舟中曉思〉、〈和周廉彥〉：

> 金塔青冥上，孤城蒼莽中。淺山寒帶水，旱日白吹風。人事劇翻手，生涯眞轉蓬。高眠待春漲，鮭菜伴南公。（《右史集》卷二十）

〔註23〕見《朱子語類大全》，卷一百四十，頁6337，中文出版社。
〔註24〕同註9，頁5。
〔註25〕見《宋詩選註》，頁91。木鐸出版社。

　　　　樹色未啼鳥，槳聲初度航。客燈青映壁，城角冷吹霜。飄
　　　　泊年來甚，羈游情易傷。年豐清潁尾，吾討亦苍良。(同上)
　　　　天光不動晚雲垂，芳草初長襯馬蹄。新月已生飛鳥外，落
　　　　霞更在夕陽西。花開有客時携酒，門冷無車山畏泥。修禊
　　　　洛濱期一醉，天津春浪綠浮堤。(《右史集》卷二十三)

雖不曾刻意求工，卻都是清新圓潤的好詩。

　　　　至於文潛的絕句，雖未受推重，大抵清越可人，茲錄其〈傷春〉、
〈野步〉：

　　　　浮雲冉冉送春革，怯見春寒日欲斜。一夜雨聲能幾許，曉
　　　　來落盡一城花。(《右史集》卷二十八)
　　　　帶水依城一逕微，出城桃杏雨來枝。最憐楊柳身無力，付
　　　　與春風自在吹。(《右史集》卷三十一)

這些小詩都像信手拈來，並沒有在斟酌字句下大工夫，但都能以短
少的字句，表達心中情意，沒有言不盡意之虞。吳之振《宋詩鈔》
〔註26〕評論文潛的詩說：

　　　　史稱其詩效白居易，樂府效張籍。然近體工警不及白而醞
　　　　籍閒遠別有神韻；樂府古詩用意古雅，亦長慶為多耳。子
　　　　瞻謂「秦得吾工，張得吾易」，謂相壓也，要在秦晁以上。

對於他的詩體與詩風，所說堪稱公允。

　　　　以上是就文潛各種詩體，舉其佳作；今則就文潛各詩討論其內
容。文潛詩歌的內容，大抵可以區分為五：一是抒發個人情感；二是
探討歷史陳迹；三是描寫自然風物；四是反映民間疾苦；五是表現閑
淡境界。

　　　　文潛論詩是偏向情志，因此在他的作品中，抒情的詩占了大部
份，其中有因時序遞移而感慨的，如《右史集》卷二十三〈秋雨二首
其一〉：

　　　　急雨淒風未肯晴，墻陰先報侯蟲鳴。掃除暑氣驅三伏，催
　　　　促秋聲向五更。美酒若能斟靖節，二毛偏解著潘生。醉來

────────────

〔註26〕見卷三十，頁1，商務印書館，《四庫珍本》。

真有無窮意，老去何勞浪自驚。

有以貧困疾病而哀傷的，如卷二十四〈清明臥病有感二首其二〉：

飄萍著處即爲家，伏枕悠悠對物華。處處鞦韆競男女，年年寒食亂風光。藥囊親坐勞頻檢，酒甕生塵亦可差。未老會尋吳市卒，苦貧須種邵平瓜。雲烟南望群山會，水樹東浮去路斜。行止此身應有命，不須辛苦問生涯。

有發抒不遇，欲求隱退的，如卷十一〈感事三首其一〉。

投老益無趣，誤爲世塵攖。飄然欲脫去，疲弱安能耕？始謀苦不臧，妄欲事功名。中路兩不可，徬惶始嗟驚。回轍嗟已晚，悠悠事遄征。萬物各有求，我生安能寧。

有悲嘆遷謫懷鄉念舊的，如卷二十二〈九日獨遊懷故人〉：

故人分散在天涯，九日登臨獨嘆嗟。人世光陰催日日，鄉閭時節自家家。風烟滿眼臨秋盡，鼓角荒城送日斜。取醉憑誰正烏帽，遣愁猶強插黃花。

又文潛爲史官，他的詩中有許多關於歷史的篇章，其中有品評人格德性的，如卷二十八〈孔光〉：

鄉原世盡謂真儒，漢室傾危孰與扶？試問不言溫室木，何如休望董賢車。

有對史事提出質疑的，如卷三十〈題淮陰侯廟〉：

雲夢何須僞出遊，遭讒猶得故鄉侯。平生蕭相眞知己，何事還同女子謀？

有寄託個人感慨，如〈巫臣二首其二〉：

咫尺山河不易知，無言莫謂即無思。人間只見枝頭繭，不悟春蠶暗理絲。

文潛詩中還有許多描寫自然風物和田家生活的篇章，亦皆生動活潑，茲錄《右史集》卷十九〈田家三首〉爲例：

野塘積水綠可染，舍南新柳齊如剪。去冬雪好麥穗長，今日雨晴初擇繭。東家饋黍西舍迎，連臂踏歌村市晚，婦騎夫荷兒扶翁，月出橋南歸路遠。

社南春酒白如餳，鄰翁宰牛鄰嫗烹。插花野婦抱女至，曳

杖老翁扶背行。淋灕醉飽不知夜，裸股掣肘時歡爭。去年
百金易斗粟，豐歲一飲君無輕。

新見鵲御庭樹枝，黃口出巢今已飛。粟留啄椹桑葉老，科
斗出畦新稻齊。田家苦作候時節，汲汲未免寒與飢。去來
暴取獨何者？請視七月幽人詩。

文潛又是蘇門四學士中，最能體恤百姓的，他雖出身仕宦人家，
但以喪親之故，奔走四方，其為官歷程，除在館閣八年，都與人民有
直接接觸，對人民生活苦樂有深切的體認，表現在作品中的如《右史
集》卷四〈勞歌〉：

暑天三月元無雨，雲頭不合惟飛土。深堂無人午睡餘，欲
動身先汗如雨。忽憐長街負重民，筋骸長轂十石弩。半袒
遮背是生涯，以力受金飽兒女。人家牛馬繫高木，惜恐牛
軀犯災酷。天工作民良久艱，誰知不如牛馬福。

可說寫盡勞力階級牛馬不如的心聲。卷十二〈有感三首其二〉：

群兒鞭笞學官府，翁憐癡兒傍笑侮。翁出坐曹鞭復呵，賢
于群兒能幾何？兒曹相鞭以為戲，翁怒鞭人血流地。等為
戲劇誰後先，我笑謂翁兒更賢。

側面寫出酷吏虐民的殘忍。卷十九〈一畝〉：

一畝秋蔬半成實，灶突無烟巳三日，良人傭車斃車下，老
婦抱子啼空室。西風九月天巳寒，飢腸不飽衣苦單。我身
為吏救無術，坐視啼泣空汎瀾。

更道出他體恤人民卻愛莫能助的傷痛。

最後提到的是文潛那些表現閑澹心境的作品。文潛喜談佛老，在
飽經滄桑之後，心情逐漸歸於澹泊，加上他晚年學詩白香山，詩作也
感染平淡的氣息。《右史集》卷十七〈華月〉：

華月流春宵，散我高林影。披衣步其下，受此掃地靜。吾
心方浩然，萬境一澄瑩。徙倚玉繩低，寂寥沉遠聽。

卷二十一〈村晚〉：

深塢繁花麗，晴田細逕分。孤舟春水路，芳草夕陽村。暗
雀投簷靜，昏鴉集樹喧。牛羊自歸去，燈火掩衡門。

此外，卷三十〈夏日七首〉、〈晚春四首〉都是這類作品的代表。

第四節　張耒詩的寫作技巧與藝術特色

上一節是就文潛詩歌的內容加以說明，本節則就創作手法，討論文潛詩的藝術特色。

一、用　字

字是寫作的基礎，瞭解詩人用字的傾向，以及鍊字的技巧，才能把握他的創作。但文潛和白居易一樣，都是有意識求詩歌語言的通俗化，因此他對一首詩所表達內容的重視，遠超過字句的講求。所以他的詩也不避重複用字，這裡不談他的慣用字，僅討論色彩字和數目字。

彩字的運用，在文潛詩中並不頻繁，太約十才一見，然皆能盡其妙處，適時點染景致。其中一句一色的有：

> 黃茅野岸三更月。（卷四〈贈人〉三首其二）
> 雨打海棠零亂紅。（卷三十二〈漫成〉七首其四）

一句二色的有：

> 冰碧沙寒飛白鷺。（卷十九秋〈風三〉首其一）
> 滿園紅紫春無限。（卷三十一〈西園〉）

而文潛使用彩色的另一特色，是與疊字搭配使用。例如《右史集》卷三十一〈題軫師房二首其一〉：

> 漠漠雨苔依砌綠，鮮鮮秋菊映階黃。

卷三十二〈洛岸春行二首其一〉：

> 溪上映人楊柳黃，滿溪流水碧決決。

其中曲盡其妙的如卷十二〈對蓮花戲寄晁應之〉：

> 平池碧玉秋波瑩，綠雲擁扇青搖柄。

一見即知是詠蓮。卷五〈孫彥古畫風雨山水詩〉：

> 山深巖高堂壁青，白日忽變天晦冥。黑風騷雲走不停，驚
> 電疾雨來如傾。

也能寫活風雨來臨前的景致。

綜合以上各例，也可以看出文潛取景設色偏向明淨鮮活的趨勢。

數字的運用，在文潛作品中頗多見，舉凡一、二、三、四、五、六、七、八、九、十、百、千、萬，無不應用於詩中，以一字出現次數最多。大抵文潛所用數字，除成語之外，以紀實為主。

二、句　法

句法乃是指句中字彙詞藻的結構方式，好的句法能溝通上下句，增強音律效果。

1. 疊字句

疊字的產生，因為單音不足以摹狀；故而重複一次，下字是上字的延長、強化，音讀必較上字輕弱低快，這類句子常讓節奏變得明快。文潛使用疊字的次數不算少，大都自然平易沒有刻意堆砌，卻能盡如其妙，表示出應有的效果。《右史集》卷〈送李際秀才南歸〉：

> 咽咽幽谷泉，蕭蕭秋風雨。

適當表現聽覺效果。卷二十〈道旁花〉：

> 灼灼照流水，斑斑上古槎。

也達到很好的視覺效果。卷十九〈海中道中二首其二〉：

> 秋野蒼蒼秋日黃，黃菖滿田蒼耳長。草蟲咿咿鳴復咽，一秋雨多水滿轍。渡頭鳴舂村逕斜，悠悠小蝶飛豆花。逃屋無人草滿家，纍纍秋蔓懸寒瓜。

用了四次疊字，也都能恰如其分表現心中的意境。

2. 重複句

是指一個字或詞在一句或一聯中出現兩次以上的造句方式。這種用法，往往能造成強化作用。文潛句中使用極普遍：

> 不恨因緣不恨天。（卷五〈倚聲製曲三首其三〉）
> 花似精神柳似柔。　春風傳意水傳愁。（卷三十一〈偶題二首其一〉）
> 壽陽樓前淮水碧，壽陽美女如脂白。（卷五〈壽陽歌〉）

但有時重複過多，則變得單調寡興，如卷三十三〈齊安春謠五絕其五〉：

> 江頭春泥妨踏春，閉門守春春著人。問春著人作何味，半
> 酣美酒聽韶鈞。

一首詩中，連用五「春」字，朱子批評他「但頗率爾，多重用字」
〔註27〕，就是針對這點而說。

3. 倒裝句

近體詩爲了押韻以及使詩語新奇有力，常以倒裝形式出現。文潛
作詩雖不立意求奇，詩中也有很好的倒裝句。如：

> 車愁羊腸夜險折，船畏人鮓最驚湍。（卷五〈行路難〉）
> 淺山寒帶水，旱日白吹風。（卷二十〈都梁亭下〉）
> 客燈青映壁，城角冷吹霜。（卷二十〈舟中曉思〉）

4. 對照句

運用比照的方式，使上下句中兩種不同的情境或意念，形成強烈
的頓挫效果。如卷二十二〈夜〉：

> 寒生疏牖人無夢，月過中庭樹有霜。

卷二十三〈和周廉彥〉：

> 新月已生飛鳥外，落霞更在夕陽西。

5. 對稱句

是上下兩句字面對仗，且兩句表達意思一致。如卷二十〈都梁亭
下〉：

> 人事劇翻手，生涯眞轉蓬。

卷二十二〈夏日雜興四首其三〉：

> 蝸殼已枯黏粉壁，燕泥時落污書牀。

三、用 典

用典最大的功用，在能運用簡單的字句表達曲折複雜的意思。
一個善用典故的作家，必須透過內心熔鑄加以變化，不但要求手法
高明，更要意思貼切。文潛詩走的是平淺的路子，用典情形不多，
在他近二千首詩中，用典次數不過於百，都是經傳子史及常用文學

〔註27〕同註23。

掌故，很少有生僻的例子。其中文典運用，如卷十三〈寓陳雜詩十首其七〉：

> 谷神古不死，茲理良可尋。

即用老子：

> 谷神不死，是謂玄牝。

卷十九〈南山〉：

> 南山鳳凰雙翅垂，口不妄食腹苦飢。山前老鳶飽腐鼠，憑恃風日群游嬉。俯身視鳳有驕色，鳳不汝較空嗟咨。

即用莊子：

> 夫鵷鶵發於南海而飛於北海，非梧桐不止，非練實不食，非醴泉不飲。於是鴟得腐鼠，鵷鶵過之，仰而視之曰「嚇！」

大抵都合原處本義。至於事典，如卷十一〈次韻曾存之官舍種竹〉：

> 我知王子猷，正是君輩人。

即用《世說新語・簡傲篇》：

> 王子猷嘗行過吳中，見一士大夫家，極有好竹。……王肩輿徑造竹下，諷嘯良久。

但亦有誤用者，如王應麟所說：〔註28〕

> 張文潛寓陳雜詩，言顏平原弗，誤以盧杞為元相國。

便是一例。

四、謀　篇

　　字句的好壞，固然是一首詩成敗的關鍵，若無妥當安排，亦不能成其佳作。因此創作時，對起、承、轉、合的連貫，必須面面俱到。文潛詩中結構完美的篇章雖多，但謀篇方面的缺失，卻也是他受人非議最多的地方。朱熹就毫不客氣指責他〔註29〕說：

> 張文潛有好底多，但頗率爾，多重用字，如〈梁甫吟〉一篇，筆力極健。如云「永安受命堪垂涕，手挈庸兒是天意」等處說得好，但結末差弱耳。

〔註28〕見《困學紀聞》，卷二十上，頁 14，中華叢書編審委員會印行。
〔註29〕同註23。

《載酒園詩話》〔註30〕也說：

> 春日雜書：「昨日爲雨備，今晨乃大風。臨風謹自備，通夕雪迷空。備一常失計，盡備力難供。因之置不爲，措手受禍凶。當爲不可壞，任彼萬變攻。築屋如金石，何勞計春冬？」此詩可以代箴銘。余意只須此處住，自有餘味。下云「此道簡且安，古來家國同」，說出正意，反覺索然。每見鍾、譚動欲截去人詩，意嘗厭之，今乃知實有不可不刪者。

都是針對他未能在謀篇上多下工夫而言。

五、平　仄

詩以語言爲媒體，詩的語言卻不同於說話，而必須講求抑揚抗墜。這樣的聲調變化，必須透過平仄的安排，合宜的使平聲和仄聲組合在一起，才能使句子的節奏規律，讓人領略到聽覺美感。平仄的限制，最嚴格的是近體詩，茲舉文潛的五律和七絕各一首看他詩中的平仄。

```
 | | — — |    — — | | —    — — — | |    | | | — —    —
 每見青桐落，常虞白髮侵。傷心惟片月，不睡更清砧。蟋
 | — — |    — — | | —    — — — | |    — | | — —
 蟀秋聲早，銀河夜色深。崎嶇無限意，蕭索一場吟。（《右史
 集》卷二十〈夜意〉）
 — | — — | —    | — | | | — —    — — | | — — |    |
 庭戶無人秋月明，夜霜欲落氣先清。梧桐直不甘衰謝，數
 | — — | | —
 葉迎風尚有聲。（《右史集》卷三十一〈夜坐〉）
```

五律部份有「蟋」、「蕭」二字，七絕部份有「庭」、「秋」、「夜」三字不合律，但其位置在句中首字，和七言句的第五個字，較不影響語言弦律，仍然符合平仄的要求。文潛其他約六百餘首的律詩，和近七百首的絕句，完全合乎格律雖少，卻沒有出格的，只是類似這樣的出入。

〔註30〕見《清詩話續編》，頁435，藝文印書館。

　　至於古詩，其平仄自非律體。鄭騫先生講古體詩平仄之特殊形成，以爲古體詩平仄見於句末三個字，其基本形式可分爲 1. 平平平 2. 仄仄仄 3. 平仄平 4. 仄平仄四種。若五七言句末出現四者之一，即非律體。文潛的古詩如：

－｜｜－－　｜－｜－｜　－－｜｜－　－｜－－｜　｜

　　清曉步東園，獨游悵無侶。菰蒲綠已深，鵝戲春塘雨。取

｜｜｜－－　｜－－｜｜　－－－｜－　｜｜｜－

　　酒就花傾，隔林邀客語。歸來春興闌，睡起日停午。（《右史集》卷十七〈獨遊東園〉）

其中除第五句「取酒就花傾」是律句形式，其他都合於古詩要求。但古詩夾用律句，雖唐代名家王維、高適、元、白尚且不免，而這些人在當代享有盛名，後人遂以此爲風氣，故文潛七百餘篇古詩，間有律句，也無須以此爲文潛之短。

六、用　韻

　　韻腳在詩篇中有使聲音集中和呼應迴響的作用。因此作詩必須以選韻爲先，選定適當的韻，方能表達詩中所欲寄託的情感。

　　文潛的詩，除了幾首和人的詩外，所選的韻大都以寬韻爲主，近體以押平聲韻居多。絕句以首句押韻居多，也是他在用韻方面的特色。如卷三十一〈寒食離白沙〉：

　　莫驚客路已經年，尚有青春一半妍。試上芳堤望春野，
　　萬絲楊柳拂晴天。

律詩有借韻者，如卷二十〈從黃仲閔求友于泉〉：

　　炎暑戰已定，清秋當抗衡。碧雲生雁思，幽草見蛩情。
　　　　　　　　　○下平八庚　　　　　　　　　　○下平八庚
　　曬麥村墟靜，觀書枕簟清。誰能酌玄酒，來破屈原醒。
　　　　　　　　　○下平八庚　　　　　　　　　　○下平九清

古詩用韻較近體自由，作者更可以利用這一點，充分表達詩中的情蘊，達到辭情、聲情合一的境界。以《右史集》卷八〈讀中興頌碑〉爲例：

> 玉環妖血無人掃，漁陽馬厭長安草。潼關戰骨高于山，
> <small>上十九皓　　　　　　　　上十九皓</small>
> 萬里君王蜀中老。金戈鐵馬從西來，郭公凜凜英雄才。
> <small>上十九皓　　　　　上平十灰　　　　　上平十灰</small>
> 舉旗爲風偃爲雨，洒掃九廟無塵埃。元功高名誰與紀，
> <small>上平十灰</small>
> 風雅不繼騷人死。水部胸中星上文，太師筆下蛟龍字。
> <small>上四紙　　　　　　　　　　　　去四寘</small>
> 天遣二子傳將來，高山丈丈磨蒼崖。誰將此牌入我室，
> <small>上平九佳</small>
> 我使一見昏眸開。百年廢興增慨嘆，當時數子今安在？
> <small>上平十灰　　　　　　　　　去十一隊</small>
> 君不見荒涼沼水棄不收，時有游人打碑賣。
> <small>去十卦</small>

是詩先以三個富轉折的上聲韻，寫戰爭之綿長難耐；再用三個平聲，平緩這情緒，用流麗的聲音，帶來生機和希望。接下來兩個上聲，是詩人心中的感慨，「水部」、「太師」二句，則又帶來肯定有力的答覆。下再用平韻，舒息激昂之氣，然後用上聲反問，去聲作結，化去第二次疑慮。在起伏的節奏中，表現讀碑時的心情，可說是生動而實際。

綜合以上各節所說，我們可以瞭解，文潛是一位力求以自然的語言來表達詩歌的詩人，他受白居易、蘇軾的影響，寫作流暢的詩篇，又秉持杜甫、張籍寫實主義的精神，加上個人舛逆的人生經驗，他的詩歌內容是那樣豐富；而他並未因提倡淺近而放棄創作技巧，又使他的詩歌生動且富於變化。能夠明顯地表現出自己的風貌，卓然成家。

文潛詩的風格，約略可以歸類成四點：

1. 平易自然，無斧鑿痕

不事雕琢，自然有味，是文潛對詩的主張，他本身更是真心奉行者，他最受後人矚目的地方，也在這一點。《苕溪漁隱叢話》引《呂氏童蒙訓》〔註31〕說：

〔註31〕同註13。前集卷五十一，頁4。

文潛詩自然奇逸，非他人可及。

楊萬里〈讀張文潛詩〉〔註32〕：

晚愛肥仙詩自然，何曾繡繪更琱鐫。春花秋月冬冰雪，不
聽陳玄只聽天。

《右史集》中〈登城樓〉、〈宿泗州戒壇院〉、〈梅花〉……都是這類詩
的代表。

2. 閑淡蘊籍，和而不怨

詩以溫柔敦厚爲尚，文潛詩中雖有不少慨嘆個人境遇的詩，率多
溫和，不見激昂慨切之語。方回說他〔註33〕：

兩謫黃州，其詩每和平而不怨。

胡應麟《詩藪》〔註34〕也說：

張文潛在蘇、黃、陳間，頗自閑淡平整。

《柯山集》續拾遺〈歲晚有感〉：

陳梅點點柳毿毿，殘臘新春氣候參。天靜秋鴻來塞北，雲
收片月出江南。青霄雨露將回律，白首江湖尚避讒。未信
斯途無倚伏，有時清鏡理朝鬖。

正是這種情調的表現。

3. 詩格俊高，氣象壯潤

文潛詩以格勝，前人批評多矣。《苕溪漁隱叢話》引《王直方詩
話》〔註35〕說：

張文潛過宋都詩，氣格似不減老杜也。

胡應麟《詩藪》〔註36〕說：

張文潛磨崖碑、韓幹馬二歌皆奇俊合作，才不如蘇而格勝。

潘德輿《養一齋詩話》〔註37〕也說：

〔註32〕見《誠齋集》，卷四十，頁8，商務印書館，《四部叢刊》。
〔註33〕見《瀛奎律髓》，卷四十三，頁15，商務印書館，《四庫珍本》。
〔註34〕見頁614，廣文書局。
〔註35〕同註13。
〔註36〕同註34，頁617。
〔註37〕見《清詩話續編》，頁2083，藝文印書館。

張文潛、秦少游並稱，而秦之風骨不逮張也。

都一致認為文潛詩格調極高，由他們所舉的篇章，也可以看出文潛詩的氣象。文潛本是豪爽之人，他的性格表現於詩中，益見雄邁。尤其得方回賞識，《瀛奎律髓》杜工部〈十二月一日三首〉〔註38〕下云：

此三詩張文潛集中多有似之者，氣象大，語句熟。

將之與杜甫相提並論，可說是推崇備至。

4. 律熟句妥，時近唐人

文潛的詩，乍看似易，而平熟圓妥，非一般說理、議論的詩可比。其近似唐人者，除了前述與白居易、張籍、杜甫風格接近的之外，他的〈少年〉詩，方回以為有陳子昂、宋之問的遺風〔註39〕《少室山房筆叢》也說何仲默讀張文潛〈蓮花詩〉，居然分辨不出，而說是唐詩〔註40〕。更能看出文潛詩得唐人神韻之處。

這樣精妙獨到的風格表現，奠定了文潛在宋代詩壇和中國詩史上的地位。雖然在蘇、黃二人揚名千古之際，他無法與之並列，終不害其成為一大家。沈德潛評論他〔註41〕說：

予又考文潛所詣，在北宋當屬大家，無論非少游、无咎所能，即山谷、後山，亦當放出一頭地。蓋勁于少游，婉於山谷，腴於後山，精於无咎；蘇公以為超逸絕羣，山谷以為筆端可回萬牛，誠非虛譽。其離黃州七古，酷摹老杜，洪容齋賞之，然非至者。予最愛其昭陵六馬五古、孫彥古畫風雨山水歌七古，真得老杜神理。其輸麥行、牧牛兒兩詩，摹寫情態，質而愈文，雖使文昌、仲初為之，寧復過此？佳句如「星低春野路，月淡夜淮出」、「江城過風雨，花木近清明」、「風江客帆疾、晴野雁行遲」、「雲露窗前日，秋明樹外天」、「淺山寒帶水，旱日白吹風」、「川平雙槳上，天闊一帆西」、「春雲藏澤國，夜雨嘯山城」、「溪田雨足禾

〔註38〕同註33，卷十三，頁8。
〔註39〕同註33，卷四十六，頁2。
〔註40〕見卷二十，頁274，世界書局。
〔註41〕同註14。

先熟，海樹高風葉易秋」、「愁如明月常隨客，身似飛鴻不記家」，是皆中唐以上風格，不墮晚唐門徑。即其下者，如「幽花冠曉露，高柳旆和風」、「花鬢嬌帶粉，樹角老封苔」、「澗泉分代井，山葉掃供廚」、「蝶衣曬粉花枝午，蛛網牽絲屋角晴」、「幽花避日房房斂，翠樹含風葉葉涼」、「柳色漸經秋雨暗，荷香時爲好風來」、「綠野染成延晝永，亂紅吹盡放春歸」，猶堪與趙倚樓爭席矣。歷代以來，推崇稱述，不止一人，然以爲出山谷、少游之右者無之，蓋均爲成見所蒙，大名所壓耳。

沈德潛以「勁於少游，婉於山谷，腴於後山，精於无咎」道出文潛與同門之間的差異，可謂一語中的！秦少游詩修辭精巧，風格柔弱纖麗，以至元好問目之爲「女郎詩」（〈論詩絕句〉第二十四首），和文潛相比難免風骨不逮。黃庭堅作詩力求新奇：喜用典，造拗句，押險韻，做硬語；盤曲峭拔固然是其特色，相較於文潛的閑淡平整，和而不怨，便少了些許溫柔敦厚。陳師道雖推服黃庭堅，本身卻是個苦吟詩人，刻意追求瘦硬渾老，不免流於槎枒粗獷；晁補之喜學韓、歐，風力遒勁，辭格俊逸，但也有失於迂緩，散文化的傾向。故曰：「腴於後山，精於无咎」。繼而慨嘆「歷代以來，推崇稱述，不止一人，然以爲出山谷、少遊之右者無之，蓋均爲成見所蒙，大名所壓耳」。對照劉大杰《中國文學發展史》中完全不曾提及張耒其人，而葉慶炳《中國文學史》亦僅在他二十四講〈宋詩〉中以極短的篇幅敘述他的生平和詩歌特色〔註42〕，文潛身後沉寂由此可知。這正是本文的寫作動機所在。

〔註42〕見頁 504，學生書局。

第五章　張耒的文

第一節　北宋文壇及張耒的文學淵源

　　中唐時代，韓愈、柳宗元承接柳冕、陳子昂道統文學的理論，提出反對駢文，倡導散文；文道合一，文以明道的主張，並以實際作品做宣導，一項反對六朝駢儷，回復兩漢散體的文學運動，正式開展。但是韓、柳所領導的古文運動，在反對駢體建立散文方面，雖有極大的成就，影響却不夠普遍和深入。且韓愈立論太過偏於道，並以尊儒排佛為其思想內容，又為務去陳言，反對剽竊，走上以奇矯俗的路。和他並肩作戰的柳宗元固不贊同，其至韓門弟子李翱、皇甫湜，便分成兩派〔註1〕。時人也抱著懷疑的態度。和韓愈稱得上知交的張籍，在〈上韓昌黎書〉〔註2〕中說：

> 執事聰明，文章與孟子、揚雄相若，盍為一書，以興存聖人之道；使時之人、後之人，知其去絕異學之所為乎？曷可俯仰於俗，囂囂為多言之徒哉？

裴度在〈寄李翱書〉〔註3〕也說到：

〔註1〕見《四庫總目》，卷一百五十，頁24，〈皇甫持正集提要〉，藝文印書館。

〔註2〕見《全唐文》，卷六百八十四，頁26，廣文書局。

〔註3〕同註2，卷五百三十八，頁2。

> 昌黎韓愈，僕識之舊矣，中心愛之，不覺驚賞。然其人信
> 美才也。近或聞諸儕類云。恃其絕足，往往奔放，不以文
> 立制，而以文爲戲。可矣乎？

不滿之意，溢於言表。到了晚唐，由於李商隱、溫庭筠、段成式諸人駢儷文風的盛行，古文運動的發展，再次遭受障礙。北宋初期四六駢文，與西崑體詩歌並行於一時。

四六之文，形式整鍊，屬對精切，風格華麗，和西崑詩體重視對仗用典，力求雕琢藻飾的作風，正有相通之處，故能並駕於當代。

然而四六文的命運，不如西崑體；西崑詩雖得不到王禹偁、林逋等人的贊同，他們只是消極致力於自己的創作。而對四六的不滿，早在歐陽修之前，己有柳開、穆修、尹洙等人做開路先鋒。《宋史・穆修傳》〔註4〕說：

> 自五代文敝。國初柳開始爲古文。其後楊億、劉筠尚聲偶
> 之辭，天下學者靡然從之。修於是時獨以古文稱。蘇舜欽
> 兄弟多從之游。修雖窮死，然一時士大夫稱能文者必曰穆
> 參軍。

〈尹洙傳〉〔註5〕說：

> 洙與穆修復振起之，其爲文簡而有法。

到了石介，對於西崑體、四六文浮華纖巧的攻擊，更是不遺餘力。他作〈怪說〉把文學和聖道聯繫爲一，並以五經爲文學正統，宋代道統文學理論由此建立。

這些前驅雖然都有意推翻五代餘習，但限於本身的才力，所能做到的，也只有在維繫古文於不墜，真正提出作品來領導時尚，則在歐陽修。《宋史》本傳〔註6〕說：

> 知嘉祐二年貢舉，時士子尚爲險怪奇澀之文，號太學體，
> 修痛排抑之，凡如是者輒黜。

〔註4〕見卷四百四十二，頁13069，鼎文書局。
〔註5〕同註4，頁13081。
〔註6〕見卷三百十九，頁10378，鼎文書局。

　　畢事，向之囂薄者伺修出，聚譟於馬首，衝邏不能制。然
　　場屋之習，從是遂變。

更可看出他的決心和魄力。他又得到梅堯臣、蘇舜欽、王安石、曾鞏、三蘇父子的支持，彼此相互呼應，推波助瀾，終於扭轉文風，使古文運動達到韓、柳未有的盛況。

　　歐文平易近人，敷腴溫潤；曾文典雅平實，王文簡潔勁健，拗折峭深；老蘇高古簡勁，東坡馳騁多變，下筆自成佳篇，子由亦法度整齊，難掩秀傑。都是後人取法的典範〔註7〕。

　　文潛生在六大家之後，當時古文運動已經完成，歐、蘇、王、曾在散文創作上，風格雖有不同，成就卻是無可輊軒的。因此文潛在這文學潮流中所扮演的，既非衝鋒陷陣的先驅，也不是總成功業的領導，而是承先啟後、繼往開來的守成者。

　　文潛下世的時間，在徽宗政和四年（1114），十二年後，金兵攻陷汴京，北宋便亡了。而北宋的幾位大家歐陽修、王安石、秦少游，在徽宗即位之前，就已亡故。蘇軾也在徽宗建中靖國元年（1101）病逝常州，此後黃庭堅（崇寧四年，1105 年卒）、晁補之（大觀四年，1110 年卒）、蘇轍（政和二年，1112 年卒）先後走下歷史舞台，碩果僅存的文家大家，只有文潛一人。寓居陳州的他，成為當時讀書人求教的對象。《宋史》本傳說：

　　士人就學者眾，分日載酒殽飲食之。

可知他的文學成就即或無法超越六大家，影響之廣卻不容忽視。

　　而文潛本人的學問，又是有所本的。他很能洞察歷代作者的得失，而加以取法。《柯山拾遺》卷十二〈上曾子固龍圖書〉中，他就歸納自己為文所本的古籍，所喜之古人，對他們的優缺，做了一番客觀的品評。他說：

　　某之初為父，最喜讀左氏、離騷之書；丘明之文美矣，然
　　其行事不見於後，不可得而考；屈平之仁，不忍私其身，

〔註7〕參見葉慶炳《中國文學史》，頁 532～536，學生書局。

其氣逸，其趣高，故其言反覆曲折，初疑於繁，左顧右挽，中疑其迂，然至誠惻怛於心，故其言周密而不厭，考乎其終，而知其仁也。憤而非憨也；異而自潔而非私也；徬徨悲嗟，辛無存省之者，故剖志決慮以無自顯，此屈原之忠也。故其文如明珠美玉，麗而可悅也；如秋風夜露，淒忽而感惻也；如神仙烟雲，高遠而不可挹也。惟其言以考其事，其有不合者乎！自三代以來，最喜讀太史公、韓退之之文；司馬遷奇邁慷慨，自其少時，周游天下，交結豪傑，其學長於討論尋繹前世之迹，負氣敢言，以蹈於禍，故其文章疏蕩明白，簡樸而馳騁。惟其平生之志有所鬱於中，故其餘章末句，時有感激而不洩者。韓愈之文，如先王之衣冠，郊廟之鼎俎，至其放逸超卓，不可收攬，則極言語之瓌巧，有不足以過之者。嗟乎！退之之於唐，蓋不遇矣，然其犯人主，忤權臣，臨義而犯難，剛毅而信實，而其學又能獨出於道德滅裂之後，纂孔孟之餘，緒，以自立其說，則愈之文章，雖欲不如是，蓋不可得也。

這段話中，他肯定了左氏、離騷、司馬遷、韓昌黎的成就，也提出自己的看法。

　　文潛對屈平的批評，著重在人格的表現。屈平因讒言而見棄於楚王，屢遭放逐，滿腔孤忠化爲文字，他的情感是多麼眞誠懇切，對於重「情性」、重「誠」的文潛，這些篇章自然是不朽之作。他能由離騷中洞察屈平的仁與忠，而不爲層出多變的形式和詭奇瑰麗的文字所蒙蔽，可見文潛對離騷是下過一番工夫的，否則他不會有「明珠美玉」、「秋風夜露」、「神仙烟雲」這樣恰當的品評。由於對離騷的體認，他的辭賦作的相當出色，本傳說他：

　　於騷詞尤長。

黃庭堅也批評他（註8）：

　　短褐不磷緇，文章近楚辭。

〔註8〕見《山谷詩集》，卷三，頁10，〈次韻張文潛惠寄〉，商務印書館，《文淵閣四庫全書》。

觀看他詩文中，許多憤而不怨，有繁有迂的表現，都或多或少得到離騷的啓發。

對司馬遷，文潛的態度是不以人廢言。站在史家的立場，文潛對司馬遷其人，和他記載的許多史事，他都抱持不敢苟同的意見，《右史集》卷五十六〈司馬遷論〉，尤其能夠說明他和史公相左之處。但對司馬遷的文字，他始終沒有一句非議的話。他的〈龐安常墓誌〉，就是刻意模仿〈扁鵲蒼公傳〉而作，這點他本身也承認〔註9〕。

至於韓愈，由於復古運動的再興，他是極受北宋人推崇的，文潛雖不欣賞韓愈的詩，對韓愈的剛直、文學成就和振興儒家道德的立場，他卻是敬佩的。《右史集》卷九〈贈無咎以既見君子云胡不喜爲韻〉說：

> 文衰東京後，特起得韓子。支撐誹笑中，久乃化而靡。籍湜既洒掃，後生始歸市。

卷四十七〈書韓退之傳後〉也說：

> 退之所自負，與士之所推者，于德莫如好直，于藝莫如文章。

不過對道的看法，文潛和韓愈並不一致；對於韓文的瓌巧，也和他主張的平易異趣。他只有把這些歸咎於「雖欲不如是，蓋不可得也」，而不加苛責了。

另一位讓他傾慕的文學家，是才高八斗的曹植。《右史集》卷三〈吳故城賦〉後面附記說：

> 余近讀曹植諸小賦，雖不能縝密工緻，悦可人意，而文氣疎俊，風致高遠，遠有漢賦餘韻，是可矜尚也，因擬之云。

他本身的賦，疏通秀朗，短小精幹，很有子健的風味。

當代文人中，對張耒有直接影響的是歐陽修和東坡、子由兄弟。

歐陽修在宋代文壇的領導地位，是無庸多說的，而他的貢獻也是有目共睹，這點文潛是贊同而加以肯定的，〈上曾子固龍圖書〉中說：

〔註 9〕見《右史集》，卷五十一，頁 279，商務印書館，《四部叢刊》。

> 自唐以後，更五代之紛紜；宋興，鋤叛而討亡，及仁宗之
> 朝，天下大定，兵戈不試，休養生息，日趨於富盛之域，
> 士大夫之游於其時者，談笑佚樂，無復向者幽憂不平之氣，
> 天下之文章，稍稍興起，而盧陵歐陽公始為古文，近揆兩
> 漢，遠追三代，而出於孟軻、韓愈之間，以立一家之言，
> 積習而益高，淬濯而益新，而後四方學者，始恥其舊而惟
> 古之求，而歐陽公於是時，實持其權，以開引天下之豪傑；
> 而世之號能文章者，其出歐陽之門者，居十九焉……

在這段話中可以看出文潛對歐陽修的改革文弊，看得十分透徹。歐陽修的古文雖然有其根源，他的文章既不同於先秦、兩漢，也有別於韓愈，他是以平易近人、不務奇崛，樹立自己獨特的風格。因此文潛說他是「積習而益高，淬濯而益新」。至於說世之能文者，十之八九出於歐陽修門下，雖是句恭維的話，但三蘇父子到京師，即謁見歐陽修，自然算是歐陽修的門下，而文潛本人又是蘇氏兄弟門下，他所說的自然為文，其實可以遠推到歐陽修。據宋無名氏的《木筆雜鈔》﹝註10﹞說：

> 文字之雅澹不浮，混融不琢，優遊不迫者，李習之、歐陽
> 永叔、王介甫、王深甫、李太白、張文潛。雖其深淺不同，
> 而大略相近，居其最則歐公也。淳熙間，歐文盛行，陳君
> 舉、陳同甫尤宗之。水心云：君舉初學歐，不成後而學張
> 文潛，而文潛亦未易到。

學歐不成，轉由文潛入手，二人相通之處，更不待言。

對二蘇，或許是基於門弟子之禮，文潛幾乎沒有什麼批評的話，但他受自二人的影響卻是實際的。

歐陽修提倡古文運動，他本人是較偏重「道」的那面，三蘇論文，則有重文的傾向，因此他們的議論比較活潑，所用比譬也都是平淺易解，摭拾眼前。像蘇軾的〈江行唱和集序〉、〈答謝民師書〉，都是他的文學理論，但因為巧妙融入實例來比擬，減少了說教成份，變得透

﹝註10﹞見卷下，頁5，新興書局，《筆記小說大觀》六編三。

徹生動，文潛的〈答李推官書〉，就具有這特色。而運用清新秀麗的
文字，融合敘事、抒情、寫景於一文，讓讀者在閱讀時，除了看見行
文流利，又能體會詩一般的意境，是蘇軾遊記小品獨到的地方，他的
前後〈赤壁賦〉、〈記承天寺夜遊〉，都是傑作，文潛集中的〈陵川縣
山水記〉、〈思淮亭記〉，也兼具這種風味。

　　至於文潛、子由相似之處，也是東坡首肯的。東坡在〈答張文潛
書〉〔註11〕中說：

　　惠示文編，三復感嘆。甚矣！君之似子由也！子由之文實
　　勝僕，而世俗不知，乃以爲不如，其爲人深不願人知之，
　　其文如其爲人，故汪洋澹泊，有一唱三歎之聲，而其秀傑
　　之氣，終不可沒。

這段評論，極合子由、文潛二人文章特色。惟因個性所使，子由文較
拘執，文潛則趨向多變，乃稍可區別異同。

第二節　張耒的文學主張及寫作態度

　　北宋的文學理論，前面各章節已經約略提起。這一時期的文學理
論，原是爲復古運動而發起，因此初期的作家多祖述韓愈，不管理論、
主張、態度無不以韓愈爲皈依，尤其明顯的是「統」的觀念。

　　韓愈〈原道篇〉〔註12〕說：

　　堯以是傳之舜，舜以是傳之禹，禹以是傳之湯，湯以是傳
　　之文、武、周公，文、武、周公傳之孔子，孔子傳之孟軻，
　　孟軻之死不得其傳焉。

這是他的道統說，也是他的文統說。宋初文統之說，最早起於柳開，
〈應責〉〔註13〕一文說：

　　吾之道，孔子、孟軻、揚雄、韓愈之道；吾之文，孔子、
　　孟軻、楊雄、韓愈之文也。

〔註11〕見《蘇東坡全集》，卷三十，頁371。河洛出版社。
〔註12〕見《韓昌黎文集校注》，卷一，頁7，華正書局。
〔註13〕見《河東集》，卷一，頁12，商務印書館，《文淵閣四庫全書》。

〈東郊野夫傳〉〔註14〕又說：

> 惟談孔、孟、荀、揚、王、韓，以爲企跡。

孫復〈信道堂記〉〔註15〕：

> 吾之所謂道者，堯、舜、禹、湯、文、武、周公、孔子之
> 道也，孟軻、荀卿、揚雄、王通、韓愈之道也。

石介〈怪說〉〔註16〕也提到：

> 周公、孔子、孟軻、揚雄、文中子、吏部之道，堯、舜、
> 禹、湯、文、武之道也。

這些都偏重於道，而文的意味則輕。後來的祖無擇、黃裳、黃庶，陸續提出賈誼、司馬遷，文人作家列入漸多，文統才慢慢脫離道統的附庸。而文潛在《柯山拾遺》卷十二〈晁无咎墓誌銘〉提到：

> 公於文章，蓋其天性，自少爲文，即能追考左氏、戰國策、
> 太史公、班固、揚雄、劉向、屈原、宋玉、韓愈、柳宗元
> 之作。

則已遠離道而趨於文，這點和主道之「古文家」是十分不同。

由於這樣的文統觀，文潛在論文章之本，並不標榜韓愈所高唱的「道」，而論「理」和「氣」。《宛丘集》卷十四〈與友人論文因以詩投之〉說：

> 我雖不知文，嘗聞於達者：文以意爲車，意以文爲馬，理
> 強意乃勝，氣盛文如駕。理維當即止，妄說即虛假；氣如
> 決江河，勢盛乃傾瀉。文莫如六經，此道亦不舍，但于文
> 最高，窺見不隙罅，故令後世儒，其能及者寡。文章古亦
> 眾，其道則一也，譬如張眾樂，要以歸之雅，區區爲對偶，
> 此格最汙下，求之古無有，欲學固未暇。

卷五十八〈答汪信民書〉也說：

> 詞生于理，理根于心；苟邪氣不入于心，僻學不接于耳目，
> 中和正人之氣溢于中，發于文字言語，未有不明白條

〔註14〕同註13，卷二，頁1。
〔註15〕見《孫明復小集》，卷二，頁35，商務印書館，《文淵閣四庫全書》。
〔註16〕見《徂徠集》，卷五，頁3，商務印書館，《四庫珍本》。

暢，……

同卷〈答李推官書〉又說：

> 夫文何爲而設也，知理者不能言，世之能言者多矣，而文
> 者獨傳，豈獨傳哉！因其能文也而言益工，因其言工而理
> 益明，是以聖人貴之，自六經以下至於諸子百氏騷人辯士，
> 論述大抵皆將以爲寓理之具也，是故理勝者，文不期工而
> 工，理詘者，巧爲粉澤而隙間百出，此猶兩人持牒而訟，
> 直者摻筆，不待累累，讀之如破竹，橫斜反覆，自中節因；
> 曲者雖使假詞于子貢，問字于揚雄，如列五味而不能調和，
> 食之於口，無一可愜，況可使人玩味之乎？故學文之端，
> 急于明理，夫不知爲文者，無所復道，如知文而不務理，
> 求文之工，世未嘗有是也。

談道是基於教化意義，論理與氣則偏於以文論文。但文潛並未因此否
定六經的地位，他說「文莫如六經」，也強調六經所論述是「寓理之
具」。

　　而論文之本，又與文之用互爲因果。以爲文章之本在於道，那麼
文學的功能就在於闡道，在於教化。因此柳開說〔註17〕：

> 吾若從世之文也，安可垂教於民哉！

文潛以「理」、「氣」合論，又以爲「理根於心」，他認爲文章之用在
於「記事」、「辨理」。〈答汪信民書〉說：

> 古之文章雖制作之體不一端，大抵不過記事辨理而已。記
> 事而可以垂世，辨理而可以開物。

要使所記之事可以流傳千秋萬世，則不得不有所爲而作。風花雪月之
作，都是無謂的空言，必須要能反應時代、警惕後人的文字，才足以
傳之子孫。這點他深受白居易的影響，也是身爲史官所領悟出的一種
自我的使命感。他的積極意義是可以和教化相通的。至於理，文潛所
強調還是以儒家爲中心，這點在他〈答汪信民書〉中強調的「苟邪氣
不入于心，僻學不接于目」，得到應證。但他並不拘泥在儒家的範圍

〔註17〕同註13。

中，即或諸子、百氏、騷人、辯士的論述，只要有其道理存在，他都不予以否定。這便超越古文家的思想藩籬，更為寬廣通達了。

以上所說，都是文潛對作文所持的理論。

再就創作的態度而言：文潛認為自然流暢是最好的表達方式，因此他作詩力求平易，寫文章也要求行雲流水般的自然。

文章的奇簡，字句的繁寡，常因體製需要而不同，自然便是作者遣詞用句時，內心斟酌的標準。〈答李推官書〉中所說的：

> 六經之文，莫奇於易，莫簡於春秋，夫豈以奇與簡為務哉，勢自然耳。傳曰：「吉人之辭寡。」彼豈惡繁而好寡哉，雖欲為繁，不可得也。

就是說明這個道理。而許多人不能明白，刻意求簡，或者一味求奇，都不能有好的成就。所以文潛也批評他所見的流弊說：

> 自唐以來至今，文人好奇者不一，甚者或缺句斷章，使脈理不屬，又取古書訓詁希于見聞者，尋奇而牽合之，或得其字不得其句，或得其句不知其章，反覆咀嚼，卒亦無有，此最文之陋也。

他是多麼反對粉飾、大掉書袋的作風。

文潛要求作家必須具有淵博的學問、豐富的人生經驗和一顆感覺敏銳的心。

博學是寫作的基礎，唯有廣泛地追求知識，才能充實文章的內涵。文潛本人對詩文也是下過工夫，從前人的心血結晶中，找出自己的創作途徑。《右史集》卷五十八〈投知己書〉中，他自敘這段歷程說：

> 耒自總角而讀書，十有三歲而好為文，方是時，雖不能盡通古人之意，然自三代以來，聖賢騷人之述作，與夫秦漢而降，文章詞辯詩賦謠頌，下至雕蟲繡繪小章碎句，雖不合于大道，靡不畢觀，時時有所感發，已能見之于文字。

所以他勸人以不斷的自我充實，做為寫作的雄厚基礎。卷十二〈贈李德載〉：

　　男兒當讀五車書，輟業應須蓋棺日。人生事業要強學，譬
　　彼欲耕須待墟。

是他心領神會後的建議。

　　學養之外，實際的人生經驗，也是寫作的題材來源。古人讀萬卷
書，行萬里路，固然是為充實學識，也為增廣見聞。每一部文學作品，
都無法擺脫作者的生活經驗而獨立。王國維《人間詞話》〔註18〕中提
到：

　　客觀之詩人，不可不多閱世。閱世愈深，則材料愈豐富，
　　愈變化，水滸傳、紅樓夢之作者是也。

正是如此。

　　在各種人生境遇中，又以困撓險扼，貧病苦難最易引起作者的感
懷，因為富貴平順往往使人安逸，惟有窮愁潦倒能淬礪作家的心靈，
寫出成熟的作品。而血淚之作所具感人動人的力量，也遠超過歡娛之
作，這也就是所謂「文窮而後工」。

　　文潛本人一生多處逆境，他的詩文，都非強說愁的情緒，而是具
切膚之痛的真實情感，也自有感人的力量，因此他鼓勵人擴大生活範
圍，以豐富的人生經驗做為寫作的題材。〈上曾子固龍圖書〉說太史
公：

　　奇邁慷慨，自其少時，周游天下，交結豪傑，其學長於討
　　論尋繹前世之迹。

也是著眼在史公的行遍萬里、友及萬方的實際體驗。

　　學識和經驗，都是後天修養的工夫；敏銳的心，則是個人天賦的
問題。創作的靈感是因物而得，身為作家應該有更犀利的心靈觸角，
去捕捉瞬間即逝的感受。《文心雕龍‧物色篇》〔註19〕說：

　　春秋代序，陰陽慘舒，物色之動，心亦搖焉。蓋陽氣萌而
　　玄駒步，陰律凝而丹鳥羞，微蟲猶或入感，四時之動物深
　　矣。若夫珪璋挺其惠心，英華秀其清氣，物色相召，人誰

〔註18〕見頁9，漢京文化事業有限公司。
〔註19〕見卷十，頁693，明倫出版社。

> 獲安！是以獻歲發春，悅豫之情暢；滔滔孟夏，鬱陶之心
> 凝；天高氣清，陰沈之志遠；霰雪無垠，矜肅之慮深；歲
> 有其物，物有其容；情以物遷，辭以情發。一葉且或迎意，
> 蟲聲有足引心。況清風與明月同夜，白日與春林共朝哉！
> 是以詩人感物，聯類不窮。流連萬象之際，沈吟視聽之區；
> 寫氣圖貌，既隨物以宛轉；屬采附聲，亦與心而徘徊。

即說明四時變化所引起的不同情緒，和詩人面對季節遞換、景色更移
所應有的感受力。

　　文潛寫作詩文，都注重情性，排斥無病呻吟的作品，所以格外強
調詩人創作與自然的關係。同時他也是感觸極為敏銳的人，〈上文潞
公獻所著詩書〉說：

> 夫人之生于天地之間，目之所見，耳之所聞，心之所思，
> 一日之間，無頃刻之休，而又觀乎四時之動，敷華發秀於
> 春，成材布實於夏，淒風冷露、鳴蟲隕葉而秋興，重雲積
> 雪、大寒飛霰而冬至，則一歲之間，無一日隙，以人之無
> 定情，對物之無定侯，則感觸交戰，旦夜相召，而欲望其
> 不發於文字言語，以消去其情，蓋不可得也。

無怪乎他要以此要求詩人、作家了。

第三節　張耒文的體製與內容

　　張文潛的文，《右史集》、《柯山集》、《宛丘集》三書編者在分類
上看法雖有不同，但其所作數量之多，兼含各種體製，則是事實，茲
依上節論詩的方式，將文潛之文，依體製區分類別，並介紹其內容與
成就。

　　文潛寫作注重「理」的傳達，議論文字是他所長，黃庭堅在〈與
秦少章書〉中（註20）提到：

> 庭堅心醉於詩與楚辭，似若自得，至於議論文字，今日乃
> 當付之少游及晁、張、無己。

〔註20〕見《豫章黃先生文集》，卷十九，頁208，商務印書館，《四部叢刊》。

而在他論辨、議說文字中，可以看出他雄健的筆力和對事、理、人的看法。

　　文潛論辨之文甚多，依其內容可以區分為三：一是討論事理的有：〈論法〉、〈將論〉、〈本治論〉、〈禮論〉、〈敦俗論〉、〈法制論〉、〈用大論〉、〈慎刑論〉、〈馭相論〉、〈游俠論〉、〈盡性論〉等篇；二是討論史實的有：〈魏晉論〉、〈讀唐書〉、〈又讀唐書〉、〈五代論〉、〈秦論〉、〈晉論〉、〈唐論〉等篇；三是討論人物的有：〈代宗論〉、〈德宗論〉、〈文帝論〉、〈景帝論〉、〈李郭論〉、〈司馬相如論〉、〈趙充國論〉、〈陳湯論〉、〈蕭何論〉、〈邴吉論〉、〈衛青論〉、〈王導論〉、〈張華論〉、〈王鄭論〉、〈子產論〉、〈魯仲連論〉、〈應侯論〉、〈商君論〉、〈吳起論〉、〈陳軫論〉、〈平勃論〉、〈樂毅論〉、〈子房論〉、〈陳平論〉、〈田橫論〉、〈魏豹彭越論〉、〈屈突通論〉、〈司馬遷論〉、〈裴守眞論〉、〈韓愈論〉、〈孔光論〉。

　　這類文章最容易看出作者的思想和見解。文潛基本上仍是遵奉儒家思想，在他文中經常提起聖人及孔、孟，但是他也受到其他諸家的影響，他的〈用大論〉就有莊子的思想遺跡；〈馭相論〉也帶著法家的意味。他論人物以先秦兩漢居多，許多是針對司馬遷史記而來，有因襲史記之說而來，如〈子房論〉闡發張良善安太子，和司馬遷看法一致；〈衛青論〉以爲衛青非庸人，則不同於司馬遷之推重李廣強於衛青、霍去病。但都能貫徹自己的見解，不至於前後矛盾。

　　「議」、「說」類，和論辨性質相近，但範圍不同，包括給帝王提出的建議、一般性的說理文章，和對書籍的傳說。文潛的「議」、「說」，也可以分爲三類：有討論人物的，如〈韓信議〉、〈文帝議〉等；有討論事理的，如〈平江南議〉、〈楚議〉、〈諱言〉、〈敢言〉、〈亂原〉、〈愼微篇〉、〈至誠篇〉、〈遠慮篇〉、〈用民篇〉、〈廣才篇〉、〈擇將篇〉、〈審戰篇〉、〈力政篇〉、〈衣冠篇〉、〈說道〉、〈說俗〉、〈說化〉、〈說經〉、〈說愛〉、〈進誠明說〉、〈齋說〉等；有對書籍加以闡發或質疑的，如〈詩雜說〉、〈答閔周〉、〈正國語說〉、〈詩傳〉等。大抵都能言之有物，不

流於空談。

序跋之文，在文潛作品中，占有相當的數量。寫作序跋的原意，本在推論書的本源，廣大內容含義，而後更擴充爲許多方面。大抵可分九類來討論文潛的作品。第一是考證源流，如〈評書〉、〈楊克一圖書序〉、〈宗禪師語錄序〉；第二是論書的體例義法，如〈書家語後〉；第三是發明作者的學問、淵源、造詣，如〈評郊島詩〉、〈跋德仁書〉、〈題吳德仁詩卷〉、〈跋唐太宗畫目〉、〈記外祖李公詩卷後〉、〈書韓退之傳後〉、〈跋范坦所藏高開蘇才翁帖〉、〈錢申醫錄序〉；第四是用來獎掖、嘉勉，如〈跋龐安常傷寒論〉、〈書董及延壽錄後〉、〈書錢宣靖遺事後〉、〈書布衾銘後〉、〈書趙令峙字說後〉、〈書東坡先生贈孫君剛說後〉；第五是網羅故實，記文學掌故，如〈題陳文惠公松江詩〉、〈書鄒陽傳後〉、〈記行色詩〉；第六是敘出處契濶、生死交誼，如〈跋杜子師字說〉、〈書曾子固集後〉、〈跋呂居仁所藏秦少游投卷〉、〈潘大臨文集序〉；第七是提出質疑或貶抑，如〈書五代郭崇韜卷後〉、〈書宋齊丘化書〉、〈書香山傳後〉、〈題賈長卿讀高彥休續白樂天事〉；第八是借序發議，如〈書唐吐蕃傳後〉、〈秘丞章蒙明發集序〉、〈賀方回樂府序〉。又有不在此列，但書以充借據的，如〈東坡書卷〉。文潛在寫作這類作品時，大都直抒胸臆，縱筆成文，不講句法，不取長篇。

表狀是人臣陳說君王之辭，文潛自弱冠登第，做官約四十年，作品中不乏這類文字。又可依上書人的身份，區分成二類：一是本身上奏而作，如〈進大禮慶成賦表〉、〈謝太皇表〉、〈謝宣賜曆日表〉、〈謝欽恤刑表〉、〈謝明堂赦書表〉、〈黃州謝到任表〉、〈黃州安置謝表〉、〈辭免起居舍人狀〉、〈任起居舍人乞郡狀〉；一是代人而作，如〈代文潞公辭免明堂陪位表〉、〈代文潞公辭免明堂加恩表〉、〈第二表〉、〈謝得請表〉、〈代張文定辭免明堂陪位表〉、〈代范相讓官表〉。內容多能符合誼忠而辭美的要求。

書信文字，是與人交往所不能避免，文潛書信依收受對象不同，可分爲啓、上書、書、簡等名目，依內容則可分爲四類：一是應酬文

字，如〈潤州謝執政啓〉、〈賀錢內翰啓〉、〈宣州謝兩府啓〉、〈賀太平知州啓〉、〈賀潘奉議致仕啓〉、〈謝揚州司法謝薦啓〉、〈代人謝及第啓〉；二是用以討論詩文史籍，如〈答林學士啓〉、〈與大蘇二簡〉、〈答汪信民書〉、〈答李援惠詩書〉、〈答李推官書〉、〈答杜鋒書〉、〈再答杜鋒書〉、〈上文潞公獻所著詩書〉、〈上曾子固龍圖書〉；三是陳事說理、品評人物，如〈答李文叔為兄立謚簡〉、〈投知已書〉、〈上孫端明書〉、〈上蔡侍郎書〉、〈上邵提舉書〉、〈再上邵提舉書〉、〈上唐運判書〉、〈上黃判監書〉、〈代高玘上彭器資書〉；四是敘交誼、褒揚稱美，如〈上黃州郡守楊瓛寶啓〉、〈與楊道孚手簡〉、〈與魯直書〉。

贈序類文字，也用於彼此交遊往來之中，所以不同於書信，在於贈序之文，大部份含有品評、勸慰、勉勵、期盼的意義。文潛這類作品有〈書贈賈生〉、〈送秦少章赴臨安簿序〉、〈送李端叔赴定州序〉、〈送吳怡序〉、〈曹昧字昭父序〉、〈送秦觀從蘇杭州為學序〉、〈送張堅道人歸固始山中序〉、〈李德載字序〉，內容都能達到致敬愛、陳忠告之旨，符合君子贈人以言的要求。

傳狀之文，原本於史官，但史傳所記在達官名人，有特殊行為可以表揚者；若非如此，而稍顯於世，則作行狀。文潛集中，並沒有行狀這類文章，僅有二篇傳，附在「記」之後。〈任青傳〉是敘述當時盜賊任青少年時的機警，和接受招安後對朝廷的貢獻；〈竹夫人傳〉則記述漢武帝寵姬竹氏的生平。兩篇的寫作態度都十分嚴謹，大有補史載之闕的意思，和一般文人作傳，圬者種樹之屬不同。

墓誌也是記載個人生平為目的，不過並非寫於絲帛，流傳於世，而是要立石墓上，或埋入壙中。多是子孫為了顯揚先人而求人作誌，內容不免帶有歌功頌德的意味。文潛在當時頗稱大家，為人寫墓誌數量亦多，集中有〈龐安常墓誌〉、〈歐陽伯和墓誌〉、〈商屯田墓誌〉、〈劉承制墓誌〉、〈吳大夫墓誌〉、〈李參軍墓誌〉、〈王夫人墓誌〉、〈福昌縣君杜氏墓誌〉、〈李夫人墓誌〉、〈張夫人墓誌〉、〈王仲孺墓誌〉、〈吳天常墓誌〉、〈潘奉議墓誌〉、〈華陽楊君墓誌〉、〈符夫人墓誌〉、〈田奉議

墓誌〉、〈崔君墓誌銘〉、〈晁无咎墓誌銘〉，其中除了龐安時、歐陽發、李處道、潘鯁、晁无咎是他的舊識之外，泰半是受人請託而作。

傳狀、墓誌都是以人物為主體，雜記範圍則較此為廣，文潛所寫的記，可分為題記和筆記兩種。題記類大抵以紀事為始末，中間或加以議論，但不離主題，如〈漢世祖光武皇帝廟記〉、〈咸平縣丞廳酴醾記〉、〈冰玉堂記〉、〈二宋二連君祠堂記〉、〈智軫禪師記〉、〈陵川縣山水記〉、〈鴻軒記〉、〈臨淮縣主簿廳題名記〉、〈思淮亭記〉、〈伐木記〉、〈雙槐堂記〉、〈景德寺西禪院慈氏殿記〉、〈冀州學記〉、〈司馬溫公祠堂記〉、〈眞陽縣素絲堂記〉、〈萬壽縣學記〉、〈太寧寺僧堂記〉、〈進齋記〉。筆記則沒有一定的主題，〈粥記贈邠老〉、〈藥戒〉在說養生之道；〈記異〉、〈書司馬櫄事〉、〈書道士齊希莊事〉記載都是離奇怪誕的事；〈雜書〉描寫行旅所見；〈書小山〉形容山石之美；都是信筆而書，非關情理。

箴銘類文字，原是用來做為自我警戒，因此不在乎文辭之美，而要求意義深遠，文潛集中僅有〈李援宴坐室銘〉、〈淮陽郡黃氏友于泉銘〉二篇。

頌贊文章，也是用為稱頌贊揚，但不必刻之金石。文潛作品，又可分成六類：一是告祈神明以祈願，如〈上梁文〉、〈祭社文〉、〈祭稷文〉、〈敬亭廣惠王求雨文〉、〈廣惠王祈晴文〉、〈靈濟王求雨文〉、〈靈濟王祈晴文〉、〈景德寺祈晴文〉、〈祭天齊仁聖帝并城隍祈雨文〉、〈廣惠王謝雨文〉、〈靈濟王謝雨文〉、〈三天洞求雨疏〉、〈三天洞謝雨疏〉；二是頌美德音，如〈蔡文宣王文〉、〈祭聖帝文〉、〈祭魯恭王文〉；三是畫像贊，如〈達摩眞贊〉、〈題徐二翁眞贊〉、〈求畫觀音像偈〉；四是史贊，如〈衛靈公贊〉；五是寫經贊，如〈新開朝天九幽拔罪懺贊〉；六是物贊，如〈紫君贊〉。

清姚鼐編《古文辭類纂》，選辭賦類作品凡十一卷〔註21〕，此用

姚氏之說，將辭賦之作，視同文章之列，加以討論。文潛的賦，《右史集》、《柯山集》、《宛丘集》所錄並無出入，計有〈大禮慶成賦〉、〈游東湖賦〉、〈問雙棠賦〉、〈柯山賦〉、〈卯飲賦〉、〈鳴雞賦〉、〈暑雨賦〉、〈蘆潘賦〉、〈燔薪賦〉、〈杞菊賦〉、〈涉淮賦〉、〈涉淮後賦〉、〈雨望賦〉、〈暮秋賦〉、〈超然臺賦〉、〈鳴蛙賦〉、〈齋居賦〉、〈蜘蛛賦〉、〈得友賦〉、〈懷知賦〉、〈遣憂賦〉、〈哀伯牙賦〉、〈石菖蒲賦〉、〈病暑賦〉、〈喜晴賦〉、〈南山賦〉、〈秋風賦〉、〈南征賦〉、〈碧雲賦〉、〈三酌賦〉、〈人日飲酒賦〉、〈吳故城賦〉，共三十二篇。律賦、文賦兼有，篇幅大多以短小爲主，以平淺清麗的字句，寫出抒情、詠物、說理、敘事等不同內容，沒有舖采摛文，刻意好奇的缺點，親切自然是他是他的特色。這和他對曹植賦的喜好和模擬，正可印證。

　　最後提到哀祭之文，文潛這類作品，包括〈祭成都李龍圖文〉、〈祭劉貢父女〉、〈祭夏侍禁文〉、〈祭蘇端明郡君文〉、〈祭李深之文〉、〈祭秦少游文〉、〈哭下殤文〉、〈祭晁无咎文〉、〈代范樞密祭溫公文〉，都是眞情流露的好文章。

第四節　張耒文的寫作技巧與藝術特色

　　文潛爲文雖趨向平淡自然，但並非毫無波瀾曲折可言，〈答李推官書〉說：

> 江河淮海之水，理達之文也，不求奇而奇至矣。激溝瀆而求水之奇，此無見于理，而欲以言語句讀爲奇之文也。

可見他不是反對奇，而是要不刻意造作求得。《宋史》本傳說他的文章特色是：

> 汪洋沖澹，有一唱三歎之聲。

「汪洋沖澹」是他求自然的結果，「一唱三歎」則不得不假於技巧。文潛常用的寫作手法，可歸納成以下數端：

一、引經據典

　　在文章中引用經文、成語、諺語，不但能充實內容，更能肯定立

論，文潛在他的文中，引用甚多，其中一篇文章引一句者如卷四十九〈陵川縣山水記〉：

> 孔子曰：仁者樂山，智者樂水。

卷五十一〈曹昧字昭父序〉：

> 詩云：潛雖伏矣，亦孔之昭。

〈祕丞章蒙明發集序〉：

> 孟子曰：若夫成功則天也。

卷五十二〈文帝議〉：

> 諺云：人之飲酒，勸之飲，愈不飲；禁之飲，愈飲。

卷五十三〈敦俗論〉：

> 老子曰：非以其無私耶，故能成其私。

一篇文章引用二句者有卷四十八〈書東坡先生贈孫君剛說後〉：

> 春秋傳曰：使勇而無剛者，嘗冠而速去之。
> 夫子曰：棖也慾，焉得剛。

卷五十一〈送張堅道人歸固始山中序〉：

> 經曰：無視無聽，抱神以靜。形將自正，必靜必清。無勞汝形，無搖汝精，乃可以長生。
> 老子曰：虛其心，實其腹，弱其志，強其骨。

三次以上者如卷五十三〈論法〉：

> 孔子曰：後世有作者，虞帝不可及已。
> 又曰：虞夏之道，寡怨于民；商周之道，不勝其弊。
> 其（老子）言曰：將欲翕之，必固張之；將欲取之，必固與之。
> 又曰：非以其無私耶，故能成其私。

都能達到加強的效果。

二、徵史以證

徵史的作用，和引經相似，都在增加文章的可信性。文潛長於文史，例子的引徵，自然左右逢源。

卷四十九〈冰玉堂記〉：

　　昔司馬談能推明孔子作春秋之意，欲爲史，未成，以授其
　　子遷，而遷遂能網羅三代放逸舊聞，馳騁上下數千歲，成
　　一家之意，與六經並傳。

卷五十一〈賀方回樂府序〉：

　　世之言雄暴虓武者，莫如劉季、項籍。此兩人者，豈有兒
　　女之情哉？至其過故鄉而感慨，別美人而涕泣，情發于言，
　　流爲歌詞，含思淒婉，聞者動心焉。

《柯山拾遺》卷八〈廣才篇〉：

　　武帝號爲知人，其將帥如衛青、霍去病，委任大事如霍光、
　　金日磾，是數人者，或起于近習，或拔于階闥。

都能切合的印證所論，又不至於突兀，而妨害上下文辭的順暢。是他
難得之處。

三、對仗排比

　　對句和排句，在文章中有加強的作用，在聲讀上，更有韻律的效
果，因此不主張辭采的文潛，在他的文集中廣泛加以應用。其形式又
有整齊、變化之分。對稱工整的如卷四十七〈跋唐太宗畫目〉：

　　宜其備文武之大美，兼聖賢之能事；除隋之亂，比跡湯武，
　　致治之美，庶幾成康。

〈書董及延壽錄後〉：

　　以貴事其親者，不過崇爵位，侈車服；以富事其親者，不
　　過豐衣食，美室廬。

卷五十二〈楚議〉：

　　殺人者必見殺，虐人者還自虐。

富於變化的如卷五十三〈論法〉：

　　不患法不立而患不能爲法，不患法不足而患法密而不勝舉。

卷五十五〈商君論〉：

　　貴利尚功，明賞罰，信號令，使其日夜趨于功利之域，而
　　無暇樂生之心，勇于公戰，怯於私鬬。

都能恰如其分表現文字、聲調之美。

四、正反對照

和對仗排比相近的一種技巧,就是把正反兩種事實相題並論,讓人放眼望去,就能明白看穿黑白事非,一目瞭然。《右史集》卷四十七〈題吳德仁詩卷〉:

> 陶元亮雖嗜酒,家貧不能常飲,而況必飲美酒乎?其所與飲,多田野樵漁之人,班坐林間,所以奉身而悅口腹者蓋略矣。白樂天亦嗜酒,其家釀黃醅者,蓋善酒也。又每飲酒,必有絲竹僮妓之奉。洛陽山水風物甲天下,其所與游,如裴度、劉禹錫之徒,皆一時名士也。

卷五十八〈答李推官書〉:

> 是故理勝者文不期工而工,理詘者乃爲粉澤而隙間百出。此猶兩人持牒而訟,直者搢筆不待累累,讀之如破竹,橫斜反覆,自中節因;曲者雖使假詞于子貢,問字于楊雄,如列五味而不能調和,食之于口,無一可愜,況可使人玩味之乎!

《柯山集》拾遺卷十〈說化〉:

> 堯舜垂衣拱手于上,而天下之人,象形而不犯;張湯、杜周恃小慧細察,以刺取人之罪辜,辜世未嘗無也,而犯刑者不止。

都是利用比照的方法,凸顯眞理。

五、譬喻比擬

比譬手法是最平常的寫作技巧,但是恰當的譬喻能使文章生色,引人入勝,否則便成蛇足。文潛的比喻,都透露他別出心裁的巧思。《右史集》卷五十一〈送秦觀從蘇杭州爲學序〉形容少游的文章:

> 大抵悲愁悽婉,鬱塞無聊者之言也。其于物也,秋蛩寒螿,鶄鴞猿狖之號鳴也。冰谷之水,楚囚絃,越羈之呻吟也。

卷五十四〈魏晉論〉申述國重者存、國輕者亡的道理說:

> 鱣鱷王鮪之在江湖,非不大也,然漁者徒手取之,鱠之俎上而無難,曾不如蛇虺之據穴國之輕。

卷五十八〈答李推官書〉說明理爲學文之本：

> 夫決水于江河淮海也，水順道而行，滔滔汨汨，日夜不止。
> 衝砥柱，絕呂梁，放于江湖，而納之海，其舒爲淪漣，鼓
> 爲濤波，激之爲風飆，怒之爲雷霆，蛟龍魚黿，噴薄出沒，
> 是水之奇變也。而水初豈如此哉？是順道而決之，因其所
> 遇而變生焉。溝瀆東決而西竭，下滿而上虛，日夜激之，
> 欲見其奇，彼其所至者，蛙蛭之玩耳。

都能深入淺出，得個中奧妙。

六、層次行文

論事說理時，將問題分爲幾個層次，一層層往下寫，讓每一個環節緊扣在一起，明白而無懈可擊，是文潛慣於應用的表達手法。《右史集》卷四十七〈書贈賈生〉：

> 余嘗病世士少而學荒于遨嬉，壯而立蠱于嗜欲，老而成累
> 于利祿，所以德業功名愧于古人者以此。

卷四十九〈臨淮縣主簿廳題名記〉：

> 四方之舟車，其之乎東南者，十九出于泗，而臨淮者又據
> 汴，凡往來於泗者必之焉。

卷五十三〈禮論〉：

> 宗廟之中，以爵爲位，而宗人受事，以官尸之餘，君與卿
> 餕之；卿之餘，大夫餕之；大夫之餘，士餕之；而後煇胞
> 翟閽，無不沾澤。

都能條分縷析，輕重立別。

七、設體問答

以問答形式爲文，《昭明文選》即有「對問」、「設論」之例，文潛集中心常用這種方式，卷四十六〈評郊島詩〉：

> 唐之晚年，詩人類多窮士，如孟東野、賈閬仙之徒，皆以
> 刻琢窮苦之言爲工。或謂郊島孰貧？曰島爲甚也。曰何以
> 知之？以其詩知之。郊曰「種稻耕白水，負薪斫青山」；島
> 曰「市中有樵山，客舍寒無烟。井底有甘泉，釜中嘗苦乾」。
> 孟氏薪米自足，而島家俱無，以是知之。

在設問、應對中，不知不覺把人帶進他的立論裡。他的〈書韓退之傳後〉、〈鴻軒記〉、〈韓愈論〉、〈上孫端明書〉、〈孔光論〉也都採用這種問答的手法。

八、頂針續麻

頂針續麻原是一種文字遊戲，但這樣的句法，帶來順暢的感覺，文潛雖未大力採行，也有一二處。《右史集》卷五十四〈文帝論〉：

吾亦畏其有所恃而驕，驕而不已則亂，亂而不誅則廢法。

《柯山集》拾遺卷八〈擇將篇〉：

智之必有勇，勇之不必智。智能使勇，勇不能使智。

由這些寫作手法看，文潛在理論上雖然不貴辭藻，不尚雕琢，他的實際創作，還是下過一番苦心的，因此他的文章處處表現氣韻雄拔，曲折橫生的景象。呂祖謙批評他〔註22〕：

知變而不知常。

但仍取他和韓愈、柳宗元、三蘇、歐陽修、曾鞏並列，更說明了波瀾迴盪、一唱三歎，正是他勝人之處。

綜合以上各節所述，我們可以明瞭，文潛是一位重文於道的文學家，他深知吸取前人作品的菁華，卻有自己的創作原則，儘管他是那樣服膺蘇軾兄弟，也未曾亦步亦趨地傲效。所以他的文章，很有自己的特色。

前人談起文潛的文，總是著眼在他雄健的文筆，《山谷詩集》卷四〈奉和文潛贈無咎〉〔註23〕說：

晁張班馬首，崔蔡不足云。

以班馬許晁張之文。卷六〈以團茶洮州綠石研贈文潛〉〔註24〕也說：

張子筆端可以回萬牛。

卷十七〈次韻文潛〉〔註25〕說：

〔註22〕見《古文關鍵》，頁4，商務印書館。
〔註23〕同註8，頁2。
〔註24〕同註8，頁15。
〔註25〕同註8，頁12。

張侯文筆殊不病，歷險心膽元自壯。

晁無咎說〔註26〕：

雄深張子句，山水發天光。黃鵠愁嚴道，玄龜困呂梁。

蔡肇說〔註27〕：

張侯胸中包覆釜，百里奔流無寸土。玄蛟白鼉有時作，一
洗乾坤三日雨。

陳師道也說〔註28〕：

今代張平子，雄深次子長。

都著重在豪邁雄俊這方面。

其實文潛還具有「雅澹不浮，混融不琢、優游不迫」的優點。《文
獻通考》引石林葉氏集序〔註29〕說：

文潛之文，殆所謂若將為之而不見其為者歟？雍容而不
迫，紆裕而有餘，初若不甚經意，至於觸物遇變，起伏斂
縱，姿度百出，意有推之不得不前、鼓之不得不作者，而
卒澹然而平，盎然而和，終不得窺其際也。

同時文潛也是一個致力於文學的人，在他仕途多艱，命運舛逆之
際，文學是他精神的寄託，文學上的成就是他心靈的慰籍。徐勃〈重
編紅雨樓題跋〉〔註30〕說

偶讀陸放翁《老學庵筆記》云，文潛三子秬、秸、和皆中
進士，秬、秸在陳死於兵，和為陝西教官，歸葬二兄，復
遇盜見殺，文潛遂無後。噫！文潛何不幸之若是。雖然即
此八十篇，可以不朽。豈世無孫支鼎盛，陳言累牘，令人
厭觀者，竟與草木漸腐耳，文潛又不幸中之幸也。

也可安慰文潛於九泉了。

〔註26〕同註9，卷三十七，頁279。
〔註27〕同註9，卷四十，頁300。
〔註28〕見《後山集》，卷四，頁7〈寄張文潛〉，商務印書館，《四部叢刊》。
〔註29〕見卷二百三十五，頁1885，新興書局。
〔註30〕見卷一，頁37，廣文書局。

餘　論

　　張文潛的詩、文成就，已分述於前二章，但其在四學士中的地位，及古文選本取王安石或張文潛的意義，都是衡量張文潛文學地位的重要課題，因此再別立專題探討，以補全本文。

一、張耒在四學士中的地位

　　張文潛與黃庭堅、秦少游、晁無咎並稱「蘇門四學士」，山谷詩、淮海詞傳誦千古，自是世人所耳熟能詳，而張文潛之名乃不及陳師道。雖然大家不必爲名家，名家亦未必是大家，但四學士之名，固非虛名，文潛必有其專長，方能令人服膺，而不至於有忝名之嫌。

　　文潛的詩，第四章已有分析。若論詩學成就，他和庭堅實難比較。在創作理論上，庭堅學杜，老於聲律；文潛學白，崇尚自然；二人所見並不相同。庭堅會萃百家句律之長，究極歷代體製之變，自成一家〔註1〕；文潛爲人稱道的，則在樂府；要強論其優劣高下，著實不易。但就影響而言，文潛並沒有系統的創作理論，後人雖有學他的〔註2〕，也不過取其菁華；庭堅卻有成套的寫作方法，以他爲宗主的江西詩派，對宋以後的詩，有著深遠的左右力量，這點非但是文潛無法望其

〔註1〕見《續詩選》，頁116，中國文化大學出版部印行。
〔註2〕見《瀛奎律髓》，卷十六，頁2〈冬至後〉：「張文潛詩，予所師也。」
　　　　商務印書館，《四庫珍本》。

項背，就是蘇軾也難與之抗衡。

至於文潛的詞，傳世作品極少，近人龍氏所輯《柯山詞》〔註3〕，收有〈少年游〉、〈秋蕊香〉、〈鷓鴣天〉、〈風流子〉二首、〈滿庭芳〉、〈減字木蘭花〉三首、〈雞叫子〉，僅十首，其中〈雞叫子〉即《右史集》卷十二〈對蓮花戲寄晁應之〉的前四句。如此想與秦少游匹敵，總是望塵莫及。但是時人對文潛詞的評價甚高，吳曾《能改齋漫錄》〔註4〕說：

> 元祐諸公，皆有樂府，唯張（文潛）僅見此二詞，味其句意，不在諸公下矣。

《愛日齋叢鈔》〔註5〕也說：

> 若文潛此類詩，固不減詞家情致。

亦知文潛不以多取勝。

真正能讓文潛雄峙文壇的，便在他的文章。黃庭堅在〈與秦少章書〉〔註6〕說：

> 庭堅心醉於詩與楚辭，似若自得，至於議論文字，今日乃當付之少游及晁、張、無己。

雖是句自謙的話，但也是事實。徐積說〔註7〕：

> 魯直詩極奇古可畏，進而未已也。張文潛有雄才而筆力甚健，尤長於騷詞，但恨不均耳。

就明白道出兩人短長。

而文潛、少游也常被相提並論。但對少游的評價，往往不及文潛。朱弁《曲洧舊聞》〔註8〕說：

> 東坡嘗語子過曰：秦少游、張文潛，才識學問，當世第一，無能優劣二人。少游下筆精悍，心所默識而口不能傳者，

〔註3〕收錄在《蘇門四學士詞》，世界書局。
〔註4〕見卷十七，頁6，新興書局，《筆記小說大觀》二十九編四。
〔註5〕見卷四，頁5，新興書局，《筆記小說大觀》十七編一。
〔註6〕見《豫章黃先生文集》，卷十九，頁208，商務印書館，《四部叢刊》。
〔註7〕見《節孝集》，卷三十一，頁2，商務印書館，《文淵閣四庫全書》。
〔註8〕見卷五，頁3，新興書局，《筆記小說大觀》二十八編一。

能以筆傳之；然而氣韻雄拔，疏通秀朗，當推文潛。

馬端臨《文獻通考》〔註9〕也說：

> 子瞻以爲「秦得吾工，張得吾易」，而世謂工可致，易不可
> 致，以君爲難云。

這是針對二人之文而說。

在詩方面，少游的詩多婉媚，《淮海集》書前提要〔註10〕說：

> 王安石答書述葉致遠之言，以爲清新婉麗，有比鮑謝。敖
> 陶孫詩評則謂其詩如時女步春，終復婉弱。元好問〈論詩
> 絕句〉因有女郎詩之譏。

這點和文潛雄健的作風，恰恰相反。翁方綱《石洲詩話》〔註11〕說：

> 秦淮海思致綿麗，而氣體輕弱，非蘇黃可比。
> 張文潛氣骨在少游之上，而不稱著色，一著濃絢，則反帶
> 傖氣。

朱庭珍《筱園詩話》〔註12〕也說：

> 宛丘頗見氣格。淮海明麗無骨，時近於詞，無足論矣。

皆以張文潛爲上。

至於與文潛並稱「晁、張」的晁補之，他和文潛各以文章著名，又都長於楚詞。《文獻通考》引東坡的話〔註13〕說：

> 無咎雄健峻拔，筆力欲挽千鈞；文潛容衍靖深，獨若不得
> 已於書者。

實難評出高下。但論及詩，晁無咎又不及魯直諸人。

因此，文潛即或不能居四學士之首，也能爲一時之佼佼者。

二、王安石與張耒的地位問題

南宋呂祖謙編《古文關鍵》，取韓、柳、歐、曾、三蘇及張文潛

〔註 9〕見卷二百三十七，頁 1885，新興書局。
〔註10〕見《淮海集》〈提要〉，頁 1，商務印書館，《文淵閣四庫全書》。
〔註11〕見《清詩話續編》，頁 1422，藝文印書館。
〔註12〕同註11，頁 2328。
〔註13〕同註9。

八家，葉慶炳先生在他所撰寫的《中國文學史》中〔註14〕指出，呂氏八家不及安石，有欠公允。

但呂氏對王安石並沒有貶斥之意，《古文關鍵》〔註15〕評論安石：

> 純潔。學之不成，遂無氣焰。

又論文潛說〔註16〕：

> 知變而不知常。

在這兩句話中，很明顯的，呂氏無意褒文潛而抑抵安石，只是針對各人風格而言，他之所以捨安石，不在安石的文章無可取，乃在不易入手，難求與等齊。

而另一個影響安石不被選入八家內的理由，則在於當時的政治因素。

王安石身後所受的崇絀，在南北宋有顯著的不同。雖然哲宗即位之初，曾經一度禁科舉用王氏《經義》、《字說》，等到新黨勢力再次擡頭，安石又被推起。紹聖年間，他被配享神宗廟庭，又加恩贈太師，追諡文公；他的著作不但已經解禁，連安石子王雱的論語、孟子義都降旨付國子監雕印，以便學者傳習，可說是死有哀榮。徽宗崇寧三年下詔以王安石配享孔廟，列於顏孟之次；政和三年追封安石舒王，以王雱配享孔廟；次年，又封安石孫王棣，曾孫濤、班，孫女及曾孫女也受封賜。所所受榮寵是一般文臣所少有的。但從欽宗皇帝停止安石配享孔廟，改列從祀之後，朝廷的待遇，可說是每下愈況。高宗時，罷除安石神宗廟庭配享，下詔追回所贈王爵，禁止臨川學。孝宗去除王雱孔廟從祀。理宗淳祐元年，正式下詔指責安石為「萬世罪人」，並削去從祀。南宋人對王安石的不滿情緒，由此可知〔註17〕。呂祖謙生於紹興七年（1137），卒於淳熙八年（1181），正是安石受到貶黜的時代，他不採王氏的心理，是很自然的。

〔註14〕見頁534，學生書局。

〔註15〕見頁3，商務印書館。

〔註16〕同註15，頁4。

〔註17〕參見柯敦伯著王安石，頁132～134，商務印書館。

　　不但呂祖謙如此，及至明、清，學者往往讚美安石的文章，而不折服他的學術。明朝王宗沐在《臨川文集》序〔註18〕上說到：

　　公以平生卓絕之行，精博之學，處得君之地，觀其注意措手，規局旨趣，三代以來，一人而已。然其時每一法出，則天下皆駭而爭，攻擊疏分，曾無虛日，比公不安而去，雖其所嘗薦引者皆起而攻之，至謂爲邪。而靖康之禍，或歸其由於公。庸常守成，苟以自度，猶得辭其過於後，而公以堯、舜、伊、周之心，辛用爲罪，其亦宜公之不服，而天下後世幾稱過乎？嗟夫！如公者豈非所謂瑰瑋孤特之行，欲勝天下以長，而剸決督屬之用，欲暴天下以所立者與？公既以其高自處，而視天下莫並己，才智老成咸背而去，去而莫與共吾事者，斯奸人乘間而入，反復排擊之餘，法制數易，民眩於聽，官易其常，始囂然索其平和敦龐之氣，獨程淳公嘗有天下事非一家之語，誠深知公所爲病若是。而歸基禍之過於公，於情未稱，亦抑有由也。

雖極盡解釋，終不能否認安石過失。然論到文章，則說：

　　公文章根柢六經，而貫徹三才，其體簡勁精潔，各自一家。

又不得不欽服。清張伯行也說〔註19〕：

　　王介甫以學術壞天下，其文本不足傳，然介甫自是文章之雄，特其見處有偏，而又以其堅僻自用之意行之，故流禍至此，而其文之精妙，終不可沒也。當時曾子固薦其文於歐陽公，公擊節歎賞，爲之延譽。二公皆文章哲匠，其傾服之如此，則介甫之文可知矣。其後用之而禍天下，世之君子嫉其人，而因以不重其文。使介甫不用以終其身，或用矣，而僅處以翰墨之職，使其以文章流傳於世，而不得大行其志，則介甫之名當益尊。

也是同樣的看法。

　　呂氏既不願採安石，而當時堪與七家相提並論的，只有張文潛。

〔註18〕見王《臨川文集》，頁2，商務印書館。
〔註19〕見唐宋八大家文鈔，商務印書館。

因為他是蘇門四學士中最以文章見長的，又號稱北宋最後大家，當初和他學文的人，南渡後尚存人間者，應有之。而文潛之文便於入手，也是事實，陳君舉學歐不成，而後更學張文潛〔註20〕，就是明顯的例子。

後世的人以王安石取代張文潛，也不在於文潛不足取法。最早取所謂八大家文的，首推明朝的朱右〔註21〕，他在〈新編六先生文集序〉〔註22〕說：

> 韓文公上接孟氏之緒，而又翼之以柳子厚，至宋慶歷凡二百五十年，歐陽子出，始表章韓氏而繼響之，若曾子固、王介甫及蘇氏父子，皆一時師友淵源，切偲資益，其所成就，實有出於千百世之上，故唐稱韓、柳，宋稱歐、曾、王、蘇六先生之文，斷斷乎足為世準繩而不可尚矣。

顯然他取王安石是重視安石和歐陽修之間的師友淵源，並非由於王、張間的優劣。

而真正使王安石而以名家傳世的原因，則在他特殊的寫作風格。安石之文，簡勁雄潔，拗折峭深，在古今作家中，獨樹一幟，文選、文鈔在取足為人寫作引導的典範，自然不會遺漏安石。張文潛則不同，他的作品兼有東坡、子由的特色，既不能超越二者，又受蘇氏兄弟盛名所壓，編選文章者，既取三蘇在前，未必重複更探文潛。故王、張二人優劣，本是見仁見智，而文潛不如安石受矚目，也是其來有自。

〔註20〕見《木筆雜鈔》，卷下，頁5，新興書局，《筆記小說大觀》六編三。
〔註21〕見〈白雲稿提要〉，頁1，商務印書館，《文淵閣四庫全書》。
〔註22〕同註21，卷五，頁10。

附錄一：《宛丘集》目錄及正文標題比較表

卷	目　　　　錄	題　　　　目
1	雞鳴賦	鳴雞賦
2	涉淮後賦	淮淮後賦
4	次韻翰林蘇先生送黃師是赴兩浙	次韻蘇翰林送黃師是赴兩浙
4	和陳器之四詩	和陳器之四時
4	次韻君復七兄見贈	次君復七兄見韻
5	秘校公賁	贈張公賁
5	贈馬十二時金玉橄過楚頃刻而到	贈馬十二時金玉橄過楚頃刻而別
5	贈吳孟求二首	贈吳孟求承議二首
5	上四文龍圖	來寒熱伏枕已數日忽聞車騎明當按頓睡中得韻語數句上呈四丈龍圖兼記至日之飲
6	送張天覺使河東	席上分題得將字
6	別楊克一	別外甥楊克一
6	送呂際南歸	送呂際秀才南歸
6	送于子開謝事還江陰三首	王子開朝散早年以疾病謝事還江陰求詩爲別三首
6	送麻田吳子野還山	（未錄）

7	晚歸寄無咎	晚歸寄無咎三首
8	病臂已平獨挽弓無力戲作	病臂已平獨挽弓無力客言君爲史官可事挽弓戲作此詩
8	淮陰太寧山主崇嶽空所居相延	堆陰太寧山主崇岳與余諸父遊今年七十餘耳目聰明筋力彊壯奉戒精苦禪誦不輟聞余自黃歸欣然空所居而相延日與之語或寂然相對終日吏人意也消因賦此詩
8	蒙恩守東魯	蒙恩守東魯不意流落之餘聖朝畀之藩鎮感而成詩復用李文舉韻
9	阻風累日泊寶積山下	阻風累日泊
9	禱順濟龍	自離富池凡三禱順濟龍求便風皆獲應又風日清霽舟行安穩委曲如所欲感而成詩
9	遊靈巖寺	自離黃州至巴河游靈巖寺觀孫仲謀刑馬壇相傳權於此刑馬祀江神逐提師伐壽春云
9	將離柯山悵然成篇	將離柯山十月二十七日
9	舟次安州孝感縣遇大風晚方離	舟次安州孝感縣偶感風寒復大風不可解舟晚方離
9	泗州阻風投佛經禱斗山下	泗州阻風七日投佛經禱斗山下
10	齊安移居	余謫居齊安郡東佛舍而制不得逾歲今多遂移居因遣秬秸料理新居作詩示之
10	自乾明移居柯山令秬秸先葺所居	自乾明移居柯山何氏第令秬秸先葺所居
10	務宿寄內	十月十二日夜務宿寄內
10	遷居羅漢調潘邠老昆仲	遷居羅漢潘邠老昆仲比以火驚相見殊濶作詩調之
10	暇日步西園六詠	暇日步西園感一物輒爲一詩得六篇
11	休日同宋暇叔詣法雲遇公擇魯直	休日同宋暇叔詣法雲遇李公擇黃魯直公擇烹賜茗出高麗盤龍墨魯直出近作數詩皆奇絕坐中懷無咎有作呈魯直遐叔

11	遊楚中天慶觀高道士琴某	遊楚州天慶觀高道士琴某
12	白公祠	白公詞
12	禱甘公祠	自廬山迴過富池隔江禱甘公祠求便風至黃州瀝酒而風轉日行二百里明日風猶未已又風勢徐緩不犇駛可畏某公蓋吳將甘寧云
12	題陸羽祠堂兼寄李援	題陸羽祠堂兼寄李援援亦有詩殊佳
12	宿譙東聞歌白公琵琶行道人歎	宿譙東逆旅夜聞歌白公琵行道人歎者
12	題安州張全翁溪園	題安州張全翁大夫溪園
12	昭陵六馬圖	昭陵六馬唐文皇戰馬也琢石象之立昭陵前客持石本示予者為賦之
12	寄題胡戡琬琰堂	寄題胡戡秀才琬琰堂
12	讀李太白感興擬作	讀李太白感興擬作二首
13	自淮陰被命守宣過楚遇道子同誦楚詞	自淮陰被命守宣城復過楚雨中過道子因同誦楚詞為書此詩以足楚詞
13	効白樂天渭上雨中獨酌三首	白樂天有渭上雨中獨酌十餘首傚淵明余寓宛丘居多暇日時屢秋雨傚白之作得三章云
14	大風與楊念三飲	大風與楊念三飲次作此贈楊
14	與李文舉飲憶西禪舊遊	余官竟陵時李文舉嘗以事至郡同遊西禪剎陸子泉烹茶酌酒甚歡也今歲余移官齊安文舉自武昌渡江過我與之飲酒西禪舊事慨然感懷
14	對酒懷無咎二首	對酒奉懷无咎
14	文周翰邀至王元才園飲	文周翰邀至王才元園飲
14	謫官黃州至南頓驛同李從聖叔侄小飲	謫官黃州至南頓驛同李從聖叔侄草草小飲
14	本約潘郎同遊安園以雨不果飲於家	二月十三日本約潘郎同遊安園以雨不果飲于家為說宛丘木芍藥之盛作此篇
14	暮春奉女兄弟集晏堂	暮春奉女兄弟集宴堂
16	暑毒不可過懷邠老	暑毒不可過又每為賓客見擾午寢不安奉懷邠老之無事

17	立秋日風作涼爽命酒成二詩	三伏暑甚七月八日立秋是日風作涼爽炎酷頓消老病欣然命酒成二詩
17	出伏後風雨頓涼有感而作三首	出伏後風雨頓涼有感三首
18	戊午多懷五首	無目，錄五首
18	局中負暄讀書三首	局中負暄讀書
18	雪後贈仲車	雪後贈徐仲車
20	到陳午憩有惠牡丹者明日作詩呈希古	到陳午憩小舍有任王二君子惠牡丹二槃皆絕品也是日風雨大寒明日作此詩呈希古
20	摘梅花數枝　小瓶中輒數日不謝	摘梅花數枝插小瓶中輒數日不謝吟玩不足形爲小詩
20	東海大松	東海有大松土人相傳三代時物其狀偉異詩不能盡因讀徐仲車五花楊柳之作作此詩以觀之
20	波稜	波稜乃自波稜國來蓋西域也甚解麪毒余頗嗜之因考本草爲作此詩
20	石生惠羚羊角	七日晚同潘郎乘月到欒家觀鶴問石生羚角偶有之今早惠角一對良眞是也吾藥遂成欣然作詩
20	趙德麟得王芝	趙德麟有詩言過萬壽縣得玉芝乃以供一醉之味按道書凡芝皆神仙上藥無乃輕用之乎
20	食花	食杞
21	魯直惠洮河綠石研冰壺研次韻	魯直惠洮河綠石研冰壺妍次韻
21	北鄰賣餅兒	北鄰賣餅兒每五鼓未旦即遶街呼賣雖大寒熱風不廢而時略不少差也因爲作詩且有所警示秬秸
21	放二虵	所居堂後北籬下獲二虵一小色赤長二尺許一大色黑長七尺圍四五寸尾可貫百錢盡放之
21	聞紅鶴有聲	聞紅鶴有感
22	寒食後持齋誦經東園遊人甚盛	寒食後數日方持齋誦經而東園遊人甚盛因賦

22	暮春七言	暮春
22	黃人寒食上塚	黃人謂寒食上塚爲澆山其祭饌多用蒴莱事已則鳴鉦而歸
22	七言	（未錄）
22	書壁	（未錄）
23	九日獨遊懷人	九日獨幽懷人
23	次韻李晉裕九日見贈	次韻李晉裕教授九日見贈
23	中秋無十日呈希古	中秋無十日戲呈希古年兄
23	潘主簿惠雙槚	齊安今秋酒殊惡對岸武昌酒可飲故人潘主簿時惠雙槚
23	西風極涼偶題	八月六日西風極涼如十月晨起偶題
23	即事	（未錄）
24	歲暮二首	歲暮
24	歲暮獨酌書事懷晁永寧	歲暮獨酌書事奉懷晁永寧
24	冬日雜興三首（2）	冬日雜興二首
24	己卯十二月感事二首	己卯十二月二十日感事二首
24	冬節不佳懷正敘	冬節不佳懷正叔老兄
24	九日末大風遂寒安置火爐二首	九日末大風一夕遂寒安置火爐有感二首
25	十月二十日夜大雨雹	十月二十日夜大雨雹震電光是數日橙暖至是方稍晴
25	臘八日大雪二首	庚辰臘八日大雪二首
25	大雪中李提舉惠玻璃泉兩槚二首	大雪中李提舉惠玻璨泉兩槚二首
26	福昌書事言懷上通判唐運直	福昌書事言懷上運判唐通直
26	追感南豐呈陳履常	陳履常惠詩有曾門一老之句不肖二十五歲謁見南豐舍人於山賜始一書而褒與過宜陽有同途至亳之約末以病不肬如期後八年始遇公於京師南豐門人唯書一人而已感舊慨嘆因成鄙句願勿他示
26	酬同年徐正夫時公欲卜築嵩洛間	酬同年徐正夫司戶時公欲卜築嵩洛間

26	贈寄參寥	出都之宛丘贈寄參寥
26	贈王微之	贈柘城簿王微之
26	送楊念三待行赴鄂渚	送楊念三監簿待行赴鄂渚
26	送丁宣德赴邕州簽判	送丁宣德赴邕州簽州判
26	送蔡彥規任醴泉簿	送蔡彥規子任醴泉主簿
27	寄榮子邕四首	寄榮子雍四首
27	遣興寄晁應之八首	遣興次韻寄晁應之八首
27	離山陽入都寄陳仲車	離山陽入都寄徐仲車
27	次韻邠老見贈	次韻邠老見貽
27	久不見潘十作詩戲之	久不見潘十作詩戲之聞其別墅晚道稍收
28	題楚州聖井並贈主僧	題楚州聖井並贈諸僧
28	過儁眞太清宮追懷章聖皇帝遊幸之盛	過儁眞太清宮追懷章聖皇帝遊幸之盛小臣斐然成詠
28	嬉春戶	僦居小舍之西有隙地不滿十步新歲後稍煖每開戶春色闖進戲名其戶曰嬉春因作此詩
28	又贈晁無咎	效白體贈晁無咎白公守蘇時劉夢得守和有歲暮贈劉詩三首因效其體寄齊州知府无咎學士二歌雖愧仰聲華然亦不愧分義
28	任仲微閱世亭	（未錄）
29	落葉	七月七日晚步園中見落葉如積有感而作
29	芳華閣	華閣
29	和柳郎中山谷寺翠光亭	和柳郎中山谷寺翠光亭長韻
29	贈龐安常	贈龐安常先生
30	耒嘗病脾親友以酒爲戒作詩戲答	耒嘗病痺親友以酒爲戒作小詩戲答
30	再過宋都悵然有感	余元豐戊午歲自楚至宋由柘城赴福昌年二十有五後十年當元祐二年再過宋都追感存歿悵然有懷

31	何谷	柯谷
31	登宋家坡	同應之登天宋陂
31	登夢野亭懷舊	登夢野亭懷舊夢野城中佳處到此方一登
31	同七兄及西上人自墳庄還寺	同七兄及嵩上人自墳莊還寺
31	九日忽晴作詩寄秬秸	九日忽晴作詩寄秬秸時二子泑幹在陽翟鎭
32	孝感縣	孝感孫
32	泊林皇港二首	二十二日立秋夜行泊林皇港二首
32	二月二日轙舟徐城戲作呈戚郎	二月二日轙舟徐城呈戚郎
32	舟行赴臨淮	八月三日舟行自蔡河赴臨淮
32	子權寄酒副以小詩	子權朝散夕在蕪湖寄郡酒四壺副以小詩
32	自巴河至蘄陽道中得二詩示仲達與秬同賦	自巴河至蘄陽口道中得二詩示仲達與秬同賦
32	宿富池作詩示同行	離蘄陽守風林皇方慮風壯晚未知上俄傾風息時頃宿富池作詩示同行
32	離富池示同行	離富池望廬岳是日入夾口直達潯陽遂舍大江之險示同行
32	即事	二十三日即事
32	發雲山近歧亭望光蔡山	發雲山近歧亭望光蔡山光蔡接尉氏
32	耒將之臨淮旅泊泗上屬病作憫歎	耒將之臨淮旅泊泗上屬病作迎侯上官不敢求告比歸尤劇踈拙無以自振但自憫歎耳
32	德載惠佳句謹次韻	丁丑歲與德載相別辛巳復會於潁相視而歎仍業先惠佳句謹次韻
33	代人上文潞公生日	代人上文潞公生
33	希古生日以詩爲壽	七月十五日希古生日以詩爲壽
33	次韻魯直伯父松隱齋詩	魯直示其伯父祖善馬鞍松隱齋詩次其韻
33	書楊奉議文卷末	奉議楊君子娣夫也廉靜樂道不交世俗造道微妙自得未耀未六十而終余實名其墓其子克一又纂其遺文求書卷末懷想平昔不知涕之橫集也

33	偶摘梅數枝致盎中芬然遂開因作一詩	偶摘梅數枝致案上盎中芬然遂開因作一詩
33	薔薇	鴻軒下有薔薇余初至時生意蓋僅存耳余爲灌漑壅護今年春遂大盛仲春看花數百萼大如芍藥未盛研麗頃所未見也余有黃州之行酌酒其下復爲詩與之別云
33	馬令送花	三月一日馬令送花
33	食筍	食笋
33	衰草	幽草
33	萬松亭	萬松亭有感
33	雙槐晚秀	雙槐晚秀三月一日初見新葉
33	聞鶯有感	今早將飲西聞鶯有感
33	聞鶯二首	1. 三月二十四日聞鶯 2. 和聞鶯
33	夢中作聞鴈詩	九月十八日夢中作聞鴈詩
34	偶成	寒食
34	正月二十五日以小疾在告作二絕是日苦寒	正月二十五日以小疾在告作三絕是日苦寒
34	清明日	十八日
34	寒食	偶成
34	正月十八日四首	正月十八日三首
35	夏七絕	夏日絕句七首
35	初夏謁告家居值風雨二絕	初夏謁告家居值風雨偶作二絕
35	末伏日五更山涼	末伏日五更小涼
35	秋園雜感二首	秋園感雜二首
35	次韻王彥昭感秋三首	次韻王彥昭感秋絕句三首
35	晚步靈壽寺後二絕	晚步靈壽寺後二絕句
36	淮上觀水記	淮上觀冰記
36	和蘇适春雪八絕	和蘇适春雪八絕句

36	早起二絕	早起二絕句
36	彊飲齋安村醪兩絕呈勵老	齋中列酒數壺皆齊安村醪也今日亦彊飲數杯戲成兩絕呈勵老昆仲
37	謁蔣帝祠過鍾山下二絕	謁蔣帝市過鍾山下二絕句
37	赴官咸平蔡河阻水泊舟皇華亭下二首	赴官咸平蔡河阻水泊舟宛丘皇華亭下二首
37	竟陵夢野亭	竟陵夢野亭在子城西南一目而盡雲夢之野最爲郡中之勝
37	登山望海四首	有詩無目
37	謾呈無咎一絕	謾成無咎一絕
51	粥記贈邠老	（未錄）
53	書東坡先生贈孫君岡說後	書東坡先生贈孫君剛說後
55	天寧寺僧堂記	太寧寺僧堂記
56	楊客一圖書序	楊克一圖書序
56	宗禪語錄序	宗禪語錄
56	（闕此目）	曹昧字昭父序
57	韓信議	韓信議二首
57	老子義	老子議
57	亂言	亂原
61	（闕此目）	唐不得
62	唐莊周能攻敵人所忌	唐莊宗能攻敵人所忌
63	應侯不敢輕言穰侯	應侯不敢輕信穰侯
65	裴守眞懷先王之禮	裴守眞壞先王之禮
66	與大蘇二書	與大蘇二
69	吳夫人墓誌	吳大夫墓誌
73	小詩戲无咎	有詩無目

附錄二：張耒作品子目對照表

1. 標題以上列為準（先《張右史集》、次《柯山集》），下列與之相同者，則作「同」；相異者乃加註明。
2. 若係一組詩之部份，則於題下註明其在原詩次第。
3. 《宛丘集》卷三十八～卷五十，僅見其目，故於標題下標註「×」，以區別之。

張　右　史　集	卷	柯　山　集	卷	宛　丘　集	卷
大禮慶成賦	1	同	1	同	1
游東湖賦	1	游作遊	1	同	1
問雙棠賦序	1	同	1	同	1
柯山賦	1	同	1	同	1
卯飲賦	1	同	1	同	1
鳴雞賦	1		1	雞鳴賦	1
暑雨賦	1	同	1	同	1
蘆藩賦	1	同	1	同	1
燔薪賦	1	同	1	同	1
杞菊賦	1	同	1	同	2
涉淮賦	2	同	1	同	2

涉淮後賦序	2	後涉淮賦序	1	同	2
雨望賦	2	同	1	同	2
暮秋賦	2	同	1	同	2
超然臺賦序	2	同	2	同	2
鳴蛙賦序	2	同	2	同	2
齋居賦	2	同	2	同	2
蜘蛛賦	2	同	2	同	2
得友賦	2	同	2	同	3
懷知賦	2	同	2	同	3
遣憂賦	2	同	2	同	2
哀伯牙賦	3	同	2	同	3
石菖蒲賦	3	同	2	同	3
病暑賦	3	同	2	同	3
喜晴賦	3	同	2	同	3
南山賦	3	同	2	同	3
秋風賦	3	同	2	同	3
南征賦	3	同	2	同	3
碧雲賦	3	同	2	同	3
三酌賦	3	同	2	同	3
人日飲酒賦	3	同	2	同	3
吳故城賦	3	同	2	同	3
君家誠易知曲	4	同	3	同×	43
于湖曲序	4	同	3	于湖×	43
襄陽曲	4	同	3	同×	43
寄衣曲	4	同	3	同×	43
江南曲	4	同	3	同×	43
怨曲二首	4	同	3	同×	43
壽陽歌	4	同	3	同×	43
勞歌	4	同	3	同×	43
春雨謠	4	同	3	同×	43

少年行三首	4	同	3	同×	43
古意	4	同	8	古意三首×	43
代贈	4	同	3	同×	43
代嘲	4	同	3	同×	43
牧牛兒	4	同	3	同×	43
贈人三首	4	同	3	同×	43
採蓮子	4	同	3	同×	43
倚聲製曲三首序	5	同	3	同×	43
獨處愁	5	同	3	同×	43
遠別離	5	同	3	同×	43
行路難	5	同	3	同×	43
白紵詞二首效鮑昭	5	同	3	同×	43
七夕歌	5	同	3	同×	43
琉璃瓶歌贈晁二	5	同	3	璃作灘×	44
九江千歲龜歌贈无咎	5	同	3	同×	44
大雪歌	5	同	3	同×	44
孫彥古畫山水風雨詩	5	同	3	同×	44
歲暮歌	5	同	3	同×	44
光山謠	5	同	3	同×	44
年年歌	5	同	4	同×	44
鶺鴒詞	5	同	4	同×	44
圍棊歌戲江瞻道兼呈蔡秘校	5	同	4	同×	44
周氏行	5	同	4	同×	44
啄木辭	5	同	4	同×	44
瓦器易石鼓文歌	5	同	4	同×	44
片雪歌	5	同	4	同×	44
梁父吟	5	同	4	同×	44
度關山	5	同	4	同×	44
天馬歌	6	同	4	同×	45

江南曲	6	同	4	同×	45
籠鷹詞	6	同	4	同×	45
拳毛駒歌	6	同	4	同×	45
寒鴉詞	6	同	4	同×	45
寒食歌	6	同	4	同×	45
飛螢詞	6	同	4	同×	45
齊安行	6	同	4	同×	45
一百五歌	6	同	4	一日五歌×	45
秋風謠	6	同	4	同×	45
東皋行	6	同	4	同×	45
正月詞	6	同	4	同×	45
二月詞	6	同	4	同×	45
苦寒行二首	6	同	4	同×	45
春詞	6	同	4	同×	45
宮詞效王建五首	6	同	4	同×	45
旱謠	6	同	4	同×	45
貽潘邠老序	6	同	4	同×	45
醉中雜言	6	同	4	同×	45
龜山祭淮詞二首	7	同	5	同×	46
惠別	7	同	5	同×	46
塑魁序	7	同	5	同×	46
敘雨序	7	同	5	同×	46
友山	7	同	5	同×	46
種菊序	7	同	5	同×	46
逐虵序	7	虵作蛇	5	同×	46
登高	7	同	5	同×	46
子由先生云東坡公所和陶靖節歸去來辭及侍郎先生之作命之同賦耒輒自憫其仕之不偶又以弔東坡先生之亡終有以自廣也	7	云作示	5	和歸去來詞×	46

休日同宋遐叔詣法雲遇季公擇黃魯直公擇烹賜茗出高麗盤龍墨魯直出近作數詩皆奇絕坐中懷无咎有作呈魯直遐叔	8	季作李，按作李是	6	休日同宋遐叔詣法雲遇公擇魯直	11
挂虎圖于寢壁示秸秠	8	挂作掛	6	秠作稑	12
神運殿望香爐天池等峰晚宿官廳明日早發	8	同	6	同	9
贈張公貴	8	贈公貴	6	秘校公貴	5
離黃州	8	同	6	同	9
宿樊溪	8	同	6	同	9
道士磯	8	同	6	同	9
離樊口宿巴河遊馬祈寺	8	同	6	同	9
龜陵灣阻風三日遙禱孤山而風止	8	同	6	同	9
自離富池凡三禱順濟龍求便風皆獲應又風日清霽舟行安穩委曲如所慾怠而成詩	8	慾作欲	6	禱順濟龍	9
自黃州至巴河遊靈巖寺觀孫仲謀刑馬壇相傳權於此刑馬祀江神遂提師伐壽春云	8	巖作峰，按巖是	6	遊靈巖寺	9
自廬山迴過富池隔江遙禱甘公祠求便風至黃瀝灑而風轉日行二百里明日風猶未已又風勢徐緩不奔馳可畏甘公蓋吳將甘寧也	8	同	10	禱甘寧寺	12
風駛浪湧仲達喜其快因作一篇	8	同	10	同	9
題廬阜官廳壁	8	同	14	同	12
出山	8	同	6	同	9
朝雨	8	同	6	同	19
離陽翟	8	同	6	同	9

次潁川	8	同	6	同	9
昭陵六馬唐文皇戰馬也琢石像之立昭陵前客持石本示予為賦此	8	同	6	昭陵六馬圖	12
同楊十二緱氏寺宿草酌張正民秀才見訪	8	同	6	同	4
初到都下供職寄黃九	8	同	6	同	7
次韻魯直夏日齋中	8	同	6	同	16
晚歸寄无咎二首	8	同	6	晚歸寄無咎	7
送李際秀才南歸	8	送呂際秀才南歸	6	送呂際南歸	6
西山寒溪	8	同	6	同	11
送張天覺使河東席上分得將字	8	同	6	送張天覺使河東	6
讀中興頌碑	8	同	11	同	13
書館直舍	8	同	6	同	8
宣城至日謁天慶觀行香呈郡寮	8	寮作僚，按作僚是	6	同	8
秋日獨酌懷榮子邕	8	同	6	同	14
夜初涼	8	同	6	同	17
題陸羽祠堂兼寄李援援有詩殊絕	8	題陸羽祠堂兼寄李援援有詩殊佳二首	8	題陸羽祠兼寄李援	12
三月小園花已謝獨芍藥盛開	9	同	7	同	20
題焦山	9	同	7	同	12
寄楊道孚（重出，即卷十七離楚夜泊高麗館寄甥楊克一四首其四）					
同日雜興四首	9	同	7	同	15
出長安門	9	出長夏門	7	出長夏門	9
飯昭果寺	9	同	7	同	9
渡伊水	9	同	7	同	9
白公祠	9	同	7	同	12
上皇龕	9	同	7	同	12

石樓	9	同	7	同	12
上方	9	同	7	同	12
三龜	9	同	7	同	12
晚飯寶應	9	同	7	同	9
廣化遇雨	9	同	7	同	9
寄子瞻舍人二首	9	同	7	同	4
贈楊念三道孚	9	同	7	同	5
曉赴秘書省有感	9	同	7	同	8
贈无咎以既見君子云胡不喜爲韻八首	9	同	7	同	5
昨夜月中一睡殊有秋色覺書所見戲呈道孚	9	同	7	同	10
鄙性嗜酒親友所知也紹聖丙子得官明道寓居宛丘職閒無事終日杜門人知其好飲也或饋之酒不問寒暑日輒數酌飲雖不多而樂則有餘因讀淵明飲酒詩竊愛其詞文而慕其放達因次其韻噫余與淵明神交于千載之上豈敢論詩哉直好飲者庶幾耳得詩一十九首缺八首	10	次韻淵明飲酒詩序得詩十一首	7	次韻淵明飲酒詩十九首（實十一首）	14
與潘仲達二首	10	同	7	同	5
莎雞	10	同	7	同	21
宦遊	10	同	7	同	9
次韻秦觀	10	同	7	次韻秦覯	4
阿几	10	同	7	同	21
宿虹縣驛	10	同	7	同	9
有感三首	10	同	7	同	8
食菜	10	同	7	同	8
王子開朝散早年以疾病謝事還江陰求詩爲別三首	10	同	7	送王子開謝事還江陰三首	6

暮春奉女兄弟集宴堂	10	同	7	同	14
窺園	10	同	7	同	10
馬巨濟董役魏王墳作詩寄之	10	同	7	同	10
出伏後風雨頓涼有感三首	10	同	7	出伏後風雨頓涼有感而作三首	17
太寧庭栢	10	同	7	同	20
暇日步西園為詩得七篇	10	暇日步西園感物輒為詩得七篇	7	暇日步西園六詠種蔬	10 10
漫浪翁劉北興年過壯久不仕嗜學著書自名漫浪所居之園林堂室皆以是名之求予為詩因記之	11	漫浪翁	9	漫浪翁	12
發政亭宿故鎮二首	11	政作歧	9	同	9
江城	11	同	14	同	9
獨游東園	11	同	9	同	10
感事三首（實二）	11	感事二首	9	感事二首	8
次韻曾存之官舍種竹	11	同	9	次韻曾存之直舍竹軒	20
塞獵	11	同	11	同	9
同毅夫賀無斁教授	11	同	9	同	5
喜晴有感呈晁郎	11	同	9	同	19
春雪二首	11	同	9	同	18
秋感二首	11	同	9	同	17
聞子瞻嶺外歸贈邠老	11	同	13	同	4
次韻蘇公武昌西山	11	同	13	同	4
宿蘺東逆旅夜聞歌白公琵琶行道人歡者	11	宿譙東逆旅夜聞歌白公琵琶行	13	宿譙東聞歌白公琵琶行道人歡	12
木芙蓉菊花盛開	11	同	19	同	20
西風	11	同	11	同	17

觀梅	11	同	11	同	20
魯直惠洮河綠石研冰壺次韻	11	同	11	魯直惠洮河綠石研冰壺研次福昌秋日效張文昌二首韻	21
福昌秋日效張文昌二首	11	同	11	同 13	
贈張嘉甫	11	同	11	同	5
題江州琵琶亭	11	同	11	同	12
余官竟陵時李文舉嘗以事至郡同遊西刹陸子泉烹茶酌酒甚歡也今歲余移官齊安文舉自武昌渡江過我與之飲酒西禪舊事慨然	11	予官竟陵時李文舉嘗以事至郡同遊西禪刹陸子泉烹茶酌酒甚歡也今歲予移官齊安文舉又自武昌渡江過我與之之西念西禪舊事相與慨然	11	與李文舉飲憶西禪舊遊	14
乞錢穆父給事丈新賜龍團	11	同	11	同	14
將至都下	11	同	11	同	9
題韓幹馬圖	11	同	11	同	12
罔沙阻風	11	罔沙阻雨	11	同	9
寄曼叔求酒	11	同	11	同	14
大風與楊念三飲次韻	11	同	11	同	14
有感三首	12	同	10	同	8
題大蘇淨居寺	12	同	10	同	12
客過	12	同	10	同	4
謁客	12	同	10	同	4
迎客	12	同	10	同	4
局中晝睡	12	同	10	同	10
園花盛開秬病不能觀作詩論之	12	同 同（重出）	10補3	同	20
魯直見和前詩再用前韻	12			同	4
小孤山	12	同	10	同	12

初伏大雨呈无咎	12	同	10	同	19
謝黃師是惠碧瓷瓶	12	同	10	黃師是惠碧瓷瓶	21
到陳午憩小舍有壬王二君子惠牡丹二槃皆絕品也是日風雨大寒明日作此詩呈希古	12	同	10	到陳午憩有惠牡丹者明日作詩呈希古	20
次韻答天啓	12	同	10	同	4
罍猿圖	12	同	10	同	12
謝錢穆父惠高麗扇	12	同	10	同	21
聞蛩有感	12	同	10	同	21
赴亳州教官次韻和中書錢舍人及亳州守晁美叔見贈	12	同	10	同	4
暑讀不可過又每爲賓客見擾午寢不安奉懷邠老之無事也	12	同	10	暑毒不可過懷邠老	16
和立之消梅	12	同	10	同	20
送歐陽經赴蒲圻	12	同	10	同	6
蘇叔黨呂知止許下見訪叔黨有詩戲贈以此奉達	12	同	10	達作答	4
不寐	12	同	10	同	10
對蓮花戲寄晁應之	12	同	10	同	20
上元日早起贈同遊者	12	同	10	同	15
贈李德載	12	同	10	贈李德載三首其三	5
蒙恩守東魯不意流落之餘聖朝昇之藩鎮感而成詩復用李文舉韻	12	同	10	蒙恩守東魯	8
游武昌	12	游作遊	10	同	11
春日	12	同	10	同	15
劉壯興是是堂詩序	12	同	3	劉壯興是是堂序	12
秋曉	12	同	10	同	17
東方	12	同	10	同	21
寒蟲	12	寒蛩	10	同	21
秋雨小酌贈賈七	12	同	10	同	14
今旦	12	同	6	同	14

將至宮坡登一土岡望復州作	12	同	10	同	9
送子野大夫罷袞倅歸汶上	12	同	10	送子野罷袞倅歸汶上	6
晨起苦寒	12	同	10	晨起苦寒戲潘郎	18
舟次安州孝感縣偶感寒疾臥病舟中復大風不可解舟晚方離	12	舟次安州孝感縣偶感寒疾臥病舟中大風不可解舟晚方離去	10	舟次安州孝感縣遇大風晚方離	9
和大雪折木	12	同	10	同	18
美哉	13	同	11	同	11
納涼	13	同	8	同	16
白樂天有渭上雨中獨樂十餘首傚淵明余寓宛丘居多暇日時屬秋雨傚白之作得三章	13	同	8	白樂天渭上雨中獨酌三首	13
謫官黃州至南頓驛同李從聖叔姪小飲	13	同	3	姪作侄	14
權勢	13	同	8	同	13
臨文	13	同	8	同	13
自淮陰被命守宣城復過楚雨中過道孚因同誦楚詞爲書此以足楚詞	13	自淮陰被命守宣城復過楚雨中過道孚因同誦楚詞爲書以足楚詞	8	自淮陰被命守宣過楚遇道孚同誦楚詞	13
寓陳雜詩十首	13	同	8	同	8
寄李端叔二首	13	同	8	寄李端叔	8
秋日曬古城	13	同	8	同	17
題吳熙老風雲圖	13	同	11	同	12
二十三日晨起欲飲求酒無所得戲作	13	同	11	同	14
淮陰太寧山主崇岳逮與余諸父遊今年七十餘耳目聰明筋力強壯奉戒精苦禪誦不輟聞余自黃歸欣然空所居而相延日與之語或寂然相對終日使人之意消也因賦此詩	13	同	13	淮陰大寧山主崇嶽空所居相延	8
見黃仲達感秋意	13	同	8	同	17
服仙靈脾酒	13	見仙靈脾酒	8	同	20

孫志康許為南釀前日已聞糳米欣然作詩問之	13	同	8	同	14
送孫志康赴高陽	13	同	10	同	6
秋日喜楊介吉老寄藥	13	同	8	同	20
歲暮即事寄子由先生	13	同	15	同	4
贈翟公巽	13	同	11	同	5
用歐陽文忠韻雪詩	13	同	15	同	18
贈李德載二首	13	同	10	贈李德載三首其一二	5
四月望日自孝悌坊遷冠蓋孫氏第	13	同	8	同	10
趙德麟有詩言過萬壽縣得玉芝以供一醉之味按道書凡芝皆神仙之藥無乃輕用之乎	13	趙德麟有詩言過萬壽縣得玉芝乃以供一醉之味按道書凡芝皆神仙上藥無乃輕用之乎	13	趙德麟得玉芝	20
東園	13	同	13	東園三首之二	10
		同	補2	東園三首之三	10
送翟公巽赴中書舍人	13	同	13	同	6
波稜乃自坡陵國來蓋西域也甚能解麪毒余頗嗜之因考本草為作此篇	13	波稜乃自波陵國來蓋西域蔬也甚能解麪毒予頗嗜之因考本草為作此篇	13	波稜	20
北鄰賣餅兒每五鼓未旦即遶街呼賣雖大寒烈風不廢而時略不少差也因為詩且有所警示秬秸	13	北鄰賣餅兒每五鼓未旦即遶街呼賣雖大寒烈風不廢而時略不少差也因作詩且有所警示秬秸	13	北鄰賣餅兒	21
寄道公	13	同	11	同	7
書初涼夜至將曉	13	同	8	同	17
早稻	13	同	8	早稻	19
鳴蜩	13	同	8	同	21
古意效東野二首	13	古意效孟東野二首	8	古意効孟東野二首	13
霜後步西園	13	同	6	同	10
局中負暄讀書三首	13	同	11	同	18
歲後三日	13	同	11	同	15
正月八日坐局沽酒	13	同	19	同	15

沈丘道中	14	同	9	同	9
和楊念三自武昌至京師	14	同	11	同	4
贈蔡彥規	14	同	9	同	5
寄劉聲	14	同	9	寄劉伯聲	7
寄陳九	14	同	9	同	5
贈江瞻道	14	同	9	同	5
呈徐仲章，按車是	14	呈徐仲車	9	呈徐仲車	5
正月望夜示童子	14	同	9	同	15
贈敦復	14	同	9	同	5
讀戚公恕進卷	14	同	9	同	13
與友人論文因以詩投之	14	同	9	同	13
寄參寥	14	同	9	同	7
送胡考甫	14	同	9	同	6
旦起	14	同	9	同	10
寄答參寥五首	14	同	9	同	7
庭草	14	同	9	同	20
夏日雜感四首	14	同	9	同	16
和周楚望	14	同	9	同	4
秋日晨興寄周楚望	14	同	9	同	17
感秋呈宏父兼呈周楚望三首	14	同	9	同	17
和登城依子由韻	14	同	9	同	4
西華道中	14	同	9	同	9
泊南京登峰有作呈子由子中子敏逸民	14	峰作岸	9	同	4
宿合溜驛	14	同	9	同	9
至日離許州	14	同	9	同	9
東海有大松土人相傳三代時物其狀偉異詩不能盡因讀徐仲車五花柳枝之作作此詩以激之	15	同	12	東海有大松	20
讀蘇子瞻韓幹馬圖	15	同	12	同	4

再和馬圖	15	同	12	同	4
宿龜山寺下贈旻師	15	同	12	同	5
寄子由先生	15	同	12	同	4
再寄	15	同	12	同	4
寄楊應之	15	同	12	同	7
招潘郎飲	15	同	12	同	14
郭圃送蕪菁感而成長句	15	同	12	同	20
讀守道詩	15	同	12	同	13
對雪呈仲車	15	同	12	同	16
昨者	15	同	12	同	19
己未四月二十二日大雨雹	15	同	12	同	19
遊楚州天慶觀觀高道士琴棊	15	同	12	同	11
惜別贈子中昆仲二首	15	同	12	惜別二首贈子中昆仲	6
早作	15	同	12	同	10
自南京之陳宿柘城	15	同	12	同	9
送劉季孫守隰州	15	同	12	同	6
北原	15	同	12	同	11
感春	15	同	12	感春又十二首其八	15
寄陳器之	15	同	12	同	7
讀李憕碑	15	同		同	13
和陳器之四詩	15	和陳器之四首	12	同	4
長安仲春二首	15	同	12	同	15
贈吳孟求承議二首	15	同	12	贈吳孟求二首	5
秋蔬	15	同	12	同	22
瓜洲謝李德載寄蜂兒木瓜筆	15	同	12	同	21
贈晁二	15	同	12	同	5

和定州端明雪浪齋	15	同	12	同	4
至日有感	15	同	19	同	18
寄余五十五	15	同	14	同	7
耒寒熱伏枕已數日忽聞車騎明當接頓睡中得韵語數句上呈四丈龍圖兼記至日之飲	16	耒作某	13	上四丈龍圖	5
贈晁十七	16	同	13	同	5
聽客話澶淵事	16	同	13	同	13
和晁應之憫農	16	同	13	同	21
止酒贈郡守楊瓌寶	16	同	13	同	14
送畢公叔奉詔赴陝西	16	同	13	同	6
九月十二日入南山憩一民舍冒雨炙衣久之	16	同	13	同	9
八盜	16	同	13	同	21
淮陰阻雨	16	同	13	同	9
蕭朝散惠石本韓幹馬圖馬亡後足	16	同	13	同	12
次韻君復七兄見寄	16	同	13	同	4
離泗州有作	16	同	13	同	9
汴上觀迎送有感	16	同	13	同	6
奉先寺	16	同	13	同	11
送程德孺赴江西	16	同	13	同	6
送杜君章守齊州	16	同	13	同	6
送劉季孫赴浙東	16	同	13	同	6
寒夜擁爐有懷淮上	16	同	13	同	18
同魯直无咎遊啟聖	16	同	13	同	11
送郡郎中守同州	16	同	13	同	6
王都尉惠詩求和逾年不報王屢來索而王許酒未送因次其韻以督之	16	同	13	王晉卿惠詩許酒未送次其韻督之	14
架蒲桃	16	桃作萄	13	同	20

敘十五日事	16	同	13	同	10
耒病臂比已平獨挽弓無力客言君爲史官何事挽弓戲作此詩	17	同	11	病臂已平獨挽弓無力戲作	8
踵息齋	17	同	11	同	12
喜晴	17	同	11	同	19
山海	17	同	11	同	11
答仲車	17	同	6	同	4
仲車元夜戲述	17	和仲車元夜戲述	6	同	15
戊午冬懷五首	17	冬懷三首 冬懷二首	6 10	同	18
感春三首	17	同	6	感春又十二首其十一十二	15
春日雜詩六首	17	同	6	同	15
官閒	17	同	6	同	8
秋池	17	同	6	同	10
雜咏三首	17	同	6	同	8
飛雲	17	同	6	同	19
和應之燈蛾	17	和應之	6	同	21
和簷雀	17	和應之簷雀	10	同	21
雜詩	17	同	6	雜詩二首其一	8
搗藥	17	同	6	同	20
烏臼	17	同	6	同	21
春林	17	同	6	同	16
華月	17	同	6	同	19
離楚夜泊高麗館寄楊克一甥四首	17	同	6	同	9
小雨	18	同	8	同	19
月夜懷陳永源	18	同	8	同	19
冬日放言二十一首	18	同	8	同	18
無題	18	同	8	同	8
秋日（卷二十重出）	18	同	補5	同	17
謫官	18	同	8	同	8

十月二十二日晚作三首	18	同	8	同	18
題壁	18	同	8	同	12
夜坐	18	同	8	同	10
任仲微閱世亭	18	同	8	有目無詩	28
感懷	18	同	8	同	8
次韻題李援舫子	18	同	8	同	8
過孝感縣十里所望一土山下有漁舟呼之不來委舟負魚徑去不願俄有一舟不呼自挐舟直前取舟中美魚致之求價甚賤余倍與之值卒辭倍值而去余語之曰爾不待招而赴人之求仁也售不求厚價廉也子豈有道者乎茲楚境也昔有勸屈大夫以餔糟啜醨者豈非子耶爲作一篇	18	過孝感縣十里所望一土山下有漁舟呼之不來委舟負魚徑去不顧俄有一舟不待呼自挐舟直前取舟中美魚致之求價甚賤予倍與之值卒辭倍值而去予語之曰爾不待招而赴人之求仁也售不求厚價廉也子豈有道者乎茲楚境也昔有勸屈大夫以餔糟啜醨者豈非耶爲作一篇	14	呼魚州（舟之誤）	21
夜思	18	同	8	同	10
嘲南商	18	同	8	同	21
種芭蕉	18	同	8	同	20
一日復一日	18	同	14	同	8
大雨十日不止五月十八日晚始霽	18	同	8	同	19
天運	18	同	8	同	8
喜雨四首	19	同	9	同	19
東園	19	同	7	東園三首其一	10
十二月二十六日旦聞東堂啄木聲忽記作福昌尉時在山間環舍多老木臘後春初此鳥猶多聲態不一今琵琶箏中所效既不類又百不得一二云福昌河南屬邑	19	十二月二十六日旦聞東堂啄木聲忽記作福昌尉時在山間環舍多老木臘後春初此鳥尤多聲麏火一今琵琶箏中所效既不類又百不得一二云	14	聞啄木聲	21

三伏暑甚七月八日立秋是日風作涼爽炎酷頓消老病欣然命酒成二詩	19	同	8	立秋日風作涼爽命酒成二詩	17
摘梅花數枝插小瓶中輒數日不謝吟玩不足形爲小詩	19	同	6	摘梅花數枝小瓶中輒數日不謝	20
所居堂後北籬下獲二蛇一小色赤長二尺許一大色黑長七尺圍四五寸尾可貫百錢盡放之	19	同	7	放二蛇	21
獨遊東園	19			同	10
小雨效韋體	19	同	7	同	13
京師阻雨二首	19	同	12	京師阻雨	19
應龍	19	同	11	同	12
田家三首	19	同	11	同	21
海州道中二首	19	同	11	同	9
女几祠中	19	同	11	同	12
馬周	19	同	11	同	13
南山	19	同	11	同	11
福昌北秋日村行二首（重出，即卷十一福昌秋日效張文昌二首）	19	同	11		
歲暮歎三首	19	同	11	同	18
一畝	19	同	11	同	21
洛水	19	同	11	同	11
秋風三首	19	同	11	同	17
感春三首	19	同	11	感春二十二首其一二三	15
又三首	19	同	11	感春二十二首其四五六	15
去年	19	同	11	同	21
訪疊上人有感	19	同	15	同	29
從黃仲閔求友于泉	20	同	14	同	27
清洛	20	同	14	同	29

落日	20	同	14	同	23
贈陳履常	20	同	14	同	26
至安化驛先寄淮陽故人	20	同	14	同	32
發崔橋	20	同	15	同	32
秋日	20	同	14	同	23
次韻斯舉送岩桂新釀	20	同	14	同	30
發安州作	20	同	14	同	32
天慶觀三色檜	20	同	15	同	33
都梁亭下	20	同	14	同	32
歲暮獨酌書事春懷晁永寧	20	同	15	歲暮獨酌書事春懷晁永寧	24
二月三日艤舟徐城戲呈戚郎	20	同	14	二月二日艤舟徐城戲作呈戚郎	32
重到臨淮壽聖院	20	同	14	同	32
舟中曉思	20	同	14	同	32
將至漢川夜泊	20	同	14	將至漢川野泊	32
酬同年徐正夫司戶時公欲卜築嵩洛間	20	同	14	酬同年徐正夫時公欲卜築嵩洛間	26
何處春深好二首	20	同	14	同	33
次韻寄趙伯堅二首	20	同	14	次韻寄趙伯堅	27
陋屋	20	同	14	同	31
道旁花	20	同	14	旁作傍	33
寺西閑步	20	同	14	同	31
已醒	20	同	14	同	30
賦得瀑布	20	同	14	同	29
今早將飲酒聞鶯有感	20	同	14	聞鶯有感	33
破晃	20	晃作幌	14	同	30
食笋	20	食筍	14	同	33
夜意	20	同	14	同	30
秋雨	20	同	14	同	25

秦兵部書堂	20	同	14	同	28
夜吟	20	同	15	同	30
晚臥	20	同	14	同	30
卷簾	20	同	14	捲作卷	30
八月三日舟行自蔡河赴臨淮	20	同	15	舟行赴臨淮	33
日落	20	同	14	同	32
舟行即事二首	20	同	15	同	32
和柳郎中山谷寺翠光亭長韻	20	同	15	和柳郎中山谷寺翠光亭	29
冬日三首	20	冬至三首	14	冬至三首	24
青陽驛會劉伯聲夜話	20	同	14	同	32
斜日二首	20	同	15	斜日	23
秋懷次韻晁應之三首	20	同	14	同	23
之天長會宿僧院	21	同	14	同	29
宿銅陵	21	同	14	同	32
漣水	21	同	14	同	32
夜書	21	同	8	同	30
索莫	21	同	14	同	31
上方僧	21	同	14	同	29
冬夜	21	同	14	同	30
和得故人書	21	同	14	同	27
和西齋	21	同	14	同	28
和北寺	21	同	14	同	29
食薇	21	同	14	同	24
春寒	21	同	14	同	22
遣悶	21	同	14	同	33
歲暮書事十二首	21	同	14	同	24
次韻和王彥和九日湖園會飲	21	同	14	同	23
暮春三首	21	同	14	同	22

題醮東魏武廟	21	醮作醮	15	同	28
過衛真太清宮追懷章聖皇帝遊幸之盛小臣斐然成詠	21	同	15	過衛真太清宮追懷章聖皇帝遊幸之盛	28
宿東魯父居二首	21	同	14	同	32
淮上夜風	21	同	14	同	32
春望	21	同	14	春望二首其一	22
村晚	21	同	14	同	22
夜意	21	同	14	同	30
春望	21	同	14	春望二首其二	22
同七兄及崧上人自墳庄還寺	21	同	15	同	31
蔡河漲二首	21	同	15	同	29
初秋對雨	21	同	15	同	25
泊長平晚望	21	同	15	同	32
發長平	21	同	15	同	32
離建雄塗中	21	同	15	同	32
夏日十二首	21	同	15	夏日五言十二首	23
早秋感懷二首	21	早秋感懷	15	早秋感懷	23
庚辰臘八日大雪二首	21	同	15	臘八日大雪二首	25
蒙恩除奉常有感	21	同	15	同	33
雜詩（重出，卷十七）	21	（重出）	補4		
冬日雜興六首	21	同	15	冬日雜興二首 臘日六首其四六 臘日晚步三首其一二	34
建平塗次	21	同	15		
白沙阻風	21	同	15		
出都有感	22	同	16	同	30
贈別何道士	22	同	16	同	29
北橋送客	22	同	16	同	26
九日獨遊懷故人	22	同	16	同	23

夜	22	同	16	同	30
早春	22	同	16	春日	22
上元日駕回登樓二首	22	同	16	同	22
探春有感二首	22	同	16	同	22
暇日同孫畢二同舍遊李氏園亭	22	同	16	同	29
暮春	22	同	16	暮春七言	22
秋興	22	同	16	同	23
秋雨二首	22	同	16	同	22
壽陽樓下泊舟有感	22	同	16	同	32
和柳郎中舒州潛菴二首	22	同	16	同	28
將至壽州初見淮山二首	22	同	16	同	32
晚發壽春浮橋望壽陽樓懷古	22	同	16	同	32
夜泊	22	同	16	同	32
將別普濟二首	22	同	16	同	32
發泗州	22	同	16	同	32
病中得晁應之秋懷詩	22	同	16	同	23
夏日雜興四首	22	同	16	同	23
清明日臥病	22	同	16	同	22
水南春望	22	同	16	同	22
春日遣興	22	同	16	同	22
送楊補之赴鄂州支使	22	同	16	同	26
送楊念行監簿待行赴鄂渚	22	同	16	送楊念三待行赴鄂渚	26
送三姊之鄂州	22	同	16	同	31
正月六日	22	同	16	同	22
遊李氏園	22	同	16	同	31
寄榮子雍	22	同	16	寄榮子邑四首其一	27
題朱氏園	22	同	16	同	28
離宿州後寄兄弟	22	同	16	同	31

寄榮子雍三首	22	同	16	寄榮子邕四首其二三四	27
陳履常惠詩有曾門一老之句不肖二十五謁南豐舍人于山陽始一書而褒與過宜陽有同途至亳之約禾以病不能如期後八年始遇公于京師南豐門人惟君一人而已感舊慨嘆因成鄙句願勿他示	22	陳履常惠詩有曾門一老之句不肖二十五歲謁見南豐舍人于山陽始一書而褒與過宜陽有同途至亳之約禾以病不能如期後八年始遇公于京師南豐門人惟君一人而已感舊慨嘆因成鄙句願勿他示	16	追感曾南豐呈陳履常	26
泊舟候水	22	同	16	同	32
同李十二醉飲王氏牡丹園二首	22	同	16	同李十二飲王氏牡丹園二首	33
同无咎遲叔文叔同遊凝祥得遊字	22	同	16	同無咎遲叔文叔同遊凝祥	29
書臥懷陳三時陳三臥疾	22	同	16	同	30
將至海州明山有作	22	同	16		
秋日登海州乘槎亭	22	同	16	同	29
屋東	22	同	16	同	29
題齋壁	22	同	16	同	33
次韻李德載見寄	22	同	16	同	27
讀孫巨源經緯集	22	同	16	同	33
將赴上庠偶成	22	同	16	同	33
寄楊克一	22	同	16	九日對酒懷道孚甥	31
己卯十二月二十日感事二首	22	同	16	同	24
冬節不佳懷正叔老兄	22	冬節小不佳懷正叔老兄	16	冬節小不佳懷正敘	24
禾將之臨淮旅泊泗上屬病作迎侯上官不敢求告比歸尤劇疏拙無以自振但自憫歎耳	22	同	16	禾將之臨淮旅泊泗上屬病作憫歎	32
訪人汴上有感	22	訪作放	16	同	30

望龜山二首	22	同	16	同	31
次韻答存之	22	同	16	同	26
離天長寄周重實	22	同	16	同	27
秋宮	22	同	16	同	23
題堂下桐	22	同	16	同	33
登海州城樓	22	同	16	同	31
秋日憶家	22	同	16	同	31
七言	22	同	16	無詩	22
山下	22	同	16	同	29
京師廢宅	22	同	16	同	28
送徐任	22	同	16	同	26
登城樓	22	同	16	同	31
寄陳鼎	22	同	16	同	27
過泗州推官王永年致仕還鄉王年四十而致仕士大夫所少也	22	同	18	過作送	26
蓬瀛臺二首	23	同	17	同	28
和即事	23	同	17	同	31
自海至楚途之寄馬全玉八首	23	同	17	同	27
夏日三首	23	同	17	同	23
和晁應之大暑書事	23	同	17	同	23
遣興次韻和晁應之四首	23	同	17	遣興韻和晁應之八首其一二三四	17
自巴河至蘄陽口道中得二詩示仲達與秬同賦	23	同	17	同	32
離蘄陽守風林皐方慮風壯晚未知所止俄傾風息一時頃宿富池作詩示同行	23	同	17	宿富池作詩示同行	32
離富池望廬岳是日入夾口直達潯陽遂舍大江之險示同行	23	離富池望廬岳是日入夾口直達潯陽遂舍大江之險	17	離富池示同行	32
二十三日即事	23	同	17	即事	32

渡洛因泛舟東下數里頗憶淮上	23	渡作度	17	同	30
縣齋	23	同	17	同	33
和周廉彥	23	同	17	周作張，按周是	26
春日遣興二首	23	同	17	同	22
錢仲洵追船及陳留	23	同	17	同	26
遣興次韻和晁應之四首	23	同	17	遣興次韻和晁應之八首其五六七八	27
新霽	23	同	17	同	25
與李文舉登夢野亭	23	同	17	同	31
登夢野亭懷舊夢野城中佳處到此方一登	23	登夢野亭懷舊	17	同	31
北堂齋居示秬秸	23	同	17	同	31
送復守張桐朝奉罷歸	23	桐作峒	17	同	26
歲日同郡官朝天慶回偶成	23	同	17	同	33
僦居小室之西有隙地不滿十步新歲後稍煖每開戶春色闖進戲名其戶曰嬉春因爲此詩	23	同	17	嬉春戶	28
發安北回望黃州山	23	同	17	同	32
發雲山近歧亭望光蔡接尉氏	23	同	17	發雲山近跂亭望光蔡山	32
贈僧介然	23	同	17	同	29
離光山驛	23	同	18	同	32
代人上文潞公生日	23	同	19	同	33
內生日	23	同	18	同	31
寄子由二首	24	同	17	同	27
臥病月餘呈子由二首	24	同	17	同	27
次韻李晉裕教授九日見贈	24	同	17	次韻李晉裕九日見贈	23
謁太昊祠	24	同	17	同	28
上元後步西園	24	同	17	同	29

上元思京輦舊遊三首	24	同	17	同	22
文周翰惠酒以詩謝之	24	同	17	同	30
金陵懷古	24	同	17	同	29
都梁夜景	24	同	17	同	32
大暑戲贈希古	24	同	17	同	23
春晚有感	24	同	17	同	22
七月十五日希古生日以詩爲壽	24	同	17	希古生日以詩爲壽	33
中秋無月戲呈希古年兄	24	同	17	中秋無十日呈希古	23
病肺齒痛對雪	24	同	17	同	25
清明臥病有感二首	24	同	19	同	22
次韻張公遠二首	24	同	18	同	26
謝李剛中	24	同	11		
泊舟都梁亭二首	24	同	17	同	32
都梁雪天晚望	24	同	17	同	25
大雪中李提舉惠玻璃泉兩榼二首	24	同	17	同	25
戲贈張嘉甫	24	同	17	同	26
舟中書事	24	同	17	同	32
戲同小兒作望南京內門	24	同	17	同	29
同榮子邕登石家寺閣	24	同	17	同	31
不出偶成二首	24	同	17	同	31
和李令放稅	24	同	17	同	33
贈无咎	24	同	17	同	26
仲夏	24	同	18	同	23
萬松亭有感二首	24	萬松亭有感 重出 萬松亭有感	6 補4 18	同	28
送壻陳景初還錢塘	24	同	18	同	31
登懸瓠城感吳李事	24	同	18	同	33

二月十七日欲招客飲而風霾不果有作	24	同	18	同	30
鴻軒下有薔薇余初至時生意蓋僅存耳余爲灌漑甕護今年春遂大盛仲春著花數百萼大幾如勺藥丰盛研麗頃所未見也余有黃州之行酌酒賞別	24	鴻軒下有薔薇予初官時生意僅存耳予爲灌漑甕護今年春遂大盛仲春著花數百萼大幾如勺藥豐盛妍麗頃所未見也予有黃州之行酌酒賞別	18	同	33
早登望嵩樓望少室雪畏寒不敢招客	24	同	18	早獨登望嵩樓望少室體中畏風不敢招客	31
下春風嶺	24	同	18	同	33
江亭別故人	24	同	18	同	26
讀黃魯直詩	24	同	18	同	33
登城隍廟	24	同	18	同	31
奉議楊君予姊丈也廉靜樂道不交世俗造道微妙自得不耀未六十而終余實銘其墓其子克一又纂其遺文求書卷末懷想平昔不知涕之橫集也	24	同	18	書楊奉議文卷末	33
老舅寓陳諸況不能盡布以二詩代書得閒爲和佳也	24	同	18	同	27
贈邠老	24	同	18	長句贈邠老	26
依韻和范三登淮亭	25	同	18	和范三登淮亭	32
離山陽入都寄徐仲車	25	同	18	徐作陳，按徐是	27
題淮陰孫簿壁	25	同	18	同	28
題洪澤寺	25	同	18	題洪澤亭子	28
宿泗州戒壇院	25	同	18	同	29
宿柳子觀音寺	25	同	18	同	29
寄滁州邵子發同年二首	25	同	18	寄滁州邵子發二首	27
雁	25	同	18	鴈	33

己未早春有感	25	同	18	同	22
同袁思正諸公登楚州東園樓	25	同	18	同	31
和宏父新秋詩	25	同	18	同	23
送江瞻道之汝陰尉	25	同	18	同	26
同周楚望飲花園	25	花作華	18	花作華	30
登楚望北樓	25	同	18	同	31
赴官壽安泛汴二首	25	同	18	同	33
過少室	25	同	18	同	32
寄蔡彥規兼謝惠酥梨二首	25	同	18	同	27
三鄉懷古	25	同	18	同	29
壽安懷古	25	同	18	同	29
水軒書事招壽安僚友	25	同	18	同	29
連昌宮	25	同	18	同	29
觀洛漲	25	同	18	同	29
芳華閣	25	同	18	同	29
福昌雜詠五首	25	同	18	同	33
福昌	25	同	18	福昌二首	29
牛谷口	25	同	18		
歸馬二首	25	同	18	同	30
官舍歲暮感懷書事五首	25	同	18	同	30
望女几雪	25	同	18	同	25
永濟橋	25	同	18	同	29
雪晴野望	25	同	18	同	25
福昌南望	25	同	18	同	29
戒醉	25	同	18	同	30
醉宿慈氏院晨起	25	同	18	同	30
梅花	25	同	18	同	33
送丁宣德赴邑州僉判	25	同	18	同	26
同陳器之題迎福院軒	25	同	18	同	28

春陰二首	25	同	18	同	22
寒食贈遊客	25	同	18	同	22
登穀州古城	25	同	18	同	29
東池	25	同	18	同	29
暮春贈陳器之	25	同	18	同	22
和陳器之謝王灄池牡丹	26	同	19	同	33
和聞鶯	26	同	19	同	33
同器之游大宋陂值雨	26	同	19	同	31
和陳器之苦雨	26	同	19	同	25
依韻和晁十七見招之什	26	同	19	同	30
鹿仙山	26	同	19	同	29
寄晁應之二首	26	同	19	同	27
喬木	26	同	19	同	33
竹堂	26	同	19	同	33
夏日二首	26	同	19	同	23
至日有感二首	26	同	19	同	24
歲暮福昌懷古四首	26	同	19	同	29
以病在告寄楊器之	26	同	19	同	27
余元豐戊午歲自楚至宋由柘城至福昌年二十有五後十年當元祐二年再過宋都追感存歿悵然有懷	26	懷作感	19	再過宋都悵然有懷	30
宿馬庄寺	26	庄作莊	19	同	29
永城道中	26	同	19	同	32
贈柘城簿王微之	26	同	19	同	26
夜泊淮上阻風雨	26	同	19	同	32
喜七兄疾愈二首	26	同	19	同	29
送曹子方赴福建運判	26	同	19	同	26
次韻盛居中夜飲	26	同	19	同	30
送麻田吳子野還山	26	同	19	有目無詩 同	6 29

和无咎二首	26	同	19	同	28
和門下相公從駕幸學	26	同	19	同	33
效白體二首	26	同	19	同	28
效白體贈楊補之	26	同	19	同	28
雙槐晚秀三月一日初見新葉	26	同	19	同	33
休日不出聞西池遊人之盛	26	同	19	同	31
送李公輔赴宣城	26	同	19	同	26
休日不出	26	同	19	同	31
次韻王敏仲至西池會飲	26	同	19	同	29
次韻王敏仲池上	26	同	19	同	29
題外甥楊克一詩篇末	26	同	19	題楊克一甥詩篇末	31
題李方叔文卷末	26	同	19	同	33
劉景文許惠氊裘未至督之	26	同	19	同	27
耒嘗病痺親友以酒為戒作小詩戲答	26	同	19	耒嘗病脾親友以酒為戒作詩戲答	30
和呂與叔秘書省觀蘭	26	同	19	同	33
次韻秦七寄道潛	26	同	19	同	27
和宋二上元迎駕	26	同	19	同	28
和張提舉	26	同	19	同	28
書壁	26	同	19	有目無詩 同	33 28
和上維道祈雨有應	26	同	19	上作王	25
寄都下舊友二首	27	同	20	寄都下舊友三絕	37
秋思	27	同	20	同	35
魚蝦相望	27	同	20	魚蝦×	42
臘月殊有春意二首	27	同	20	臘月殊有春意二絕	35
送李十之陝府	27	同	20	府作州	37

送客愁	27	同	20	同	37
夜坐	27	同	20	夜坐二首之一	36
余向集賢殿試罷寓居京師嘗遊西岡錢昌武郎中之第時同會者河東柳子文與錢氏三子夏中余出京今纔半年而昔日所遊者或東或西有不知所之者古人所謂俯仰之間己爲陳跡者歟夫求昨日之我于今日終身而不得而況偶然相値聚而旋散者歟追記春睡詩一首乃寓錢第所爲者	27	余作予，跡作	20	春睡	34
上元都下二首	27	同	20	上元都下二絕	34
荆軻	27	同	20	同×	41
送聖民出城即事	27	同	20	同	37
西湖三首	27	同	20	西湖二絕×	39
別錢筠甫三首	27	同	20	同	37
偶題	27	同	20	有感二首之一	36
宿錢睦甫南齋	27	同	20	同	36
田家二首	27	同	20	同×	39
謁僧不值	27	同	20	同×	39
中秋夜酌	27	同	20	同	35
舟行六絕	27	同	20	同	27
書潁州皇甫秘教書室	27	同	20	同×	38
初離陳寄孫戶曹兄弟	27	同	20	同	37
望淮山硤石寺予幼年過此今十載矣	27	同	20	同	37
題壽陽樓二首	27	同	20	同×	38
淮上曉望	27	同	20	同	37
宿南山普濟院	27	同	20	同×	39
早池	27	同	20	同×	39
檢屍詠太湖上成絕句呈劉伯聲四首	27	湖上成絕句呈劉伯聲四首	20	檢尸詠太湖上成絕句呈劉伯聲	37

偃王城	27	同	20	偃王城二首之一 ×	41
自上元後閒作五首	27	同	20	閒作閑	34
寫情二首	27	同	20	同	34
題扇二首	27	同	20	同×	38
淮陰	27	同	20	同	37
宿銅陵寺題壁	27	同	20	同×	39
將之天長題新亭壁二首	27	同	20	同	37
過漣水	27	同	20	同	37
春宮	27	同	20	同	34
效李商隱	27	同	20	同×	38
楚城曉望	27	同	20	同	37
楚橋秋暮阻雨	27	同	20	同	37
遠思	27	同	21	同	37
春詞二首	27	同	21	同	34
遣興	27	同	21	同	36
潮水二首	27	同	21	同×	39
夏日池上三首	27	同	21	同	35
秋日即事三首	27	同	21	同	34
秋雨二首	27	同	21	同	36
秋夜寄遠	27	同	21	同	36
秋夜	27	同	21	同	36
吹角	28	同	21	同	36
登乘槎亭	28	同	21	同	37
臘	28	同	21	同	36
題宅後井	28	同	21	同×	38
和房日嚴換武詩	28	同	21	同×	38
春	28	同	21	同	34
感春三首	28	同	21	感春六首其三	34
荒園	28	同	21	荒園二首×	39

范增	28	同	21	同×	41
東方曼倩	28	同	21	倩作倩，按倩是×	41
小雨	28	同	21	同	36
孔光	28	同	21	同×	41
趙飛燕	28	同	21	同×	41
看花	28	同	21	同×	41
題唐宋輔城上小樓二首	28	同	21	同×	38
晚歸	28	同	21	同×	40
秋	28	同	21	同×	38
調全玉病二首	28	同	21	調全玉病×	38
蕭何	28	同	21	同×	41
項羽	28	同	21	同×	41
李廣	28	同	21	同×	41
朱雲	28	同	21	同×	41
韓信	28	同	21	同×	41
賈誼	28	同	21	同×	41
楚王	28	同	21	效李商隱楚王×	38
梁冀	28	同	21	同×	41
宋玉	28	同	21	同×	41
成帝	28	同	21	同×	41
女几山	28	同	21	同×	41
昏昏	28	同	21	同	35
謝仲閔惠友于泉	28	同	21	同×	38
貧病投劾乞補外官親友問者以詩答之	28	同	21	同×	40
殷浩	28	同	21	同×	41
偶成	28	同	21	偶成二首其一	36
傷春	28	同	21	傷春五首其二	34
七月六日二首	28	同	21	同	35
元忠學士八兄耒離京師遠蒙追送許惠服丹法託故竟未惠及賦五絕句	28	同	21	元忠學士許惠服丹法竟惠賦五絕×	39

閒步	28	同	21	閒作閑	34
寓楚題楊補之官舍	28	同	21	同×	40
傷春四首	28	同	21	傷春五首其一三四五	34
三鄉道中遇雨	28	同	21	同	37
題南禪院壁二首	28	同	21	七月十六日題南禪院壁二首×	39
次韻王彥昭感秋三首	28	同	21	同	35
絕句三首	28	同	21	同	34
雨後遊朱園	28	同	21	同×	39
酒病中寄李十二招飲二首	28	同	21	同	36
乍晴二首	28	同	21	同	36
雜題二首	26	同	21	同	36
徐園閒步二首	28	同	21	閒作閑×	39
雜詩二首	28	同	21		
赴官咸平蔡河阻水泊舟宛丘皇華亭下三首	29	同	21	同	37
春雨偶成四首	29	同	21	同	36
東齋雜詠	29	同	25	同×	42
墙東二首	29	同	25	牆東×	40
凝祥三首	29	同	25	凝祥三絕×	40
謝人惠金沙酴醾二首	29	同	25	謝人惠茶醾二首×	42
奉安神考御容入景靈宮小臣獲覩有感二首	29	同	25	奉安神御容小臣獲觀有感×	40
次韻子由舍人先生追讀遍英絕句四首	29	同	25	次韻子由舍人追讀×	38
荒園	29	同	25	荒園二首×	39
東海旅夜二首	29	同	25	同	34
寄李不危	29	同	25	同	37
曉發途中	29	同	25	同	37
病起登疊嶂樓	29	同	25	同	37

觀蘇仲南詩卷	29	同	25	同×	41
讀仲南和詩	29	同	25	同×	41
謝仲南和詩	29	同	25	同	37
渡沙河	29	同	25	同	37
題五柳亭	29	同	25	同×	38
項城道中	29	同	25	同	37
離京後作七首	29	同	25	同	37
橘	29	同	25	同×	42
梅	29	同	25	同×	42
懷竟陵蓮花	29	同	22	同×	42
懷陸羽井	29	同	22	同×	42
冬日懷竟陵管氏梅橋四首	29	同	22	同×	42
厄臺寺三首	29	同	22	厄臺寺三絕×	39
過蘄澤	29	同	22	同×	41
崇化寺三首	29	同	22	崇化寺三絕×	39
偶成	29	同	22	偶成二首其二	36
贈趙簿景平二首	29	同	22	同	37
自遣四首	29	同	22	同	36
立秋二首	29	同	22	立秋	36
晚步靈壽寺後二首	29	同	22	晚步靈壽寺後三絕	35
感秋三絕	29	感秋三首	22	感秋三首	35
局中聽雨	29	同	22	同	36
夜思	29	同	22	同	36
晨起二首	29	同	22	晨起聽雨二首	36
近中秋	29	同	22	同	35
章華	29	同	22	同×	41
秋晚	29	同	22	同	35
遷居對雨有感	29	同	22	同	36
竟陵僦居仍有小園景物頗佳	29	同	22	同×	39

題西園酴醿	30	同	22	酴醿作荼蘼×	42
西軒	30	同	22	同×	39
九月十日菊花爛開	30	同	22	同×	42
讀除日有感	30	日作目	22	日作目	36
效吳融詠情	30	同	22	同×	38
竟陵酒官舍北有數步草歲寒霜落猶鬱然也余爲障其風霜暮多尙自如一日大火焚舍無遺復往尋草不復有矣	30	竟陵官舍北有數步草歲寒霜落猶鬱然也予爲障其風霜暮多尙自如一日大火焚舍無遺復往尋草不復有矣	22	竟陵酒官數步草爲火所焚×	42
臘日步西園	30	同	22	同	36
夏日七首	30	同	22	夏七絕	35
畫臥口占五首	30	畫臥口占二首 畫臥口占三首	20 22	同	36
贈无咎	31	同	22	同	37
晚春四首	30	同	22	晚春五首其二三四五	36
懷金陵三首	30	同	22	同	36
水閣二首	30	同	22	題水閣二首×	38
出京寄无咎二首	30	同	22	同	37
讀史二首	30	同	22	同×	41
韓信祠	30	同	22	同×	41
題淮陰廟	30	同	22	題淮陰侯廟×	41
偃王城	30	同	22	偃王城二首其一×	41
挂劍臺	30	同	22	同×	41
古意	30	同	22	同	36
道彭澤	30	道作遒	22	同×	41
柳	30	同	22	同×	42
題宣州後堂壁四首	30	同	22	同×	40
宋景平命賦隔窗花影	30	同 同（重出）	22 補6	宋作木×	42

晚春初夏八首	30	同	22	同	35
梅花十首	30	同	22	同×	42
水仙花葉如金燈而加柔澤花淺黃其幹如萱草秋深開到來春方已雖霜雪不衰中洲未嘗見一名雅蒜	31	同	25	水仙花×	42
崇寧壬午臨汝四月始聞鶯二首	31	同	25	四月始聞鶯二首×	42
採石阻雨寄宣城故人二首	31	同	25	同	37
漫呈无咎一絕	31	同	25	同	37
壬午臘月下旨偶作二首	31	同	25	同	36
泊楚州鎖外六首	31	同	25	同	37
臨淮道中	31	同	23	同	37
許同塵示張八侍郎避暑覽館中舊題絕句俾同作次韻	31	同	23		
西園風雨雜花謝	31	同	23	同×	42
慈湖中遇大風舟危甚食時風止游靈巖寺	31	同	23	游靈巖寺×	39
寓淮陽驛二首	31	同	23	同	35
觀魚亭呈陳公度二首	31	同	23	同×	41
寒食離白沙	31	同	23	同	34
紹聖甲戌侍立集英殿臨軒試舉人作此兩絕	31	同	23	集英殿試舉人作兩絕×	40
同仲達雪後踰小山游蔡氏園得紅梅數枝奇絕因賦二首	31	同	23	同仲達遊蔡氏園得梅數枝因賦二首×	42
戲呈希古	31	同	23	同	37
賞心亭	31	同	23	同×	38
題洛尾亭二首	31	同	23	同×	38
題周文翰郭熙山水二首	31	同	23	同×	38
立春三首	31	同	23	同	34

寒食	31	同	23	同	34
竟陵夢野亭在子城西南角一目而盡雲夢之野最爲郡中之勝	31	同	23	竟陵夢野亭	37
奉符縣北二十里林家莊馬舖壁間有草書數行半毀矣問其人云熙寧中錢提刑所書余考其時蓋翰林四丈穆父也錢公讁秋蒲而卒其子已免喪矣覽之不覺失涕因留一絕	32	奉符縣北二十里林家莊馬舖間壁有草書數行半毀矣問其人云熙寧中錢提刑所書予考其時蓋翰林四丈穆父也錢公讁秋蒲而卒其子已免喪矣	23		
木芙蓉菊花盛開	31	同	23	同×	42
夜間風雨有感	31	同	23	間作聞	36
次韻智叔三首	31	同	23	同×	38
絕句	31	同	23	同	35
西園	31	同	23	同×	39
殘春三絕	31	同	23	感春六首其四五六	34
偶題二首	31	同	23	同	36
宛丘道中	31	同	23	同	37
青桐道中值雨凡數里舟行久之頗有江湖之思二首	31	同	23	同	37
宿咸平驛	31	同	23	同	37
蕭蕭	31	同	23	同	36
淮陰道中	31	同	23	同	37
夜坐	31	同	23	夜坐二首其二	36
試筆	31	同	23	同×	41
新春	31	同	23	同	34
野步	31	同	23	同	34
春日偶題四首	31	同	23	同	34
偶成二首	31	同	23	同	34
題軫師房二首	31	同	23	同×	39
初離山陽迴寄城中友人二首	31	初離山陽寄城中友人二首	23	同	37

淮陰晚望	31	同	23	同	37
宿第四舖	31	同	23	同	37
初見嵩山	31	同	23	同	37
有感	31	同	23	有感二首其一	36
福昌官舍後絕句十首	31	同	23	福昌官舍後十絕	31
夢周楚望	31	同	23	同	36
絕句	31	同	23		
有感	31	同	23	有感二首其二	36
屈原	32	同	23	同×	41
觀音泉	32	同	23	同×	39
宿慈氏院	32	同	23	同×	39
巫臣二首	32	同	23	同×	41
北風	32	同	23	同	36
洛岸春行二首	32	同	23	洛岸春行	36
漫成七首	32	同	23		
和應之出城	32	同	23		
永寧赴晁應之見招賞花途中遇雨	32	同	23	同	36
依韻和晁十七落花二首	32	同	23	和晁十七落花二首×	42
和端午	32	同	23	端午	35
偶成	32	同	23		
雙廟	32	同	23	同×	41
株林	32	同	23	同×	41
淮上阻風步入寶積山訪軡長老	32	同	23	入寶積山訪軡長老×	39
淮上觀冰下	32	同	23	同	36
春陰	32	同	24	同	34
清明日舟中書事二首	32	同	24	同	34
宮人斜	32	同	24	同×	38
奉先寺	32	同	24	同×	39

至後早赴館二首	32	同	24	同	36
晁二家有海棠去歲花開晁二呼杜卿家小娃歌舞花下痛飲今春花開復欲招客而杜己出守戲以詩調之	32	同	24	晁二家海棠×	40
復答迎新侯犢車之句	32	同	24	復答晁二郭侯犢車之句	42
對菊花二首	32	同	24	對菊花二絕×	42
題海州懷仁令藏春亭	32	同	24	題海州懷仁×	38
題綠野亭	32	同	24	同×	38
漫成三首	32	同	24		
題榮子雍陋居二首	32	同	24	同×	38
秋日有作寓直散騎舍	32	同	24	秋日作寓直散騎舍×	40
曉雨	32	同	24	曉雨二首其一	36
送周六赴濠州戶曹二首	32	同	24	送周六赴濠州二絕	37
趙弟	32	同	24	同×	41
贊皇公	32	同	24	同×	41
夜來	32	同	24	同	34
桓武公	32	桓溫	24	同×	41
和天啓惠橘詩	32	同	24	同×	42
題畫二首	32	同	24	同×	38
題庭木	32	同	24	同×	38
有所歎	32	同	24	同×	41
五更	32	同	24	同	36
下直	32	同	24	同×	40
題史院直舍魚鷺屏	32	同	24	同×	42
梅柳二首	32	梅花二首	24	同×	42
探春	32	同	24	同	34
雙槐	32	同	24	同×	42
晏起	32	同	24	同	36

和人二首	32	同	24	和人雪二首	37
天窗	32	同	24	同×	39
失性	32	同	24	同×	41
夢至一園池藕花盛開水鳥飛鳴爲作二小詩記之	32	同	24	夢至一園池×	39
讀王荊公詩	32	同	24	同×	41
雨霽	32	同	24	同	36
蹇驢	32	同	24	寒驢×	42
局中晚坐	32	同	24	同×	40
贈鐵牌道者	32	同	24	同×	40
無題二首	32	同	24	同	34
吳江道中懷陸魯望	32	同	24	同	37
雪溪道至四安鎮	33	同	24	同	37
喜雪走筆呈李宣城三首	33	同	24	同	36
游園	33	同	24		
聞蛩二首	33	同	24	同×	42
雨中題壁	33	同	24	同	36
鴟鵲	33	同	24	鴟青×	42
秋蚊	33	同	24	同×	42
冬日	33	同	24	冬日絕句	36
預作冬至	33	同	24	同	36
九日登高	33	同	24	同	34
試墨	33	同	24	同×	42
綵花	33	同	24	綵作採×	42
送窮	33	同	24	同	34
寄陳州朱教授二首	33	寄陳州朱教授三首	24	寄陳州朱教授三絕	37
送春	33	同	24	同	34
寓寺八首	33	同	24	同×	39

黃葵	33	同	24	同×	42
聽鳴禽	33	同	24	同×	42
曉雨	33	同	24	曉雨二首其一	36
黃州酒務稅房北窗新種竹戲題于壁	33	黃州酒務稅宿房北窗新種竹戲題於壁	24	黃州酒務北窗新種二竹歲題於壁×	42
梅花	33	同	24	同×	42
分冬	33	同	24	分冬絕句	36
食薺糝	33	同	24	同×	42
戊寅正月八日早晨	33	同	24	同	34
正月七日雪晴	33	同	24	同	36
春疏	33	同	24	同×	42
讀秦紀二首	33	同	24	同×	41
偶成	33	同	24	同	37
春日懷淮陽六首	33	同	24	春日懷淮陽六絕	34
上元三絕	33	同	25	上元三首	34
二絕句	33	同	25	二絕	34
正月二十五日以小疾在告作三絕是日苦寒	33	同	25	同	34
所居有梅一株在堂東荒穢中正月二十六日已謝矣二首	33	同	25	所居有梅一株在荒穢中已謝矣二首×	42
堂前種二桃詩示秬秸	33	堂前種二桃示秬秸	25	堂前種二桃示秬秸×	42
春日書事	33	同	25	同	34
十月十日夕同文安君對月	33	同	25	十月十日夕同文安君對月一詩×	40
蘄水道中二首	33	同	25	同	37
感遲莎	33	遲作庭	25	遲作庭×	42
宿潘君草堂聞蛙聲二首	33	君作郎	25	宿潘郎草堂聞蛙聲二絕	37
夢靈壽寺	33	同	26	同×	33
聞鵓鴣	33	同	26		

甯子	33	同	26	同×	41
摘芙蓉	33	同	26	同×	42
呈宜君	33	同	26	一絕呈宜君×	40
齊安春謠五絕	33	同	26	同	34
生日贈潘郎	33	同	26	同×	41
初夏謁告家居值風雨偶作二首	34	同	26	同	35
西窗雜詠三首	34	同	26	同×	39
別齊安稅務窗竹二絕	34	同	26	別齊安稅務竹窗二首×	39
四月二十三日晝睡起	34	同	26	同	36
渡江	34	同	26	同×	41
吳王郊臺	34	同	26	同×	41
題寒溪長老方丈	34	同	26	同×	39
早起二首	34	同	26	同	36
冬至贈潘郎二首	34	同	26	同	36
發孝感	34	同	26	同	37
柯山雜詩四首	34	同	26	同×	40
絕句九首	34	同	26		
讀周本紀	34	同	26	同×	41
齋中列酒數壺皆齊安村醪也今旦亦強飲數杯戲成呈邠老昆仲二首	34	同	26	彊飲齋安村醪兩絕呈颙老	36
臥聞風聲	34	同	26	聞作聽	36
臘月下旬偶作	34	同	26	同	36
春日懷臨汝園	34	同	26	同	34
柯山春望	34	同	26	同	34
正月十八日四首	34	同	26	正月十六日三首	34
二十八日	34	同	26	同	34
雨中	34				
二月二日挑菜節大雨不能出	34	同	26	同×	42

二月五日折梅時經雨梅謝矣	34	同	26	同×	42
十八日	34	同	26	清明日	34
僧允懷惠紫竹杖	34	同	26	同×	41
寒食日作二首	34	同	26	同	34
牡丹	34	同	26	同×	42
雨霽望樊山	34	同	26	同×	40
三月二十五日聞鵓鴣	34	同	26		
絕句二首	34	同	26	又三絕其一二	34
新堂望樊山	34	同	26	同×	40
東堂四首	34	同	26		
末伏日五更小涼	34	同	26	小作山	35
秋日二首	34	同	26	同	35
樊山	34	同	26	同×	40
月季	34	同	26	同×	42
臥病晝眠秋風作惡	34	同	26	同×	40
東堂初寒創意作竹屏障門屏腳偶得巧梅枝截用之完固質野可喜二首	34	同	26	作竹屏×	40
二絕句	34	同	26		36
朝寒	34	同	26	同	
臘初小雪後圃梅開二首	34	同	26	同×	42
蒼浪	34	同	26	同×	40
西江	34	同	26	同	40
二月二十一日東園桃李未開有感二首	34	同	26	同×	42
自二月末苦雨寒食前一日始晴視園中花乃殊不敗	34	同	26	自二月末苦雨寒食節前一日始晴視園園中花殊不敗×	42
微雲	34	同	26	同	34
絕句二首	34	同	26		

鵝鴹	34	同	24	同×	42
久雨	34	同	24	同	36
絕句二首	35	同	22	二絕	35
絕句	35	同	21		
衡門	35	同	25	同×	40
讀吳怡詩卷二首	35	同	23	同×	41
題趙粲所收趙令穰大年烟林二絕	35	同	23	同×	38
秋末寶齋前菊盛開賦得絕句時秬出未歸	35	同	26	秋末圭寶齋前菊盛開賦得絕句×	42
秬移宛丘牡丹殖圭寶齋前作二絕示秬秸和	35	秋移宛丘牡丹植圭寶齋前作二絕示秬秸和	26	秬移牡丹植圭寶齋前作二絕示秬秸和×	42
雨歇二首	35	同	26	同	36
平生	35	同	26	同×	40
題南頓光武祠	35	同	26	題光武祠×	26
登金陵析柳亭五首	37	發金陵折柳亭二首 發金陵折柳亭二首 發金陵折柳亭	14 20 26	同	37
謁蔣帝祠過鍾山下二首	35	同	26	同	37
和李二秀才	35	同	26	同×	38
和蘇适春雪八首	35	同	26	和蘇适春雪八絕	36
宿盧村逆旅	35	同	26	同	36
紺碧	35	同	26	同	35
眞陽縣畫睡縣舍素絲堂	35	同	26	同	36
贈圓明老	35	同	26	同×	39
方丈小山	35	同	26	同×	39
登山望海四首	35	同	20	同	37
書寺中所見三首	35	同	20	書寺中所見四首×	39
讀潘郎文卷	35	同	20	同×	41

夜坐三首	35	同	20	同	36
贈廣靖上人	35	同	20	同×	39
六言	35	同	20	同	36
乾明院門望江山懷淮陽城南步二首	35	同	20	同	37
和子瞻西太一宮祠二首	35	同	20	和子瞻西太一×	38
白沙閘西艤舟亭下二首	35	白沙閘艤舟亭下二首	20	白沙閘艤舟亭下二首	37
秋園雜感二首	35	同	20	同	35
江上二首	35	同	20	同×	39
暇日六詠	35	同	20	槐庭×柳絮×龜×蛙×雙白鴨×百舌×	42
春日書事	35	同	20		34
鹿邑道中	35	同	20	同	37
余元祐六年六月罷著作郎除秘書丞是歲仲冬復除著作郎兼史院檢討復至舊局題屏	35	予元祐六年六月罷著作佐郎除秘書丞是歲仲冬復除著作郎兼史院檢討復至舊局題屏	20	題屏×	40
絕句	35	同	20	又三絕其三	34
用劉夢得三題	35	同	3	同×	38
昔蘇先生游廬山詩云平日懷眞賞神游杳靄間如今不是夢眞箇有廬山輒繼一首	35	同	20	和蘇先生遊廬山詩×	38
蘇先生詩云芒鞵青竹杖自挂百錢遊何事春山裏人人識故侯輒繼其後	35	同	20	追和蘇先生芒鞵青竹杖詩×	38
神宗皇帝挽詞二首	36	同	19	同×	47
哲宗皇帝挽詞四首	36	同	15	同×	47
故僕射司馬文正公挽詞四首	36	同	15	同×	47
欽慈皇后挽詞二首	36	同	15	同×	47

范忠宣挽詞二首	36	同	19	同×	47
黃幾道挽詞二首	36	挽黃幾道 黃幾道哀挽	15 19	黃幾道哀挽二首 ×	47
哭蔡彥規二首	36	同	15	哭彥規×	47
范參軍挽詞	36	同	15	同×	47
任左藏挽詞	36	同	15	同×	47
張夫人挽詞	36	同	15	同×	47
呂郡君挽詞	36	同	15	同×	47
太府李萃卿挽詞	36	同	15	大府李卿挽詞×	47
太皇太后挽詞二首	36	太皇太后挽詞 太皇太后挽詞	15 19	同×	47
李處道都曹丈挽詞	36	同	15	同×	47
欒提妻石氏挽詞	36	同	15	同×	47
鄧慎思學士挽詞二首	36	鄧學士慎思挽詞 鄧慎思學士挽詞	15 19	同×	47
潘鯁奉議挽詞	36	同	15	潘奉議挽詞×	47
潘處士挽詞	36	同	19	同×	47
悼亡九首	36	同	26	同×	47
李少卿挽詞二首	36	李少卿挽詞 挽李少卿	15 19	同×	47
悼逝	36	同	8	同	47
		將至嶺下作（即「將 至都下」而字句小 異）	11		
		早秋感懷	19	同	23
		聞蘇先生除校書郎 而爲詩并招王子中	補3	聞蘇先生除校書 郎喜而爲詩并招 壬子中	4
		次韻蘇內相好頭赤	補3	同	4
		題東坡卜算子後	補3	同	4
		次韻子夷兄弟十首	補1	同	4
		喜吉老甥見過	補1	同	4

		劉伯壽秘校	補1	同	5
		贈馬十二全王沿檄過楚頃刻而別	補3	贈馬十二時全玉沿檄過楚頃刻而到	5
		送梅子明通判餘杭	補1	同	6
				送黃師是梓州提刑	6
		送呂安禮	補1	同	6
		呂尉醉中索詩為別	補1	同	6
		送陳器之	補1	同	6
		別外甥楊克一	補1	別楊克一	6
		送晁將之咸平尉	補3	同	6
		感遇二十五首	補1	同	8
		晚春獨酌有感	補1	晚春獨酌有感二首	8
				有所歎五首	8
				林居	8
		糴官粟有感	補1	同	8
		有所歎	補1	同	8
				登汴岸	9
				運河道中	9
				阻風累日泊寶積山下	9
				春陰泊龜山寄圓明	9
		通海夜雨寄淮上古人	補3	同	9
		泊舟永城西寺下有感	補3	同	9
		將離柯山十月二十七日	補1	將離柯山悵然成篇	9
				陽翟道中	9
		視盜之南山	補1	同	9

		多日自福昌之澠池	補 1	同	9
				宿州	9
				出都泊鎮外失飲食節中夕暴下用氣術消息之即愈	9
				過臨淮	9
				泗下阻風投佛經禱斗山下	9
		宿峻極下院	補 1	同	9
		下愕嶺	補 1	同	9
		初離淮陰聞汍水已下呈七兄	補 1	同	9
		次韻七兄龜山道中	補 1	同	9
		龜山水陸院	補 1	同	9
		曲河驛初見嵩少	補 1	同	9
		晝睡	補 2	同	10
		即事二首	補 1	同	10
		晨起二首	補 1	同	10
		夢遊陳州柳湖覺而作	補 3	同	10
		晨興	補 1	同	10
		朝日	補 1	同	10
		晨起有感	補 1	同	10
		在告家居	補 2	同	10
		臘月十八日蚤苦寒與家婦飲	補 2	蚤作早	10
		余謫居齊安寓郡東佛舍而制不得逾歲今多遂移居因遣粗秸料理新居作詩示之	補 2	齊安移居	10
		自乾明移居柯山何氏第令粗秸先葺所居	補 2	自乾明移居柯山令粗秸先葺所居	10
		十月十二日夜宿寄內	補 2	務宿寄令	10

		遷居羅漢潘邠老昆仲比以火驚相見殊澗作詩調之	補2	遷居羅漢調潘邠老昆仲	10
		步疏園	補2	同	10
				初夏步園	10
				雨夜懷陳永源山莊	10
		上巳日洛岸獨遊寄陳永甯	補2	甯作源	11
		渡洛遊三鄉書所見	補2	同	11
		遊白馬寺	補2	同	11
		獨遊崇化寺題觀音院	補2	同	11
		宿鳳翅山懸泉寺	補2	同	11
		病癒登疊嶂樓	補2	同	11
		登雙溪閣	補2	同	11
		淮陽	補2	同	11
		東池	補1	同	11
		東溪	補1	同	11
		新開北原	補2	同	11
		春遊昌谷訪李長吉故居	補2	同	11
		題安州張全翁大夫溪圖	補3	題安州張全翁溪圖	12
		寄題何戢秀才琬琰堂	補2	寄題胡戢琬琰堂	12
		讀管子	補2	同	13
		讀杜集	補2	同	13
		石曼卿三佛名大字	補2	同	13
		臥病讀韋蘇州詩呈無咎	補2	同	13
		喜寶積智珍道人惠書偈	補2	珍作軫，按軫是	13
		讀李太白怠興擬作二首	補2	讀李太白感興擬作	13

	讀唐書二首	補2	同	13
	偶書三首	補3	同	13
	睡起効韋蘇州	補2	同	13
	飲酒擬柳子厚	補2	同	13
			効二謝體	13
	何斯舉惠酒	補2	同	14
	對酒奉懷無咎	補2	對酒懷無咎二首	14
	醉郡圃二首	補3	醉郡圃三首	14
	文周翰邀至王十元園飲	補2	文周翰邀至王元才園飲	14
	十三夜風雨作暑氣頓盡明日與晁郎小飲	補2	同	14
	四月十一日同潘何小酌	補2	同	14
			秋雨獨酌三首	14
			本約潘郎同遊安園以雨不果飲于家	14
			潘郎以予生日見過致酒出兩詩	14
	春日雜書八首	補2	同	15
			春陰	15
	感春十二首	補2	同	15
	感春	補2	又十二首其七	15
	感春	補3	又十二首其九	15
	寺晚	補2	同	15
	辛未立春	補2	同	15
	三更	補2	同	15
	正月二日探春	補2	同	15
	新正（僅四句）	續1	新正（全）	15
	新正	補3	春風	15
	苦寒二首	補3	同	15
	端居	補2	端居二首	15

				寒食	15
				麗春	15
	初夏	補 3	同	16
				仲夏日	16
	畏暑不出	補 2	同	16
	四月之初風雨凄冷如窮秋兀坐不夜堂	補 2	四月之初風雨凄冷如窮秋兀坐不出二首	16
	夏至	補 2	同	16
	夏夜	補 2	夏夜二首其一	16
	薰風	補 1	薰風二首其一	16
	六月五日苦暑	補 1	同	16
	六月八日苦暑二首	補 1	同	16
	秋興三首	補 1	同	17
	搖落	補 1	同	17
	九月一日有作	補 1	同	17
				秋懷	17
	觀池漲有作	補 1	同	17
	秋園雜感	補 3	同	17
	七月十日雨炎暑頓解有感	補 1	同	17
	出伏調潘十	補 1	同	17
	秋懷十首	補 1	同	17
	九月下旬有作二首	補 1	同	17
	十月七日晨起	補 2	同	18
	雪中狂言五首	補 3	同	18
				雪後贈仲車	18
				離泗州冒大雪	18
	白月	補 1	同	19
	初晴對月	補 1	同	19
	苦雨	補 1	同	19

	不雨	補3	同	19
	厭雨四首	補3	同	19
	雨霽	補1	同	19
	賀雨拜表	補1	同	19
	春雨	補1	同	19
	春雨	補1	同	19
	喜雨止	補1	同	19
	仲春苦雨	補1	同	19
	苦雨	補1	同	19
	苦雨	補1	同	19
	春旱二首	補1	同	19
	春雨	補1	同	19
	春旱初雨	補1	同	19
	衰荷	補2	同	20
	庵東窗雨霽月出梅花影見窗上	補2	同	20
	別梅	補3	同	20
	疎梅二首	補2	同	20
	黃菊	補2	同	20
	次韻錢大尹公庭種菊	補2	同	20
	庭菊	補1	同	20
	堂下幽草	補2	同	20
	咏雙槐	補2	同	20
	大榆	補2	同	20
	竹	補2	同	20
	石竹	補2	同	20
	乞竹贈邠老	補2	同	20
	理堂東隙地自種菜	補2	同	20
	種薤	補2	同	20
	春蔬	補2	同	20

	食芨薺苗	補2	同	20
	食杞	補2	杞作花	20
			題吳熙老古銅槌	21
			農婦	21
	食蟹	補2	同	21
	和應之蝎虎	補3	同	21
	谷鳥	補2	同	21
	聞紅鶴有聲	補3	同	21
	寄中山鶴	補2	同	21
	山暝孤猿吟	補4	同	21
	春寒二首	補4	同	22
	春晴	補4	同	22
	傷春	補4	同	22
	近清明二首	補4	同	22
	青春	補4	同	22
	寒食後數日方持齋誦經而東園遊人甚盛因而賦此	補4	寒食後持齋誦經東園遊人甚盛	22
	寒食日贈同飲者	補4	飲作遊	22
	暮春書事四首	補4	同	22
	暮春有感二首	補4	同	22
	感春二首	補4	同	22
	晚春	補4	同	22
	送春	補4	同	22
	遲日	補4	同	22
	晚晴	補4	同	22
	寓居春日書事	補6	同	22
	春日	補6	同	22
	黃人謂寒食上塚為澆山其祭饌多用蘛榮事已則鳴鉦而歸	補4	黃人寒食上塚	22
			江城寒食	22
	和應之盛夏	補4	同	23

	和應之永日	補4	同	23
	四月二十日	補6	四月二十四書二首	23
	早起觀雨	補6	同	23
	秋晚	補4	同	23
			秋夜	23
	寂寂	補5	同	23
	即事	補5	同	23
	落寞	補5	同	23
			病中得應之秋懷詩	23
	齊安今秋酒殊惡對岸武昌酒可飲故人潘主簿時惠雙榼	補6	潘主簿惠雙榼	23
	晚望	補6	同	23
	東堂即事	補6	同	23
	八月六日西風極涼如十月間晨起偶題	補6	西風極涼偶題	23
			即事（有日無詩）	23
	初冬小園寓目	補4	同	24
	冬日作二首	補4	同	24
	冬日即事	補4	同	24
	冬日書事二首	補4	冬日書事三首其一二	24
	冬日雜書	補5	冬日雜詩八首其二四五六七八	24
	臘日晚步	補4	臘日晚步三首其三	24
	臘日四首	補4	臘日六首其一二三五	24
	冬夜二首	補4	同	24
	臘月書事	補4	同	24
	十一月七日五首	補4	同	24
	冬至後三日三首	補4	同	24
	歲暮閑韻四首	補4	同	24

		歲暮一首	補4	同	24
		九月末大風一夕遂安置火爐有感二首	補6	九日末大風遂寒安置火爐二首	24
		冬至贈潘郎	補6	同	24
		寒夜	補3	同	24
		臘日二首	補6	同	24
		小雨	補4	同	25
		和應之細雨	補4	同	25
		和小雨	補4	同	25
		晚霽	補4	同	25
		秋雨書事	補4	同	25
		雨中五首	補4	雨中二首	25
				又三首	25
		寒食前一日大雨不止	補6	同	25
		喜雨贈邠老昆仲	補6	同	25
		十月二十日夜天雨雹震雷先是數日極煖至是方稍晴	補6	十月二十日夜大雨雹	25
				秋雨	25
				臘八日大雪二首	25
		大雪苦寒五更無睡枕上成兩篇	補4	同	25
				山雪	25
		雪晴苦寒	補4	同	25
		雪霽	補4	同	25
		正月三日大雪雪晴有感	補6	同	25
		雪晴	補6	同	25
		賦得風示秬秸	補4	同	25
		福昌書事言懷一百韻上通判唐運直	補4	同	26
				戲二潘	26
		出都之宛邱贈寄參寥	補5	贈寄參寥	26

		送胡唐臣赴蘇州簽判	補4	同	26
		泛宛溪至敬亭祠送別	補4	同	26
		送丁秀才待行之邕州	補4	同	26
		送蔡彥規之任風泉主簿	補4	送蔡彥規任醴泉簿	26
		別外甥楊克一二首	補4	別甥楊克一二首	26
		送劉南夫赴任京師	補4	同	26
				寄陳履常二首	27
		和見夢	補4	同	27
		和應之雨中見懷之作	補4	同	27
		用元韻因寄邦直	補4	同	27
				寄晁應之二首	27
				聞邠老下第作詩迎之	27
				次韻邠老見贈	27
				久不見潘十作詩戲之	27
		題所居西齋	補4	同	28
		題楚州聖井并贈主僧	補4	同	28
		題倪敦復北軒	補4	同	28
		和茸西齋	補5	同	28
		和應之石澗	補4	同	28
		偶成題裴晉公祠	補6	同	28
		謁敬亭祠	補5	同	28
		李贊皇畫像	補4	同	28
		次韻黃汝器與君謨唱和三首	補6	同	28
		散步西園	補4	同	29
		七月七日晚步園中見落葉如積感而作	補4	落葉	29

		秋園	補4	同	29
		種圃	補4	同	29
		東園二首	補4	同	29
		潘大令蓮池二首	補6	令作臨	29
		晨興自籬西望東園新開花	補6	同	29
		新葺附火小閣	補5	同	29
		泛江偶成	補5	同	29
		潤州書事	補5	同	29
		暮歸	補5	同	29
				山光寺	29
		贈麗安常先生	補6	贈麗安常	29
		和晁十七晝眠	補5	同	30
		早起偶作	補5	同	30
		正月二十日夢在京師	補5	同	30
		夢中作	補5	同	30
		八月十一日晨興三首	補5	同	30
		晨起	補5	同	30
		曉作	補5	同	30
		小齋夜思	補5	同	30
		曉意	續1	同	30
		晚同永源小酌漫成	補5	同	30
		同戚郎夜飲	補5	同	30
				三月晦日與客小酌	30
		夜霜	補6	同	30
		歲晚有感	續1	同	30
		十二月十七日移病家居成五長句	補6	同	30
		人家	補5	同	31

		山城	補5	同	31
		他鄉	補5	同	31
				寓大寧寺	31
		山夜	補5	同	31
		偶成	補5	同	31
		溝泥	補5	同	31
		柯谷	補5	柯作何，按柯是	31
		東堂	補5	同	31
		和晁應之山中	補5	同	31
		和出山	補5	同	31
		偶成二首	補5	同	31
				野望	31
		斷雲	補5	同	31
		秀蔓	補5	同	31
		三月十二日作詩董氏欲爲築堂	補6	詩作時	31
		草舍	補6	同	31
		山舍	補5	山舍二首	31
		東池	補4		
				晨起眺望	31
				晚涼行稻畦間	31
		登城	補5	登城二首	31
		同應之登大宋陂	補5	登宋家坡	31
		登夢野亭	補5	同	31
		正月十八日晴霽登柯眺望二首	補5	正月十八日晴霽登柯山眺望二首	31
		在告家居示內	補5	同	31
		寒食日同婦子輩東園小宴	補5	同	31
		東堂夜作偶成示秬秸和	補5	同	31
		同晁郎及秬秸步遊乾明晚逾柯山歸	補5	同	31

	久陰忽晴作詩寄秬秸時二子沿幹在陽翟鎮	補6	久陰忽晴作詩寄秬秸	31
	謁告之楚出都晚泊	補5	同	32
	晚泊襄邑	補5	同	32
	柘城道中	補5	同	32
	孝感縣	補4	同	32
	離陳至西華	補5	同	32
	離宛邱斗門	補5	同	32
	二十二日立秋夜行泊林皇港二首	補5	泊林皇港二首	32
	四安道中	補5	同	32
	赴宣城守吳興道中	補5	同	32
	白羊道中二首	補5	白羊道中	32
	驪馬	補5	同	32
	楮河	補5	同	32
	惠莊道中	補5	同	32
	山行	補5	同	32
	子權朝散久在蕪湖寄郡酒四壺副以小詩	補5	子權寄酒副以小詩	32
	汴上書事	補6	同	32
	丁丑歲與德載相別辛巳復會於潁相視而歎仍蒙先惠佳句謹次韻	補6	德載惠佳句僅次韻	32
	務中晚作	補5	同	33
	齊安秋日	補5	同	33
	書直舍	補5	同	33
	晨夜雨霽作	補5	同	33
	永甯遣興三首	補5	甯作寧	33
			晴窗	33
	冬後三日郊赦到同郡官拜赦回有感	補6	同	33
			縣齋	33

	代人上穎州韓端明生日	補5	州作昌	33
	魯直示其伯父祖善馬鞍松隱齋詩次其韻	補5	次韻魯直伯父隱齋詩	33
	次韻孔舍人暴書	補5	同	33
	夜讀賈長江效其體	補5	同	33
	和天啓畫古木山石詩	補5	同	33
	少年	補5	同	33
	暮春遊柯市人家有作	補5	同	33
	秋日遊柯市	補5	同	33
	探梅有感	補6	同	33
	偶摘梅數枝致案上芬然遂開因爲作一詩	補4	偶摘梅數枝致盎中芬然遂開爲作一首	33
	三月一日馬令送花	補6	馬令送花	33
	手種芭蕉秋來特盛成二大叢	補5	來作末，兩作二	33
	齊安養蔞蒿根菊茁	補6	同	33
	幽草	補4	同	33
	又一首	補4	衰草	33
	萬松亭有感（重出）	補4	萬松亭	33
	聞鶯有感	補6	同	33
	九月十八日夢中作聞雁詩	補5	夢中作聞鴈詩	33
	柯山聞鵓鴣	補6	同	33
	雙鳧	補5	同	33
	寄文剛求蟹	補5	同	33
			有感二首	36
			臘日步西園	36
			無睡	36
			枕上	36
			偶成	36

				贈別儀上人	37
				次韻館中舊題×	38
				宿文殊院呈孫子和二首×	39
				東道四首×	40
				二絕×	40
				又九絕×	40
				偶成×	40
				坐局×	40
				地爐×	40
				題錢穆父壁間草書後×	41
				憶梅×	42
				買花×	42
				漫成三絕×	42
				晚鶯二首×	42
				聞鴻二首×	42
		次韻蘇翰林送黃師是赴兩浙	補1		
		上元家值文安君誕辰	補1		
		初冬偶成	補1		
		寄集節二首	補1		
		入伏後三日	補2		
		七日晚同潘郎乘月樂家觀鶴問石生羚角偶有之今早惠角一對良眞是也吾藥遂成欣然作詩	補2		
		二月十五日	補3		
		伏暑日唯食粥一甌盡屏人事頗逍遙效皮陸體	補3		
		重出	續1		

		壬午正月望夜赴臨汝宿襄城古驛縣有古寺家人輩夜住焚香襄城古邑也可以眺二室地爽塏退之所謂潁水嵩山豁眼明者癸未元夕謫居齊安攜家游定惠妙圓承天下大雲東禪蓋出雨夜有感示秬秸	補 3		
		冬日書事二首	補 4		
		書事寄晁應之	補 4		
		書壁	補 4		
		冒雨歸飲酒	補 5		
		和蘇仲南邵湖會飲三首	補 5		
		晚涼行稻畦間	補 5		
		和蘇仲南柳湖會飲	補 6		
		至日有感	補 6		
		冬日書事	補 6		
		晚春初夏絕句八首	補 6		
		木香	補 6		
		立秋後便涼詩示秬等	續 1		
		寒食	續 1		
		中秋夜東刹贈仁安	續 1		
詩呈同院諸公	37	同	29	同	71
秋日同文館詩	37	秋日同文館	29	詩作寺，按詩是	71
未試即事雜書率用秋日同文館為首句	37	同	29	同	71
天啓有少年眞喜事之句用其韻和	37	同	29	同	71
詩呈同院後至諸公	37	同	29	同	71
問慎思話舊用回字韻	37	聞慎思話舊隱用回字韻	29	聞慎思話舊隱用回字韻	71

詩呈同院	37	同	29	同	72
慎思說家山之勝用其語得詩	37	同	29	同	73
初八試院	38	八作入，按入是	30	八作入	72
試院即事呈諸公	38	同	30	同	72
再呈慎思諸公兼以言懷	38	同	30	同	72
重九考罷試卷書呈同院諸公	38	同	30	同	72
夜聽无咎文潛對榻誦經響應達旦欽服雄俊輒用九日詩韻奉貽	38	同	30	同	72
依韻奉酬慎思兄夜聽誦詩見詠之作	38	同	30	同	72
與文潛誦詩達旦慎思有作次韻呈二公	38	同	30	同	72
次韻重九之作	38	同	30	同	72
次韻慎思貽二公誦詩	38	同	30	同	72
八弟預薦慎思兄以詩為復次韻并寄八弟	38	同	30	同	72
九日考試罷聞无咎天啓二弟荐名因用前韻以紓同慶之懷	38	舒作抒	30	同	72
慎思兄別墅在長沙白鶴山嘗陶談舊居事見本傳今其居有大杉十數圍蕃茂特異世傳談藏丹其中用前韻謹賦	38	同	30	同	72
家弟別試預荐特蒙慎思學士贈詩致慶感荷不已次韻酬謝	38	同	30	同	72
同舍問及故山景物用鍾字韻賦詩以答	38	同	30	同	73
感興復用鍾字韻呈同舍	38	同	30	同	73
慎思屢以佳篇見貽且俾屬和而哀老困于強敵輒為詩以謝之兼簡无咎文潛天啓	38	同	30	同	73

漫興成章屢蒙子方寵和更辱贈句	38	漫興成章屢蒙子方寵和更辱贈句輒用奉酬	30	漫興成章屢蒙子方寵和更辱贈句輒用奉酬	73
奉報子方佳句	38	同	30	同	73
寄次張弟	39	同	30	同	73
嘲无咎夜起明燈聽慎思誦詩	39	同	30	同	73
和文潛嘲无咎夜起明燈聽予誦詩	39	同	30	同	73
奉答文潛戲贈	39	同	30	同	73
再謝周顥之句	39	同	30	同	73
小詩戲无咎	39	同	30	（有詩無目）	73
已未春與伯時較試南宮同年被命者六人今茲西館唯同作時一人而已因書奉呈	39	同	30	同	
中秋月	39	同	30	同	74
與文潛无咎對榻夜話達旦	39	同	30	同	74
初伏大雨戲呈无咎	40	同	27	同	74
答天啓	40	同	27	同	74
和天啓贈文潛	40	同	27	同	74
再答	40	同	27	同	74
呈鄧張晁蔡	40	次韻呈文潛學士同年	27	同	74
次韻呈文潛學士同年	40	呈鄧張晁蔡	27	同	74
用俎字韻呈樽年	40	同	27	同	74
次韻天啓戲爲禪句之作	40	同	27	同	74
上呈子方鄉丈	40	同	27	同	74
次韻答天啓	40	同	27	同	74
曹子方用釜俎韻賦詩見遺予泊張文潛晁无咎蔡天啓因以奉酬并示四友	40	同	27	次韻奉酬子方并示文潛無咎天啓	74

欲知歸期近呈天啓	41	同	27	同	75
考技同文館戲贈子方兼呈文潛	41	技作校，按校是	28	技作校	75
次韻无咎戲贈兼呈同舍諸公	41	同	28	同	75
用无咎學士年兄長韻上呈子方太僕鄉丈	41	敬用无咎學士年兄長韻上呈子方太僕鄉丈	28	敬用無咎學士年兄長韻上呈子方太僕鄉丈	75
无咎兄贈子方寺丞見約出院奉謁復用原韻上呈子方兼答无咎見及語	41	同	28	同	75
復用方字韻奉贈同舍慎思文潛同年天啓	42	同	28	同	76
次无咎來韻抒寫素懷兼呈文潛天啓伯時仲遠	42	敬次无咎來韻抒寫素懷兼呈文潛天啓伯時仲達	28	敬次無咎來韻抒寫素懷兼呈文潛天啓伯時仲達	76
次原韻奉酬慎思學士年友	42	謹次原韻奉酬慎思學士年友	28	謹次元韻奉酬慎思學士年友	76
次韻呈慎思學士	42	同	28	同	76
次韻奉酬无咎兼呈慎思天啓	42	同	28	无作無	76
贈天啓友弟	42	同	28	同	76
次韻上呈樗年主簿鄉兄	42	同	28	同	76
次韻贈无咎學士	42	同	28	同	76
次韻樗年見貽	42	同	28	同	76
		贈文潛	27		
				次韻上文潛文	74
進大禮慶成賦表	43	同	31	同×	48
代文路公辭免明堂陪位表	43	同	31	同×	48
代文路公辭免明堂加恩表	43	同	31	同×	48
第二表	43	同	31	同×	48
謝得請表	43	同	31	同×	48

代張文定辭免明堂陪位表	43	同	31	同×	48
謝太皇表	43	謝太皇太后表	31	同×	48
代范相讓官表	43	同	31	同×	48
謝宣賜曆日表	43	同	31	同×	48
謝欽恤刑表	43	同	31	同×	48
謝明堂赦書表	43	同	31	同×	48
黃州謝到任表	43	同	31	同×	48
黃州安置謝表	43	同	31	同×	48
辭免起居舍人狀	43	同	31	同×	48
任起居舍人乞郡狀	43	同	31	同×	48
答林學士啓	44	同	47	同×	49
代人謝及第啓	44	同	47	同×	49
潤州謝執政啓	44	同	47	執作及×	49
賀錢內翰啓	44	同	47	同×	49
宣州謝兩府啓	44	同	47	同×	49
謝鮑承務啓	44	同	47	同×	49
賀廣德知軍啓	44	同	47	同×	49
賀錢都尉啓	44	同	47	同×	49
謝建平知縣啓	44	同	47	同×	49
賀太平知州	44	同	47	同×	49
上黃州郡守楊瓊寶啓	44	同	47	州作洲，按州是×	49
賀潘奉議致仕啓	44	同	47	同×	49
謝楊州司法謝薦啓	44	同	47	同×	49
皇太后諡冊文	45	同	31	同×	50
上梁文	45			新居上梁文×	50
祭社文	45	同	48	同×	50
祭稷文	45	同	48	同×	50
祭文宣王文	45	同	48	同×	50
祭聖帝文	45	同	48	同×	50
祭成都李龍圖文	45	同	48	成作城×	50

代范樞密祭溫公文	45	同	48	同×	50
祭劉貢父文	45	同	48	同×	50
祭夏侍禁文	45	同	48	同×	50
祭蘇端明郡君文	45	同	48	同×	50
祭李深之文	45	同	48	同×	50
祭秦少游文	45	同	48	同×	50
哭下殤文	45	哭下殤	3	同×	50
敬亭廣惠王求雨文四首	45	同	48	同×	50
廣惠王祈晴文	45	同	48	同×	50
靈濟王求雨文二首	45	同（分其二爲二篇）	48	同（分其二爲二篇）×	50
靈濟王祈晴文	45	同	48	同×	50
景德寺祈晴文	45	同	48	同×	50
祭天齊仁聖帝并城隍祈雨文	45	同	48	同×	50
廣惠王謝雨文	45	同（分爲二篇）	48	同（分爲二篇）×	50
靈濟王謝雨文二首	45	同	48	同×	50
祭魯恭王文	45	同	48	同×	50
祭晁无咎文	45	同	48	同×	50
達摩眞贊	46	同	43	同	51
紫君贊	46	同	43	同	51
新開朝天九幽拔罪懺贊	46	同	43	同	51
靈公贊	46	同	43	同	51
題徐二翁眞贊	46	徐翁眞贊	43	同	51
李援宴坐銘	46	同	43	同	51
求画觀音像偈	46	同	43	同	51
三天洞求雨疏	46	同	47	同	51
三天洞謝雨疏	46	同	47	同	51
粥記贈邠老	46	同	42	同（有目無文）	51
評書	46	同	43	同	51

評郊島詩	46	同	43	同	51
與大蘇二簡	46	同	46	簡作書	67
答李文叔為兄立謚簡	46	同	46	簡作書	67
與楊道孚手簡	46	同	46	同	67
淮陽郡黃氏友于泉銘	46	同	43	同	51
書五代郭崇韜卷後	47	同	44	同	52
書宋齊丘化書	47	同	44	同	52
雜書	47	同	44	同	52
跋德仁書	47	同	44	同	52
題吳德仁詩卷	47	同	44	同	52
題陳文惠公松江詩	47	同	44	同	52
跋杜子師字說	47	同	44	同	52
跋唐太宗畫目	47	同	44	同	52
跋龐安常傷寒論	47	同	44	同	52
題道孚墨竹	47	同	44	同	52
書贈賈生	47	同	44	同	52
記外祖李公詩卷後	47	同	44	同	52
書曾子固集後	47	同	44	同	52
書小山	47	同	44	同	52
書韓退之傳後	47	同	44	同	52
書家語後	47	同	44	同	52
書司馬樨事	47	同	44	同	52
書鄒陽傳後	47	同	44	同	52
書道士齊希莊事	48	同	45	同	53
藥戒	48	同	45	同	53
書董及延壽錄後	48	同	45	同	52
書香山傳後	48	同	45	同	53
書錢宣靖遺事後	48	同	45	同	53
書布衾銘後	48	同	45	同	53

書唐吐蕃傳後	48	同	45	同	53
書趙令峙字說後	48	同	45	同	53
記行色詩	48	同	45	同	53
東坡書卷	48	同	45	同	53
書東坡先生贈孫君剛說後	48	同	45	同	53
題賈長卿讀高彥休續白樂天事	48	同	45	同	53
跋呂居仁所藏秦少游投卷	48	同	45	同	53
跋范坦所藏高開蘇才翁帖	48	跋范坦所藏高開帖	45	同	53
漢世祖光武皇帝廟記	49	同	41	同	54
咸平縣丞廳酴醾記	49	同	41	酴醾作荼蘼	54
冰玉堂記	49	同	41	同	54
二宋二連君祠堂記	49	同	41	同	54
智軫禪師記	49	智軫禪師塔記	41	同	54
陵川縣山水記	49	同	41	同	54
鴻軒記	49	同	41	同	55
臨淮縣主簿廳題名記	49	同	41	同	55
思淮亭記	49	同	41	同	54
伐木記	49	同	42	同	54
雙槐堂記	49	同	42	同	55
景德寺西禪院慈氏殿記	50	同	42	同	55
記異	50	同	42	同	55
冀州學記	50	冀州州學記	42	同	55
司馬溫公祠堂記	50	同	42	同	55
眞陽縣素絲堂記	50	同	42	同	55
萬壽縣學記	50	同	42	同	55
太寧寺僧堂記	50	同	42	堂作塔	55
任青傳	50	同	43	同	70

竹夫人傳	50	同	43	同	70
送秦少章赴臨安簿序	51	同	40	同	56
送李端叔赴定州序	51	同	40	同	56
送吳怡序	51	同	40	同	56
曹昧字昭父序	51	同	40	同	56
楊克一圖書序	51	同	40	克作客，按克是	56
秘丞章蒙明發集序	51	同	40	同	56
潘大臨文集序	51	同	40	同	56
送秦觀從蘇杭州爲學序	51	同	40	觀作覿	56
送張堅道人歸固始山中序	51	同	40	同	56
賀方回樂府序	51	同	40	同	56
許大方詩集序	51	同	40	同	56
宗禪師語錄序	51	同	40	同	56
錢申醫錄序	51	同	40	同	56
李德載字序	51	同	40	同	56
平江南議	52	同	39	同	57
韓信議二首	52	同	39	韓信議	57
楚議	52	同	39	同	57
老子議	52	同	39	議作義	57
詩雜說十三首	52	詩雜說十四首	39	同	57
文帝議	52	同	39	同	57
諱言	52	諱言說	39	同	57
敢言	52	敢言說	39	同	57
亂原	52	亂原說	39	同	57
答閔周	52	同（即詩雜說其十四）	39	同	57
論法	52	同	32	同	59
知人論	53	同	33	同	59
將論	53	同	33	同	59
本治論	53	同	32	同	59

禮論	53	同	33	同	58
敦俗論	53	同	34	同	60
法制論	53	同	34	同	60
用大論	53	同	34	同	60
憫刑論	53	同	34	同	60
馭相論	53	同	34	同	60
代宗論	54	唐代宗論	36	代宗行事有類英主	62
德宗論	54	唐德宗論	36	德宗憲宗代叛得失	62
文帝論	54	漢文帝論	36	文帝善全周勃	62
景帝論	54	漢景帝論	36	景帝不善觀人	62
魏晉論	54	同	35	魏晉以國輕而亡	61
李郭論	54	同	38	李郭優劣	65
讀唐書	54	讀唐書二首	35	文皇從諒誠不足 高宗智足以自	62 62
又讀唐書二首	54	同	35	李德裕制變不及裴度	65
				明皇好無爲而亂	62
五代論	54	同	35	五代之君有才而不能用	61
司馬相如論	55	同	38	司馬相如有君子之風	64
趙充國論	55	同	38	趙充國得用兵之法	64
陳湯論	55	同	38	陳湯雖矯制而可賞	65
蕭何論	55	同	37	高帝疑蕭何之過	64
邴吉論	55	邴作丙	38	邴吉冒人之善	65
衞青論	55	同	37	青非庸人	65
王導論	55	同	38	王導明保國之計	65
張華論	55	同	38	張華自知不免	65
王鄭論	55	王鄭何論	38	王祥鄭沖何曾不忠於魏	65
游俠論	55	同	38	樓護不可謂游俠	63

子產論	55	同	36	子產善量力	63
魯仲連論	55	同	37	魯仲連失仁義之中	63
應侯論	55	同	36	應侯不敢輕言穰侯	63
商君論	55	同	36	商君求近効而亡秦	63
吳起論	55	同	36	吳起不知變	63
陳軫論	56	同	36	陳軫善游說	63
平勃論	56	同	37	平勃不敢輕發呂氏之禍	64
樂毅論	56	同	37	樂毅非有意於王業	63
子房論	56	同	37	子房善安太子	64
陳平論	56	同	37	陳平疑酈商周勃之過	64
田橫論	56	同	37	田橫之徒恥事高祖	63
魏豹彭越論	56	同	37	高帝誅功臣有不得己	64
屈突通論	56	同	38	屈突通不負隋	65
司馬遷論上	56	同	38	司馬遷慎時人不援己	64
司馬遷論下	56	同	38	司馬遷喜載任俠事	64
裴守眞論	56	同	38	斐守眞懷先生之禮	65
韓愈論	56	同	38	韓愈未知道	65
秦論	57	同	35	秦攻守俱失	61
晉論	57	同	35	晉以君臣之分得久存	61
唐莊宗論	57	同	36	唐莊周能攻敵人所忌	62
唐論上	57	同	35	唐以無備而起藩鎮之患	61
唐論中	57	同	35	唐不得	61
唐論下	57	同	35	唐不得語藩鎮之術	61

答汪信民書	58	答汪信民	46	同	66
與魯直書	58	同	46	同	67
答李推官書	58	同	46	同	67
投知己書	58	同	46	同	66
上孫端明書	58	同	46	同	66
上蔡侍郎書	58	同	46	同	66
答李援惠詩書	58	同	46	同	67
答杜鋒書	58	同	46	同	67
再答杜鋒書	58	同	46	同	67
龐安常墓誌	59	同	49	同	68
歐陽伯和墓誌	59	同	49	同	68
商屯田墓誌	59	同	49	同	68
劉承制墓誌	59	同	49	同	68
吳大夫墓誌	59	同	49	吳夫人墓誌	69
李參軍墓誌	60	同	50	同	69
王夫人墓誌	60	同	50	同	69
福昌縣君杜氏墓誌	60	同	50	同	69
李夫人墓誌	60	同	50	同	70
張夫人墓誌	60	同	50	同	70
王仲孺墓誌	60	同	50	同	70
吳天常墓誌	60	同	50	同	69
潘奉議墓誌	60	同	50	同	69
				與陳三書	67
				代范樞密答陳列書	67
				與范十元長書	67
		華陰楊君墓誌	補12	同	68
		晁無咎墓誌銘	補12	同	69
		田奉議墓誌	補12	同	70
		崔君墓誌	補12	同	70
		符夫人墓誌	補12	同	70
		慎微篇	補7		
		至誠篇	補7		
		遠慮篇	補7		

	用民篇	補 7	
	廣才篇	補 8	
	擇將篇	補 8	
	審戰篇	補 8	
	力政篇	補 9	
	衣冠論	補 9	
	盡性論	補 9	
	孔光論	補 9	
	說道	補 10	
	說俗	補 10	
	說化	補 10	
	說經	補 10	
	說愛	補 10	
	進誠明說	補 10	
	齋說	補 10	
	正國語說	補 10	
	抑傳	補 11	
	桑柔傳	補 11	
	雲漢傳	補 11	
	崧高傳	補 11	
	江漢傳	補 11	
	常武傳	補 11	
	文王傳	補 11	
	上文潞公獻所著詩書	補 12	
	上邵提舉書	補 12	
	再上邵提舉書	補 12	
	代高圮上彭器資書	補 12	
	上曾子固龍圖書	補 12	
	上唐運判書	補 12	
	上黃判監書	補 12	
	進齋記	補 12	

參考書目

（一）

1. 《張右史文集》，宋·張耒撰，商務印書館，《四部叢刊》。
2. 《柯山集》，宋·張耒撰，商務印書館，《四庫珍本》。
3. 《柯山集拾遺》，宋·張耒撰、清陸心源編，新文豐出版社。
4. 《宛丘先生集》，宋·張耒撰，故宮圖書館藏。
5. 《明道雜志》，宋·張耒撰，新興書局，《筆記小說大觀》三編三。
6. 《宛丘題跋》，宋·張耒撰，商務印書館。

（二）

1. 《韓昌黎文集校注》，唐·韓愈撰、馬通伯校注，華正書局。
2. 《張司業詩集》，唐·張籍撰，商務印書館，《四部叢刊》。
3. 《河東集》，宋·柳開著，商務印書館，《文淵閣四庫全書》。
4. 《孫明復小集》，宋·孫復著，商務印書館，《文淵閣四庫全書》。
5. 《徂徠集》，宋·石介撰，商務印書館，《四庫珍本》。
6. 《宛陵集》，宋·梅堯臣著，商務印書館，《文淵閣四庫全書》。
7. 《溫國文正司馬文集》，宋·司馬光撰，商務印書館，《四部叢刊》。
8. 《臨川文集》，宋·王安石撰，商務印書館，《文淵閣四庫全書》。
9. 《蘇東坡全集》，宋·蘇軾著，河洛圖書出版社。
10. 《東坡七集》，宋·蘇軾撰，中華書局，《四部備要》。
11. 《節孝集》，宋·徐積著，商務印書館，《文淵閣四庫全書》。
12. 《石門文字禪》，宋·釋覺範者，商務印書館，《四部叢刊》。

13. 《豫章黃先生文集》，宋·黃庭堅撰，商務印書館，《四部叢刊》。
14. 《山谷詩集》，宋·黃庭堅撰，商務印書館，《文淵閣四庫全書》。
15. 《淮海集》，宋·秦觀撰，商務印書館，《四部叢刊》。
16. 《濟北晁先生雞肋編》，宋·晁補之撰，商務印書館，《四部叢刊》。
17. 《景迂生集》，宋·晁以道撰，商務印書館，《文淵閣四庫全書》。
18. 《后山詩註》，宋·陳師道撰，商務印書館，《四部叢刊》。
19. 《後山集》，宋·陳師道撰，商務印書館，《文淵閣四庫全書》。
20. 《丹淵集》，宋·文同撰，商務印書館，《四部叢刊》。
21. 《道鄉集》，宋·鄒浩撰，漢華文化事業有限公司。
22. 《浮溪集》，宋·汪藻撰，商務印書館，《四部叢刊》。
23. 《文忠集》，宋·周必大撰，商務印書館，《四庫珍本》。
24. 《盤州文集》，宋洪·适撰，商務印書館，《文淵閣四庫全書》。
25. 《梁谿先生全集》，宋·李綱撰，漢華文化事業股份有限公司。
26. 《鶴山先生大全文集》，宋·魏了翁撰，商務印書館，《四部叢刊》。
27. 《文定集》，宋·汪應辰撰，商務印書館，《文淵閣四庫全書》。
28. 《太倉稊米集》，宋·周紫芝撰，商務印書館，《四庫珍本》。
29. 《攻瑰集》，宋·樓鑰撰，商務印書館，《四部叢刊》。
30. 《誠齋集》，宋·楊萬里撰，商務印書館，《四部叢刊》。
31. 《白雲稿》，明·朱右撰，商務印書館，《文淵閣四庫全書》。
32. 《鮚埼亭集》，清·全祖望著，商務印書館，《四部叢刊》。

（三）

1. 《古文關鍵》，宋·呂祖謙編，商務印書館。
2. 《皇宋書錄》，宋·董史編，《知不足齋叢書》。
3. 《全唐文》，清·董誥編，廣文書局。
4. 《全宋詞》，清·唐圭璋編，中央輿地出版社。
5. 《宋詩鈔》，清·吳之振編，商務印書館，《四庫珍本》。
6. 《宋元詩會》，清·陳焯編，商務印書館，《四庫珍本》。
7. 《宋元明詩三百首箋》，清·朱梓、冷鵬纂評，廣文書局。
8. 《宋詩七百首》，高越天著，中國詩季刊社。
9. 《宋詩精華錄》，石遺老人評，廣文書局。
10. 《宋詩選註》，錢氏選註，木鐸出版社。

11. 《續詩選》，戴君仁編，中國文化大學出版部印行。

12. 《蘇門四學士詞》，龍榆生校注，世界書局。

（四）

1. 《宋朝事實》，宋‧李攸撰，新興書局，《筆記小說大觀》十三編三。

2. 《皇朝類苑》，宋‧江少虞撰，中文出版社。

3. 《宋大詔令集》，宋‧宋敏求編，鼎文書局。

4. 《東都事略》，宋‧王偁撰，文海出版社。

5. 《宋史》，元‧脫脫等撰，鼎文書局。

6. 《文獻通考》，元‧馬端臨撰，新興書局。

7. 《宋史新編》，明‧柯維騏著，文海出版社。

8. 《宋季三朝政要》，文海出版社。

9. 《書史會要》，明‧陶宗儀撰，商務印書館，《四庫珍本》。

10. 《歷代名臣傳》，清‧張江、藍鼎元、李鍾橋撰，新興書局，《筆記小說大觀》十四編五～八。

11. 《王安石》，柯敦伯著，商務印書館。

12. 《中國文學發展史》，劉大杰著，華正書局。

13. 《中國文學史》，葉慶炳著，學生書局。

（五）

1. 《濟南先生師友談記》，宋‧李薦撰，新興書局，《筆記小說大觀》九編六。

2. 《侯鯖錄》，宋‧趙德麟撰，新興書局，《筆記小說大觀》二十二編二。

3. 《苕溪漁隱叢話》，宋‧胡仔纂集，中華書局，《四部備要》。

4. 《曲洧舊聞》，宋‧朱弁撰，新興書局，《筆記小說大觀》二十八編一。

5. 《麟臺故事》，宋‧程俱撰，新興書局，《筆記小說大觀》十七編一。

6. 《步里客談》，宋‧陳長方撰，新興書局，《筆記小說大觀》十六編一。

7. 《欒城先生遺言》，宋‧蘇籀撰，新興書局，《筆記小說大觀》九編六。

8. 《貴耳集》，宋‧張端義編，新興書局，《筆記小說大觀》四編四。

9. 《雞肋篇》，宋‧莊季裕撰，新興書局，《筆記小說大觀》三十編十。

10. 《清波雜志》，宋・周煇撰，新興書局，《筆記小說大觀》二十一編五。

11. 《能改齋漫錄》，宋・吳曾撰，新興書局，《筆記小說大觀》二十九編四。

12. 《辨誤錄》，宋・吳曾撰，新興書局，《筆記小說大觀》六編四。

13. 《寓簡》，宋・沈作喆撰，新興書局，《筆記小說大觀》六編二。

14. 《却掃編》，宋・徐度撰，新興書局，《筆記小說大觀》九編二。

15. 《陶朱新錄》，宋・馬純撰，新興書局，《筆記小說大觀》十八編一。

16. 《朱子語類大全》，宋・朱熹述，中文出版社。

17. 《容齋隨筆》，宋・洪邁撰，商務印書館。

18. 《老學庵筆記》，宋・陸游撰，新興書局，《筆記小說大觀》三編三。

19. 《玉照新志》，宋・王明清著，新興書局，《筆記小說大觀》四編三。

20. 《揮麈前錄》，宋・王明清著，新興書局，《筆記小說大觀》十五編三。

21. 《困學紀聞》，宋・王應麟撰，中華叢書編審委員會。

22. 《密齋筆記》，宋・謝采伯撰，新興書局，《筆記小說大觀》三十編十。

23. 《詩人玉屑》，宋・魏慶之撰，世界書局。

24. 《梁谿漫志》，宋・費袞撰，新興書局，《筆記小說大觀》六編一。

25. 《鶴林玉露》，宋・羅大經撰，新興書局，《筆記小說大觀》二十九編一。

26. 《木筆雜鈔》，宋・無名氏撰，新興書局，《筆記小說大觀》六編三。

27. 《道山清話》，宋・無名氏撰，新興書局，《筆記小說大觀》八編五。

28. 《愛日齋叢鈔》，宋・無名氏撰，新興書局，《筆記小說大觀》十七編一。

29. 《輟耕錄》，元・陶宗儀撰，新興書局，《筆記小說大觀》七編一。

30. 《少室山房筆叢》，明・胡應麟撰，世界書局。

31. 《十駕齋養新錄》，清・錢大昕撰，中華書局，《四部備要》。

（六）

1. 《風月堂詩話》，宋・朱弁撰，商務印書館，《四庫珍本》。

2. 《東萊紫薇詩話》，宋・呂本中撰，新興書局，《筆記小說大觀》十三編二。

3. 《珊瑚鉤詩話》，宋·張表臣撰，新興書局，《筆記小說大觀》十三編二。

4. 《竹坡老人詩話》，宋·周紫芝撰，新興書局，《筆記小說大觀》八編二。

5. 《石林詩話》，宋·葉夢得撰，新興書局，《筆記小說大觀》十三編二。

6. 《詩話總龜》，宋·阮閱撰，新興書局，《筆記小說大觀》三十八編五～七。

7. 《後村詩話》，宋·劉克莊撰，廣文書局。

8. 《滹南詩話》，金·王若虛撰，新興書局，《筆記小說大觀》二十二編三。

9. 《瀛奎律髓》，元·方回撰，商務印書館，《四庫珍本》。

10. 《詩藪》，明·胡應麟撰，廣文書局。

11. 《隨園詩話》，清·袁枚撰，長安出版社。

12. 《宋詩紀事》，清·厲鶚編，鼎文書局。

13. 《清詩話續編》，藝文印書館。

14. 《昭昧詹言》，清·方東樹著，廣文書局。

15. 《人間詞話校注》，清·王國維著，徐調孚校注，漢京文化事業有限公司。

16. 《詞苑叢談》，清·徐釚撰，木鐸出版社。

（七）

1. 《郡齋讀書志》，宋·晁公武撰，廣文書局。

2. 《直齋書錄解題》，宋·陳振孫撰，廣文書局。

3. 《國史經籍志》，明·焦竑輯，廣文書局。

4. 《汲古閣珍藏秘本書目》，明·毛扆等編，商務印書館。

5. 《季滄葦藏書目》，明·季滄葦撰，商務印書館。

6. 《世善堂藏書錄》，明·陳第撰，廣文書局。

7. 《重編紅雨樓題跋》，明·徐燉撰，廣文書局。

8. 《內閣藏書目錄》，明·張萱撰，廣文書局。

9. 《欽定天祿琳瑯書目、續目》，明·彭元瑞撰，廣文書局。

10. 《絳雲樓書目》，清·錢謙益撰，廣文書局。

11. 《述古堂藏書目》，清·錢曾撰，廣文書局。

12. 《孫氏祠堂書目內外編》，清・孫星衍撰，廣文書局。

13. 《文選樓藏書記》，清・阮元撰，廣文書局。

14. 《善本書室藏書志》，清・丁丙輯，廣文書局。

15. 《鐵琴銅劍樓藏書目錄》，清・瞿鏞編，廣文書局。

16. 《文瑞樓書目錄》，清・金檀撰，廣文書局。

17. 《稽瑞樓書目》，清・陳揆撰，廣文書局。

18. 《皕宋樓藏書志、續志》，清・陸心源編，廣文書局。

19. 《儀顧堂題跋》，清・陸心源編，廣文書局。

20. 《文祿堂訪書記》，王文進撰，廣文書局。

21. 《拾經樓紬書》，葉啟勳纂，廣文書局。

22. 《寒瘦山房鬻存善本書目》，鄧邦述撰，廣文書局。

23. 《雙鑑樓善本書目、續目》，傅增湘撰，廣文書局。

24. 《八千卷樓書目》，丁仁編，廣文書局。

25. 《江南圖書館善本書目》，江南圖書館編，廣文書局。

26. 《善本書室藏書志簡目》，廣文書局。

27. 《中國歷代經籍典》，中華書局。

28. 《四部要籍序跋大全》，華國出版社。

（八）

1. 《黃州府志》弘治十三年刊，明・盧濬等修，新文豐出版社。

2. 《湖北黃岡縣志》光緒七年刊，清・戴昌言修、劉恭冕纂，故宮圖書館藏。

3. 《黃州府志》光緒十年刊，清・英啓修、劉燡、鄧琛纂，故宮圖書館藏。

4. 《清河縣志》嘉靖四十四年刊，明・吳宗吉等纂修，故宮圖書館藏。

5. 《清河縣志》光緒二年刊，清・萬清選修、吳昆田纂，文行出版社。

6. 《續清河縣志》民國十七年刊，劉楞壽修、范冕纂，文行出版社。

7. 《清河縣志》民國二十三年排印，劉絕先修、趙鼎銘纂，中央圖書館藏。

8. 《山陽縣志》同治十二年刊，清・孫雲修、何紹基、丁晏纂，山陽縣志籌印委員會。

9. 《續山陽縣志》宣統三年刊，清・邱沅修、段朝端纂，山陽縣志籌印委員會。

10. 《宜陽縣志》光緒七年刊，清‧謝應啓、劉占卿纂修，成文出版社。

11. 《淮陽縣志》民國二十三年刊，朱撰卿、高景祺纂編，成文出版社。

12. 《汝州全志》道光二十年刊，清‧白明義修、趙林成纂，中央圖書館藏。

13. 《鎮江府志》萬曆二十五年刊，明‧王樵纂修，故宮圖書館藏。

14. 《淮安府志》正德十三年刊，明‧陳良山等纂修，故宮圖書館藏。

15. 《淮安府志》天啓刊順治五年印本，明‧方尚祖纂修，故宮圖書館藏。

16. 《沔陽志》嘉定十年刊，明‧童承敍纂修，新文豐出版社。

17. 《通許縣舊志》乾隆三十五年刊，清‧阮龍光修、阮自祐纂，成文出版社。

（九）

1. 《宋元學案》，明‧黃宗羲撰，世界書局。

2. 《宋元學案補遺》，清‧王梓材、馮雲濠撰，世界書局。

3. 《宋學概要》，夏君虞著，商務印書館。

4. 《兩宋文史論叢》，黃師啓方著，學海出版社。

5. 《宋詩研究》，胡雲編著，宏業書局。

6. 《宋詩派別論》，梁崑著，商務印書館。

7. 《宋詩概說》，日‧吉川幸次郎，聯經出版社。

8. 《四庫全書總目提要》，清‧永瑢等撰，藝文印書館。

9. 《宋人軼事彙編》，丁傳靖輯，源流出版社。

10. 《北宋文學批評資料彙編》，黃師啓方編，成文出版社。

11. 《宋人傳記資料索引》，昌彼得、王德毅、程元敏、侯俊德編，鼎文書局。

學術論文

1. 《瀛奎律髓研究》，周春塘撰，臺灣大學中文研究所碩士論文，民國 51 年。

2. 《蘇東坡與秦少游》，何金蘭撰，臺灣大學中文研究所碩士論文，民國 61 年。

3. 《蘇軾之生平及其文學》，江正誠撰，臺灣大學中文研究所碩士論文，民國 61 年。

4. 《蘇門四學士詞研究》，李居取撰，師範大學國文研究所碩士論文，

　　民國 62 年。

5. 《黃山谷的交游及作品》，張秉權撰，香港中文大學碩士論，1975
　　年。

6. 《黃庭堅詩論探微》，王源娥撰，東吳大學中文研究所碩士論文，民
　　國 72 年。

7. 《張耒文學理論的研究》，崔仁愛撰，臺灣大學中文研究所碩士論
　　文，民國 74 年。